無名子集

이 책은 2013년도 정부(교육부)의 재원으로 한국고전번역원의 지원을 받아 수행된 '권역별거점연구소협동번역사업'의 결과물임.

This work was supported by Institute for the Translation of Korean Classics - Grant funded by the Korean Government.

韓國古典飜譯院 韓國文集校勘標點叢書

無名子集 8

尹愭 著

金榮植 校點

凡例

1. 이 책은 尹愭의 文集인 《無名子集》을 校勘·標點한 것이다.
2. 이 책의 底本은 韓國文集叢刊 第256輯에 실린 《無名子集》이다.
3. 原底本은 후손 尹炳曦 집안 소장본으로 異本이 없는 唯一本이다.
4. 底本에서 判讀이 어려운 글자는 原底本을 參校本으로 하여 補充·訂正하고 校勘記는 달지 않았다.
5. 본문에 쓰인 異體字는 代表字로 고치고 校勘記는 달지 않았다. 代表字 여부의 판단은 韓國古典飜譯院〈異體字處理一覽表〉(2011)를 準據로 하였다.
6. 筆寫 과정에서 관행적으로 通用하던 글자는 文脈에 맞게 고쳐 쓰고 校勘記는 달지 않았다.
   例) 己 已 巳, 樣 㨾
7. 目次는 底本의 目錄을 따랐다.
8. 目次는 底本의 除目을 그대로 싣는 것을 원칙으로 하되, 除目이 없는 경우에는 적절하게 작성하여 넣고〔 〕로 표시하였다.
9. 閑話, 筆記 등에서 여러 조항이 있을 경우 편의상 번호를 부여하였다.
10. 이 책에서 사용한 標點符號는 다음과 같다.

    。　　疑問文과 感歎文을 제외한 文章의 끝에 쓴다.

    ?　　疑問文의 끝에 쓴다.

    !　　感歎文이나 感歎詞의 끝, 강한 語調의 命令文·請誘文·反語問의 끝에 쓴다.

    ,　　한 文章 안에서 일반적으로 句의 구분이 필요한 곳에 쓴다.

    、　　한 句 안에서 병렬된 語彙 및 名詞句 사이에 쓴다.

    ;　　複文 안에서 구조상 분명하게 並列된 語句 사이에 쓴다.

    :　　완전한 引用文의 경우 引用符號와 함께 쓰거나, 話題 혹은 小標題語로서 文章을 이끄는 語句 뒤에 쓴다.

    " " ' '　　직접 引用한 말이나 强調해야 하는 말을 나타내는 데 쓰되, 1차 引

用에는 " "를, 2차 引用에는 ' '를, 3차 引用에는 「 」를 쓴다.

【 】　原文의 註를 나타내는 데 쓴다.

·　書名號(《》) 안에서 書名과 篇名 등을 구분하는 데 쓴다.

《 》　書名, 篇名, 樂曲名, 書畵名 등을 나타내는 데 쓴다. 모점(、) 하
위 단위의 병렬에 쓴다.

＿　人名, 地名, 國名, 民族名, 建物名, 年號 등의 固有名詞를 나타내
는 데 쓴다.

□　빠진 글자의 자리에 쓴다.

▨　훼손된 글자의 자리에 쓴다.

目次

無名子集 文稿 冊九

無名子集 文稿 冊十一

文稿　册九

策題【凡十九條】

周禮

問：《周禮》一部，乃周公經制條官之書也。唐虞建官之義，至周大備，其曰"天官"、"地官"者，即稷也、司徒也；其曰"春"、"夏"、"秋"、"冬"者，即秩宗、司馬、士、共工也。其間亦有同異詳略之可言歟？一書所載，總該禮樂刑政，而獨以"禮"名篇者何義歟？六官之屬三百六十者，何所取象歟？《尚書·周官》之篇乃成王開物成務之書，則宜與周公《周禮》脗合無間，而《周官》之三公、三孤，皆《周禮》之所不載，《周官》之"六年五服一朝"，又與《周禮》"六服諸侯一歲一見，二歲一見，三歲一見"者不合，其故可得聞歟？《冬官》一篇，缺而不傳，或謂始皇特惡《周禮》，搜求焚燒之獨悉，故後出而亡其一篇，或謂周公擬議未全未行之書，何者爲得歟？足之以《考工記》者，何世何人之所爲，而果得周公分排六官之義歟？職方氏、土方氏，以至川師、邍師，宜爲地官所掌而係於夏官；大行人、小行人，以至掌訝、掌交，當入春官之職而屬於秋官，其故何歟？地官之鼓人、舞師，何不屬之於春官，而夏官之射鳥、羅氏，何不統之於秋官歟？冢宰，乃百官之長，而其屬不過膳、饔、絲、枲等微細之事；司空，是百工所萃，而其記不過輪、輿、弓、矢等若干而止，皆可備言其由歟？或有只立其官而其職則闕者，或有其掌相似而其官則分者，或有載於篇目而無於經者，或有一官而疊見異職者，亦可詳言其所以然歟？文中子曰："《周禮》

其敵於天命乎！"程子曰："有《關雎》、《麟趾》之意，然後可以行《周官》法度。"朱子曰："《周官》布濩周密，酒姬公運用天理之書。"皆可推衍其旨意而鋪張之歟？武帝謂"《周官》末世瀆亂不驗之書"，作《十論》、《七難》以排棄之，何休以爲"六國陰謀之書"，何所據而云歟？漢興百年，挾書之律既除，亦有賈、董淹博之學，而《周禮》一書，未有表章之舉，而列序著錄，始出於莽國師劉歆之手，建立《周官》，經資逆竪，動引周公之口實，豈書之廢興顯晦，適有其時而不必待人歟？劉歆之後，有杜子春、鄭興、鄭衆、鄭玄之註，而各有不同，何所適從，而馬融、賈逵之解，曾不別焉，王肅、于寶之註，竝不載之者，何故歟？《六藝》、《七略》，誰所錄奏，音義、序文，誰所撰著歟？

大抵周公之作是書，豈偶然而已哉？上下職掌，各有統領，大小事務，靡所闕遺，以之修舉乎百度，以之綱紀乎四方，規模廣大，條目纖悉，不但爲成周一代之良法美意，實可作後世百王之龜鑑柯則。而莫有能體行而遵用之者，成周之後，更無成周之治，漢之綿蕝禮，唐之五禮儀，方之《周禮》，眞金假鐵，則無怪乎其治之雜伯而止耳，粉飾而止耳。奎運文明，儒賢輩出，聖經賢傳，無不註解而辨析，獨於《周禮》未有發揮而闡明之者，何歟？至於皇明啓運，治具畢張，郁郁乎文，密密其猷，而以《大明律》觀之，則其視《周禮》制作之本意，大相逕庭，是果古今異宜，沿革隨時，周公之禮，雖若是美矣，而有不可卒行於後世歟？本朝立國規模夐越前古，設官分職，惟《周禮》是倣；經邦制治，非《周禮》不行，金科玉條，井井不紊；天經地緯，粲粲具該；聖刱神承，遵而勿失，式克至于今日休。聖明臨御，將多前功，孜孜乎宵旰者，動法於蒼姬，勤勤乎講劘者，必在於《周禮》，蓋三十餘年如一日，則是宜百工相師，九德咸事，有庶績其凝之休，無一職曠之歎，再煥周公之制作，重回西岐之至化。而夫何挽近以來，法度廢壞，憲章淆亂，大官小官，不事其事，上自三公、六卿，下至百執事，所營營者，不過乎計班資之崇庳、商財賄之有亡而已，未嘗有發一謀、出一慮，共其位、稱其職者，國家依倣《周禮》，布列庶官之義，果安在哉？世道日下，俗論寖卑，經生蛾子不省《周禮》面目作何狀，獨使至尊憂勤於上，而《周禮》遺義，駸駸泯滅，不可復見，寧不痛哉！是由於古之道不可行於今而然歟？抑我國法度有失於周公制作之本意而然歟？如欲使一部《周禮》大明於朝廷之上，而方駕姬周隆平之盛，其道何由？

敬授人時

問：《堯典》曰"敬授人時"，信乎聖人治天下之大法，莫大於此，而亦莫先於此也。日月星辰，乃運行于天者，而曰"人時"者，何歟？氣化度數，非可授之物也，而曰"敬授"者，何歟？程子謂"萬事莫不本於此"，東萊謂"是後天而奉天時"，其義可詳言歟？所命於羲、和者，莫非欽若昊天之事，而春夏秋皆曰"平秩"，而於冬則獨曰"平在"者，何歟？仲春、仲秋之"以殷"，仲夏、仲冬之"以正"，其有取義之各異歟？"敬致"卽《周禮》所謂冬夏致日，則何獨於夏言之，而春秋不言

"致月", 亦何歟? <u>暘谷</u>、<u>南交</u>、昧谷、<u>幽都</u>, 四人果各分居
其地歟? 先儒有謂"築一臺而分爲四處", 事或然歟? 九年洪
水, 下民昏墊, 則東作西成, 何以平秩歟? 授時之法, 都在
曆象, 而昏中之星, 古今不同, 聖人分命之時, 不立差法者,
何歟? 後世立差者, 紛紛非一, 而或過或不及, 將何準的而
不失授時之義歟?

大抵"人時"者, 耕穫之候也。節氣有早晚之序, 歲功有
先後之宜, 王者所以對時育物, 民生所以順時興作, 儘不可
毫髮差了。而分授布政, 只在於人君之克敬, 此帝<u>堯</u>所以命
<u>羲</u>、<u>和</u>, 而以"敬授人時"四字爲治天下之一大綱領者也。是
宜歷代遵守, 不敢少忽, 而夫何<u>三代</u>以後, 頒朔之禮漸廢,
造曆之法益差, 奪其民時, 大傷農功, 陰陽寒暑反其常, 參
贊位育失其道, 宜乎年穀之歲不登, 民生之日以困也。洪惟
我朝繼竝<u>堯</u>之舊邦, 得傳授之心法, 聖繼神承, 體天建極,
同<u>虞舜</u>協時正日, 符<u>周</u>家以農開國, 後乎<u>堯</u>而能盡敬授之義
者, 惟我朝是已。輓近以來, 時氣失節, 水旱霜雹之相仍;
民生倒懸, 饑饉癘疫之荐臻, 農桑之勸課, 春和之賑貸, 無
歲無之, 而宵旰之憂徒切, 膏澤之降未究, 是果推步之或差
其度歟? 敬授之未得其宜歟? 諸生貫天人之學, 通時措之
宜, 必有講劘於平昔者, 願聞其說。

四勿

問: <u>顏淵</u>問克己復禮之目, 子曰:"非禮勿視, 非禮勿聽, 非
禮勿言, 非禮勿動。"信乎四勿者, 乃聖人傳授心法切要之言

也。顏子地位，豈有非禮，而聖人之必以四勿勉之者，何歟？禮者，天理之節文，則不曰"理"，而必曰"禮"者，何歟？夫子之所體驗於此者，顏子之所從事於斯者，皆可推明而證嚮之歟？言、動，乃在我者也，此固用力處，而至於視、聽，自外至者也，而亦以勿言之者，何歟？"字似旗脚"之喻，"紅爐點雪"之譬，皆可詳言其義歟？《中庸》只說"非禮不動"，而不及於視、聽、言三者；《東銘》但戒戲言、戲動，而不舉視、聽二者，何其詳略之不同歟？程子"四箴"，其所發明，儘是親切，而其中何節何句，最爲喫緊猛省處歟？"克己復禮"，何獨言之於《視箴》，而制外安內，閑邪存誠，其有視、聽之別歟？發禁躁妄，誠思守爲，果足以盡天下歸仁之大用歟？

大抵聖·愚、賢·不肖之分，不出於視、聽、言、動之禮與非禮，則所以禁止其非禮而復之於禮者，可不以視、聽、言、動四者爲用功之地乎？然而非至明，不能察其幾，非至健，不能致其決，此克復之所以爲至難，而顏子以外所不得與聞者也。學者於此所當刻意下手，勇往直前，丹青聖訓，拳拳服膺。而世級漸降，天理日晦，人欲日肆，淫聲邪色，不絕於耳目；悖言乖行，交亂於身口，視、聽、言、動，無一以禮，而四勿之旨，駸駸泯滅，可勝痛哉！如欲使吾人警省於視、聽，操存於言、動，痛加一"勿"字工夫，不失大聖人心法，則其道何由？

聖希天賢希聖士希賢

問：濂溪先生曰："聖希天，賢希聖，士希賢。"隨其人品之高下而各自勉焉者，此固當然之則，而三品之中，亦有用工難易之別歟？"惟天爲大，惟堯則之"，此則堯之希天也；"予欲無言，天何言哉"，此則夫子之希天也；"舜何人也，予何人也"，此則顏子之希聖也；"乃所願則學孔子也"，此則孟子之希聖也。尹洙乞爲仲淹之黨，康侯必以明道自期，此則所謂見賢思齊者也。皆可歷舉而極論之歟？《易》曰："天行健，君子以。"《書》云："天聰明，聖時憲。"聖之希天，果無出於斯歟？公明儀曰："文王，我師也。"韓昌黎曰："不如周公，吾之病。"賢之希聖，斯可謂至歟？朱雲之願從逢、干，范滂之請埋首陽，夏侯湛之竊彷彿於楊、柳，孫潛昆弟之欲齊由、莊，是皆以士希賢，而其有得失之可論歟？惟此三品，苟不可躐等，則士不可以希聖而賢不可以希天歟？以濂溪"過則聖，及則賢，不及則亦不失於令名"之語觀之，則爲士者雖希聖希天，亦無不可，而必以三品言之者，何歟？

大抵大而化之之謂聖，行高德修之謂賢，志學求道之謂士，等級次第，固有三品，而堯、舜亦與人同耳，同稟天地之中，皆有良知良能，則士之所希者，豈止於賢哉？古人所謂學而至於聖人者，良以此也。夫何後世之爲士者，立志不高，甘爲下流，語及聖人，則曰豈敢學哉，固無足與論於希聖，而希賢之士，亦寥寥無聞焉。無怪乎人才之日下，世道之日卑也。言念及此，不覺寒心。如欲使今之爲士者下學上達，進進不已，希賢而賢，希聖而聖，舉爲君子之儒，大闡濂溪之旨，則其道何由？

道義功利辨

問：董子曰："仁人者，正其誼，不謀其利；明其道，不計其功。"道義功利之說，辨之者多矣，未有若是之直截剖判者也。

"道"者，聖人之道也；"義"者，事理之宜也。仁人之存心用力，固無出於此，而行義而至於利及萬物，爲道而至於功加四海，亦是仁人之極致，則功與利，亦豈道義之外物歟？義養心而利養體，道爲體而功爲用，相須相應，成始成終，自有不期然而然者，則曰"正"曰"明"，或謀或計之間，差毫釐而易天壤者，何歟？子思曰："固所以利之。"孟子曰："功必倍之。"其有異於謀與計者歟？管仲之業，皆是討功謀利，而夫子之許仁，以其功之大也；曾西之不爲，以其功之卑也，聖賢所取舍，惟在於功，何歟？聖人之訓，孰非正義明道，而《易》之四德曰"利"，《書》之三事曰"利"，經義所歸重，專在於利，何歟？節俠之忘生徇義，近乎不謀其利，而實悖於大義；異端之明心見道，似乎不計其功，而爲害於吾道，功與利，亦果不可關於道義歟？徐偃王行仁義而敗亡，漢元帝好儒道而衰亂，此亦可爲君子之所取歟？程子所謂度越諸子，朱子所謂拔本塞源，皆可揚確其指意歟？

大抵尊王黜霸，遏欲存理，乃仁人之心而儒者之事也。義理既正，則不謀利而自無不利；聖道既明，則不計功而自有其功。其義不正而先謀其利則非義也，其道不明而先計其功則非道也。若是乎功利之爲害於道義，而不可不明辨之也。後之學者，孰不知義之可正，而舉爲一"利"字打壞；

孰不知道之當明，而終向求"功"上走作。自以爲正義，而未免孳孳爲利；自以爲明道，而常患汲汲較功，卒至於充塞仁義，湮滅大道，率一世而頭出頭没於功利場中。言念及此，寧不寒心？如欲明先王之大道，正天下之義理，不爲功利之所奪，則其道何由？

進鋭退速

問：孟子曰："其進鋭者，其退速。"用心太過，其氣易衰，理固然也。召公所謂疾敬德，伊尹所謂檢身若不及，豈非其進之鋭，而未嘗以退速爲慮者，何歟？夫子謂顔淵"吾見其進"，又謂"賜也日損"，顔子之進，可謂鋭矣，而未見其止者，何歟？子貢之退，可謂之速，則果由於進鋭之致歟？"欲速不達"之訓，"太剛則折"之喻，"速成疾亡"之戒，"暴長必夭"之論，皆可言其詳歟？"毋拔來毋報往"、"就若渴去若熱"之義，亦可發明而揚確之歟？"百尺竿之進步"，其非用心之太過歟？"九仞山之功"，由於其氣之易衰歟？有進無退，吾道之所勉也；不進則退，爲學之所戒也，其可預憂其退速而不鋭其進歟？二程十四五時，便鋭然欲學聖人，其進也似乎太鋭，而無退速之弊者，何歟？冉求自謂"説子道而力不足"，未免局於藝而日退，則是何進不鋭而退反速歟？伊川惜恭叔之進鋭退速，晦翁歎仲叔之或鼓或罷，其義可得聞歟？

大抵君子之立心講學，固當勇往直前，不可遲疑緩慢。而如或但務驟進，過用其心，氣竭而衰，力疲而倦，撼嶽摩星於發軔之初，而棄甲曳兵於接刃之際，則其視循理而行，有則可繼者，果何如也？此所以過猶不及，而卒同歸於廢弛者也。世之學者，率多委靡頹惰，不肯銳意向上，此等人固無論已。間或有自拔於流俗，有志於古道，而騖意於高遠之域，躐等於淵邃之奧，要得一朝突過有若、子貢以上，而鮮不至於半道跛躄，潮落風退，則其廢弛無成，與初不用心者無以異也。如欲不畫不銳，進進不已，下學上達，而罔有退速之弊，則其道何由？願聞之。

老成之人

問：自古有道之世，皆任老成之人，為其年老德成，可以敬信而倚重也。《盤庚》曰："無侮老成人。"《召誥》曰："則無遺壽耇。"三代之興隆，果由於此歟？"咈其耇長"，父師興歎；"罔或耇俊"，平王自傷，殷、周之衰亡，果在於斯歟？《詩》稱"雖無老成人，尚有典刑"，《書》言"遠惟耇成人，宅心知訓"，老成之遺風餘韻，猶足以扶持國命，康保小民歟？周公不從"考翼不可征"之言，而竟誅武庚，以安王室；秦穆"忌古之謀人未就予"，而敗師于殽，隻輪不返，其不用老成則同，而成敗之懸殊，何歟？項橐七歲為聖人師，賈誼弱冠進治安策，此等人其可以非老成而忽棄歟？孟嘗譏高年以為遺忘，介甫詆老成謂之因循，此亦可謂有所見歟？申公自少遊學，誦法古道，可謂老成而不知急務，先儒譏之；胡廣周流四公，練達故事，可謂老成而遜言取媚，天下薄之，烏在其老成之可任歟？李沆對眞宗以"不用浮薄新進"，范鎭請神宗以"任老成為心腹"，皆可詳言其指意歟？海濱二老，為天下之父；堂上五老，得夫子之許，老成之效，若是其大歟？《曲禮》曰：「大夫七十而致事。」如此則老成之人，無在朝者矣。聖人制禮，何其逕庭於任老成之義歟？

大抵老成之人，其經事也多，其爲慮也深，鄉黨之所考德、問業，朝廷之所圖事、稽謀者，而非新進少年所可及也。是故三代以上，國有大政、大議、大疑，皆決於老成人之言。詢茲黃髮，可見榮懷之慶；播棄犁老，必致顚隮之患，有天下國家者，可不以任老成爲第一義乎？奈之何亥季以降，此道遁去，世多黑頭之宰相，朝無黃耇之元老？年至耆艾，則輒斥以昏耄；語稱古昔，則必嘲以陳蒭，重厚之風，蒿目莫覩；長遠之策，傾耳難聞。由是而截截善諞之徒，紛紛喜事之輩，亂世道而誤蒼生者，不可勝紀，是果世無老成之人可爲典刑者而然歟？抑有其人，而任之之未盡其道而然歟？如欲使宿德舊齒布列廊廟，凡有大政、大議、大疑，擧無難處之事，則其道何由？願聞其說。

服飾

問：服飾者，人身之章也。其色采制樣，可以觀人之威儀，覘俗之習尚，則此歷代有國之所重也。粤在鴻荒，有卉服、衣皮、衣薪之號，其有可考而可言者歟？黃帝爲文章，以表貴賤，此實萬世服飾之始，而色采制樣，不少概見於載籍者，何歟？上衣下裳，何所取象；圓冠方履，何所取義，五采五色之作服，九章七章之異制，皆可歷論之歟？王后之六服、命婦之三衣，亦可詳言其名色歟？軍容之服，刱於何時：喪祭之服，定於何代，冠冕之制，色采之尚，三代之所沿革者，可得聞歟？紺緅之不飾，紅紫之不服，絺綌之表出，衣裘之相稱，載在《鄉黨》，可法可則，而後世莫有行之者，何歟？大禹之倮國，解衣而入，衣帶而出，夫子居魯衣縫掖，居宋冠章甫，君子之於服飾，不計可否，而但當從俗歟？奇服異服之禁，不衷不稱之刺，其義可詳言歟？漢、唐之世，貴賤服飾，其有等威之別，而亦有得失之可言歟？至于宋時，儀文大備，禮服、朝服、戎服，果皆有一定之制歟？拓跋氏君臨中國，束髮加帽，則與中華無別，而不與於中華之正統，何歟？隋煬帝令百官以戎服從，則非禮甚矣，而後世循襲，莫有改正者，何歟。康節之不服深衣，兩程之被服異人，其有所尚之不同歟？朱子服妖之譏，何所指而發歟？王陶異服之詩，何所感而作歟？皇明一掃胡元之腥穢，再新中華之制度，其服飾色樣，果皆無讓於三代之盛歟？

惟我東方，有小中華之稱，衣冠文物，濟濟洋洋，上自檀君、箕子，下至句、濟、羅、麗，朝野服飾色采制樣之美惡、得失，皆可歷舉而評騭之歟？今我聖上治成制定，文質彬彬，體夫子衣服不貳之訓，行子產上下有服之政，每欲使一國之人，正其威儀，美其習尚，色采之可變者變之，制樣之可斥者斥之。若士庶之咸使衣青，朝服之改紅爲綠，婦人之去髮髻，常服之禁文段，數件施措，可見壹民德、賁文治之至意也。夫何人心澆薄，世道奢靡，輿儓僭卿相之冠服，工商混儒士之衣帶，以言乎色采，則專取華美而罔念亂朱之戒；以言乎制樣，則徒尚趨捷而未見褒博之容。厭棄古制，競趨時體，無威儀整肅之美，有習尚乖敗之歎，何以則可以復先王之法服，回盛世之風采，以副我聖上法古正俗之盛心歟？諸生博古通今，必有講劘於平昔者，其各悉著于篇。

時體

問：時體之稱，出於末俗浮薄之說，而亦可以見世道變遷之機矣。五帝迭承，制度各異；三王相因，損益可知，則當時亦有時體之可論歟？歷代以來，莫不有時王之制，而未嘗有以時體名之者，時體之稱，果起於何時歟？文賦、詩筆，服食、器用，各隨其時而異體，則古今人耳目好樂，果有所不同歟？魏、晉之談論清虛，無賢愚而爭效；五代之體尚輕薄，靡遠近而一套，時體之壞世道，若是其甚歟？匹袖尺髻，何所好而變俗；葵扇角巾，何所取而成風，四傑、西崑、鍾·王、顏·蜀，詞翰家時體各異，而其間蹈襲換改之迹，皆可詳言歟？變體太學者何人，請變文體者爲誰，而其有得失之可言歟？飲食由於口味之性，而牛心饅頭，異其俗尚；歌哭出於哀樂之情，而善歌善哭，生於慕效，人之性情，亦以時體而不同歟？

大抵時者，時俗也；體者，體格也。時俗之體格，不無變移，理固然矣。當其風淳俗厚，習尚皆美，則不必以時體目之，而至於敝化同流，世態靡然，則時體之名，於是乎出焉。此氣化之日偸而習尚之漸敗者也。近年以來，時體之尚，日甚一日，文賦、詩筆，競趨奇巧而無渾厚純正之氣；服食、器用，爭爲便利而無淡素堅朴之容。不合於時體者，或譏其鄉闇，或笑其迂闊，便僄嫵媚，舉世一色，以至於輿儓、下賤、婦人、孺子，動稱時體，惟恐毫髮違失，此非盛世之氣象也明矣。然而此猶外物也。科文之爲時體者，惟以新巧悅眼爲主，嗤前人爲古調；官長之爲時體者，惟以彌縫挨過爲計，詆古人爲不緊。儒生則以貨勢請囑爲能事，朝士則以官職計較爲言論，已爲識者之寒心。而至於處心、應事、立身、行世之規，莫不有一種時體，專意於飾外，而隨時變遷；極力於利己，而與時推移。待人接物，則陰雖猜狠，而陽盡媚悅之態；善惡是非，則內雖明知，而外作摸稜之術。揜己之爲，而鉤人之隱；言自任公，而行實濟私，慕之學之，如恐不及。善爲此時體者，無才無德到公卿，不然則作嶔崎歷落可笑人。人心世道之至於此極者，苟究其由，則時體爲之崇也，而舉一世盡入於膠漆盆中，可謂末如之何也已矣。是果由於氣數之莫之爲而然者歟？抑由於在上者導率之失其道而然歟？諸生必有涇渭於胸中者，願聞救正之術。

杖

問：杖者，扶老之物，出入行步所須而不可無者也。<u>唐</u>、<u>虞</u>、<u>夏</u>、<u>商</u>之際，所以養老安老者至矣，而"杖"之一字，不見於傳記，何歟？<u>武王</u>之銘杖、<u>伊耆</u>之共杖，其義可得聞歟？《曲禮》只稱"大夫七十致仕，則賜之几杖"，而《後漢·禮儀志》云"民年七十者，皆授鳩杖"，豈待老之禮，古今有詳略歟？杖鄉、杖國、杖朝，其年不同；抱杖、柱杖、曳杖，所問各異，皆可言其詳歟？謀於長者，必操以從，侍坐君子，撰則請出，杖之有關於事長之道，若是其重歟？原壤夷俟，以杖叩脛，奠楹興災，負杖晨歌，聖人教人示人之微意，必在於杖歟？植杖而芸，遯世之士也；扶杖而聽，樂化之民也。杖則一也，而所以爲用者不同，何歟？枸杖、箟杖、邛杖，緣何事而各殊其號；杖義、杖仁、杖賢，有何異而分言其效歟？耆疾賜之靈壽杖者誰歟？生日壽以黃子杖者誰歟？少室之九節杖、天祿之丹藜杖、須彌之木上座、甘露之方竹杖，何人之事而何書所記歟？太王之杖，何意而持歟？鄧林之杖，何事而棄歟？窣邊之錫杖解虎，葛陂之竹杖化龍，其事可詳言歟？以錢掛杖者何吊，以詩謝杖者何故，羅充之銘、瑩中之銘，其所托意，皆可鋪張而揚碓之歟？《赤藤之歌》、《桃竹之引》，有何靈異而稱道至此歟？

大抵耆耋之人，非杖則無以扶持而起居，故國家優老之典，賜杖爲先；少者敬長之禮，視杖而行，其所關係，豈淺尟哉？輓近以來，老老之道，漸至弁髦，以言乎朝廷，則惟計班資之崇庳，未聞杖者之尊敬；以言乎閭巷，則專視勢力之强弱，莫睹杖者之恭事。未出不敢先，既出不敢後之義，果安在哉？是故老人之杖者，只可以資其氣力於過溪、過嶺、東柱、西柱之際而已，未聞以六尺之杖，論貴賤之禮，辨親疏之義，而少者亦未聞有祇敬杖屨，入而事其父兄，出而事其長上者，卽此一杖而足以寒識者之心矣。是由於末世習俗之偸薄而然歟？抑由於在上者教率之未得其道而致歟？如欲使一國之中，咸知杖者之可敬，以盡老者安之之義，其道何由？

霜

問：霜者，肅殺之氣而成收萬物者也。《詩》云"九月肅霜"，《記》稱"季秋霜降"，此乃天地不易之常理，而《周雅》之"正月繁霜"，《春秋》之"霜不殺草"，何故而致之歟？"霜露無非教"，載於《戴記》；"履霜堅氷至"，著於《易》爻，聖經取義，亦有同異之可言歟？"蒹葭蒼蒼"，歎伊人之宛在；薺麥貿貿，傷君子之獨守，皆可歷指其時世而詳言其指意歟？青女之出，白鷹之來，孰見而孰傳歟？駟見而隕，鍾鳴而降，果信而有徵歟？〔雨/執〕霜、皚霜，各異其名，至於玄霜，似是理外，亦可推義而明證之歟？君子履之，必有悽愴之心；御史則之，奮其搏擊之威，其義可得聞歟？豺何以知報本之禮而祭獸歟？鷹何以知法天之道而始擊歟？伯奇行野，清朝履霜；鄒衍哭天，盛夏降霜，皆可詳言其由歟？飽霜之毫、拒霜之花，果是何物而誰所言之歟？紫瓊霜獻而求者何事？瓦溝霜比而詠者爲誰？志凜秋霜，所論者何人？字挾風霜，所評者何文？秀州異霜，具枝葉之形；青州濃霜，成百花之狀，祥歟災歟？隕霜殺草木，隕霜殺桑稼，皆可歷舉其時而言其應驗歟？

　大抵霜降以時，則年穀乃登，人有鼓腹之樂；霜降不時，則稼穡卒痒，民有無食之嘆。春夏雨露之所滋養者，以是而決其豐歉；田畯沾塗之所耕耘者，由此而判其飢飽，則霜之所係，顧不大歟！方今聖明在上，體天建極，參贊位育，財成輔相，是宜四時順序，庶徵咸若，而近年以來，時氣失節，霜降之早晚不一；饑饉荐臻，民生之憔悴轉甚，是果天道之反常歟？人事之不能應天歟？節屆霜降，時當收穫，欲聞諸生調陰陽、貫天人之高論，其各悉陳。

文房四友

問：紙硯筆墨，謂之文房四友，其爲友之義，可得聞歟？"友"所以輔仁，則四友亦能輔仁歟？"友"所以責善，則四友亦能責善歟？文王四友、孔子四友，其與文房四友同歟異歟？弘農陶泓、會稽楮白、中山毛穎、絳人陳玄，同與友善，同其出處，其間果無損者益者歟？"數斯疏矣"，朋友之戒也，而與四友數，亦有斯疏之慮歟？"久而敬之"，善交之道也，而與四友久，亦有敬之之義歟？王右軍一日三洗硯，呂正獻十日不滌硯，其所以友之者，亦有親疏而然歟？左思之藩墻置筆，班超之有懷投筆，其所以友之者，亦有愛憎而然歟？鴈頭牋百幅，人有懷金而問價者；婺州紙萬張，或有却之而不受者，其於友之之道，或厚或薄者，何歟？遂良之非佳墨不書，公擇之見人墨輒奪，其於友之之道，或擇或否者，何歟？青鏤之管、黃石之池、龍香之劑、鳳樓之牋，皆可歷指而詳言歟？唐子西《古硯銘》，竝舉三友，論其壽夭，而獨不及於紙友；舒元輿《剡藤文》，只爲紙友，悲其斬伐，而竝不及於三友，未知其處交之各有淺深而然歟？或封爲石鄉侯、毛刺史、白州刺史、玄香太守，或封爲卽墨侯、管城子、松滋侯、好時侯，友之而分封何義，名之而各異何故，而或稱侯、或稱子、或稱刺史・太守，友道亦有輕重而然歟？

大抵四友者，氣類相近，進退相須，如車四輪，如獸四足，不可闕一者也。自有書契以來，帝王之誥命，非四友則無以宣布；搢紳之章奏，非四友則無以陳達，史冊之傳信者，而惟四友是資；圖籍之簿錄者，而惟四友是賴。以至聖賢、君子之載道、明理者，莫不由乎四友；騷人、墨客之刻章、摛藻者，罔不因於四友。又若書札往復，傳千里之音信；券記詳細，備他日之遺忘，凡世間百千萬事，未有捨四友而可能者，則四友之有關於吾人，為如何哉！降及後世，此道漸衰，以言乎誥命，則無渙汗典雅之美；以言乎章奏，則乏懇惻切至之義。史冊而襲訛承謬，全蔑紀實之法；圖籍而幻偽漏逸，渾無纖悉之規。至若名為儒者，而傅會經傳，穿鑿義理，亂道誤人者，比比有之；自許文士，而雕蟲篆刻，浮靡卑俚，破壞體格者，滔滔皆是。以及於書札也券記也，率皆舛錯欺詐，百弊俱生，向所謂是賴是資者，今反為無窮之害，是果四友之無所資益而然歟？抑任用之失其道而然歟？諸生平居鉛槧，友其四友，必有磨礱于中者，願聞其說。

壽

問：《洪範》"九五福，'一曰壽'"，信乎"壽"者，享諸福之本，而人之所難得者也。上世熙皞，稱以壽域，當時之人，果皆千百歲不死而無一夭札者歟？《魯論》曰"仁者壽"，《家語》曰"彊梁者不得其死"，而顏、冉之仁，不免於夭；跖、蹻之暴，竟以壽終, 聖人之言, 若是其無徵歟?《詩》云"樂只君子, 遐不眉壽",《書》曰"非天夭民, 民中絶命", 以此言之, 人之壽與不壽, 皆所自致而不係於天歟? "老而不死, 是爲賊"者, 何義? "生而不淑, 孰謂壽"者, 何理歟? 晏子笑景公無死之樂, 莊生悲彭祖以久特聞, 可得聞其說歟? 香山九老之後, 又有至道九老; 洛陽耆英之會, 復繼睢陽五老, 此皆有壽而能享諸福者也。何其盛哉! 其可鋪張而詳陳之歟? 壽夭定於天賦, 而或有修養而引年者; 相法當夭且賤, 而或有爲學而壽貴者, 果皆信而不誣歟? 在天有老人星, 在人有壽民丹, 果有應驗之昭著者歟? 飲菊潭而壽, 飲砂井而壽, 壽在於所飲之水歟? 櫟無用而能壽, 楮無用而不夭, 壽在於無用之類歟? 羲、農之世, 其民蒙故永年; 堯、舜之世, 其民樸故難老, 人之壽專在於蒙與樸, 則後世亦有蒙者樸者, 而未必皆壽者, 何歟? 董子云: "天長之而人傷之, 其長損; 天短之而人養之, 其短益。"天之長之短之者, 人雖傷之養之, 豈能有所損益歟? 古人或有以壽爲戚, 或云短不足悲, 皆可歷指其人而言其所以歟?

大抵人必有壽, 然後爲能保受百祿而享之於身, 如其不壽, 則千倉萬箱之富, 非吾有也; 赤紱金章之貴, 不足榮也。以至諸般吉慶悅於心而適於願者, 非壽, 則皆不屬自己分上, 此壽所以居五福之首也。然而亥季以降, 世鮮壽考, 民多夭殤, 飢饉、癘疫之流行而關人之生; 鋒鏑、桎梏之犯罹而戕人之命。又有失業之徒, 流離於四方; 遠戍之卒, 暴露於邊城, 剥膚椎髓, 而墜於塗炭; 鶉衣鵠腹, 而濱於溝壑。

怨此世之支離，羨蓂楚之無知，壽者人之所願而反苦之，死者人之所惡而反思之。南山之歌詠寂矣，春臺之氣象邈然，是果天地氣數乖戾短促，馴致於此歟？抑亦國無善政，爕和失道，以至於斯歟？如欲使人得盡年，民無夭折，回上世壽域之乾坤，其道何由？

命

問：孟子曰："莫非命也，順受其正。"此指氣數之命而言也。在一身則有壽夭、貴賤，在國家則有治亂、興亡，皆所謂氣數之命，而世人謂一定而不可易，所謂順受其正之理則全不理會，何歟？人有修養延年之術，國有祈天永命之道，以此論之，氣數之命，亦可以人力推移，而其所以推移之者，亦不害於其順受歟？大德必得位，仁者必得壽，而以孔子之卒窮、顏淵之夭折觀之，則人之壽夭、貴賤，若有一定之命矣。國以一人而興，以一人而亡，而以孔明終不能復漢室、文山終不能延宋祚觀之，則國之興亡，亦有一定之命矣。此其故何歟？讖緯之學，能前言國之盛衰、起滅；錄命之書，能前知人之吉凶、禍福，其言往往有驗，而君子不取焉，豈其全無是理歟？人則有生必有死，國則有興必有亡，此天地自然之數。彼人之區區欣戚於一身之禍福者，固爲不知命，而其或忠臣、義士，遭時板蕩，不量大運之已去，悲憂慷慨，欲以些少誠力，牽補而扶支之者，亦可謂昧於氣數之理而不能順受者歟？嗚呼！天下之生久矣。三代以上，國祚長遠，人物無夭梢，而叔季以降，國家之興亡甚促，人物之厄殃多端，豈氣數自然之命，有古今之殊，而無乃其間又有有意而主張之者歟？　況自元、明以後，裔戎與中國，迭為盛衰，而古先王遺氓，盡入腥臊之俗，今則顚木蘗之理，亦幾乎息矣。斯豈天地之大運大數，不得不然，而惟天所命，人不可如何者歟？　惟我聖朝寶曆千齡，固將與天地無窮，而然以往事言之，燕山、光海之昏亂，壬辰、丁丑之搶攘，固皆國家之大厄運，而人物多罹其殃。豈生於其時之人，偏犯三刑之命歟？方今疆宇乂安，生齒漸繁，宜其社稷隆昌，人物同受其福，而觀乎國勢，則委靡削弱，有朝夕不保之憂；觀乎朝廷，則朋黨之禍，醞釀百年，人心世道，流失壞敗，月異而歲不同。至於飢饉癘疫，札瘥無筭；刑獄劫盜，枉死亦多，閭閻之間，蔀屋之下，含哺鼓腹，蒙被太平之福者，蓋絶無矣。此聖上所以宵旰憂歎，而有司亦欲一陳順受之理，少紓吾君之憂，求其說而不得。今因多士之會，願聞其所未聞，其各悉陳。

皇極經世書

問：《皇極經世書》，康節所以演伏羲之書，作一家之經者。而天地萬物之理、皇王‧帝伯之事、陰陽之消息、古今之治亂，莫不畢論，則其有關於天下國家者大矣。《易》有太極、兩儀、四象、八卦之名，《書》則纂之以動靜、陰陽、剛柔；《易》有天澤、火雷、風水、山地之位，《書》則配之以日月、星辰、石土、火水，其象數之推演，方位之同異，可以明言歟？陰陽、剛柔之所配，體用、聲音之所推，竝可詳言歟？觀物之名內外，漁樵之設問答，其義何居？係之以《無名公傳》，書之以呈上堯夫，其意安在？

大抵"皇極"二字，出於《洪範》之書，實爲人君標準一世之具，而至若"經世"之目，實寓彌綸天地之意，則其取名以成書者，誠非偶然。而當時如兩程之賢，竝無發明之事，及朱子以高明之學，平生箋註，遍及於經、傳、子、史，獨於是書，無所發揮，豈是書纖悉通暢，無所更事於註脚而然歟？惟我國家，文明爲治，道學相繼，則其於是書，亦宜演窮奧義，闡明微辭，而無有一人之着心於斯者。至於今日，經筵日開，睿學日就，凡群經之裨益治道者，無不探討，而迄無進講是書之舉。至於爲士者，亦多有留意經學，存心世務者，而顧於此編，反以象數計之，擔閣一邊，視若苴籬。使先生立言之旨，幾乎泯沒；天地推演之法，漸至幽晦，可勝歎哉！如欲大闡是書以裨斯世，則其道何由？願聞之。

好人好書好山水

問：趙季仁平生願識盡世間好人，讀盡世間好書，看盡世間好山水。人之所願欲，果無過於三者，而所謂好人者是何等人，所謂好書者是何等書，所謂好山水者是何等山水歟？貽書邀致，願得十日之歡；下令搜求，不惜千金之費，一世好人，莫如平原君；而當時好書，莫如北海之書歟？親御樓船，騁遠眸於三島；長驅八駿，結遲想於十洲，世間其無好山水而必欲求之海外歟？每遊太學，遍識知名；六年秘閣，歷觀群書，二子之於人與書，其有未盡識、未盡讀歟？弱冠遠遊，盡天下之大觀；體便登覽，遍海內之絕境，兩人之於山水，亦有未盡副其願者歟？一識荊州，不用萬戶，欲閱芸編，求爲寫書，何其願之若是極歟？願生高麗，一見金剛；願寫桃源，一泛漁舟，金剛、桃源有何絕異之勝歟？王朗曰："不見異人，且當求見異書。"馬存曰："吟誦斷編，不如遊覽山川。"三者抑有輕重之可言歟？

　　大抵人物甚多，而必欲識其好人；載籍極博，而必欲讀其好書；山川不爲不多，而必欲看其好山水，識盡人間所未見之好人，則不亦樂乎？讀盡人世所未見之好書，則不亦快乎？看盡世間所未見之好山水，則不亦疏曠其胸襟乎？是三者，所以人所共願，千古同情，而奈何今之人，有異乎此？奔走干謁，所願識者榮達之流也；繼晷窮年，所願讀者科程之文也；矯首馳情，所願看者終南、渭水也。雖有好人，莫知其可尚；雖有好書，莫知其可耽；雖有好山水，莫知其可愛。而舉一世落在塵俗窠臼，清芬日以消歇，濁滓日以橫流，懷奇有志之士、該博退舉之人，無以復見於世。言之至此，寧不寒心？何以則人能拔出流俗，各從其志，以遂三者之願歟？諸生於斯三者，必有所大願，其各悉著于篇。

讀《論語》

問：讀《論語》，每以諸弟子所問，作己問，而以夫子之言，作今日耳聞。其讀史，亦於君臣之際、事機之會，以身處之，如何而可，如何而不可，然後方有所益。先儒蓋有此論矣。且如樊遲請學農圃，子張學干祿，季路則問事鬼神，顏淵則問爲邦，亦各言其志也已矣。諸生若及夫子之時，所欲問者何語，而所願學者何事？

管仲事小白，狐偃事重耳，雖其以力假仁，陰謀取勝，皆所以攘夷狄尊周室也。而仲則取功烈其卑之譏，偃則貽譎而不正之誚，斯亦未爲得也。叔孫通不爲高祖制禮儀，則醉呼擊柱，孰謂其不至於叛，而先王之禮之喪，通使之也。鼂錯不爲景帝削諸侯，則僭禮踰制，幾何其不至於亂，而七國之兵之起，錯促之也。諸生若當仲、偃之任，能樹其功而無其過歟？遇通、錯之時，能救其弊而免其責乎？勿夸勿絀，請以實陳。

帝王生必有祥瑞

問：帝王之生，必有祥瑞，此自然之理也。國家將興，必有禎祥；聖人之生，必有嘉瑞，是固不易之論，而前代聖王不言祥瑞者，何歟？自古帝王何限，而或未必皆有祥瑞，祥瑞固不可易得歟？抑有之而無傳記之可徵歟？熊羆之占、郊禖之祀，是皆祥瑞之所由起，而昉於何代歟？瑤光貫月，顓頊以誕；大星流虹，少昊乃生，見於何書而果皆可信歟？大電斗樞，黃帝有二十月之祥；赤龍陰風，唐堯有十四月之異，聖人之首出，固有以異於人歟？樞星繞虹而感者誰歟？流星貫昴而生者誰歟？華胥、姜嫄，俱履大迹；漢祖、唐宗，竝應神龍，漢武帝、宋太宗、宋仁宗之誕，皆有日入懷之夢；漢光武、晉元帝、宋孝宗之生，皆有光照室之瑞，祥亦有恒有而屢驗者歟？或玄鳥遺卵，或白氣貫月，或嘉禾

一莖九穗，或五星連珠聚奎，或慶雲屬天，或仙人赤脚，或
經月異香，或一丸神藥，皆可歷言其世代應驗歟？砌臺卜
釵，國香徵蘭，胸據蒼龍，花吞菖蒲，如此之類，不可勝數，
其爲何代何君之祥，亦可一一證嚮歟？

　　以我東言之，檀木之熊、英井之龍、大卵之異氣、金
蛙之日影，儘皆靈異，而至若鵲隨鳴而爲姓，鷄有聲而名
國，龜峯之金卵出盒，松嶽之神光繞室，皆可指論其時世事
迹歟？洪惟我朝聖刱神承，《九變震檀之圖》、"三韓木子"之
讖，其奇祥異瑞，固無容議。而書屛八字，有紅光異香之祥；
白氣三條，著似烟凝窓之瑞，天之眷顧，若是昭著，猗歟盛
矣！式至今休，元子誕生，以其年則聖賢降生之年也，以其
日則慈宮上壽之日也。此年此日，固不尋常，而又況彩虹亘
於廟井，神光繞於宮林，此則不讓於華渚、南頓之祥而兼有
之者也。其爲我國家萬億年無疆之慶，爲如何哉？

　　大抵聖王之生也，必受天命而膺泰運，則天之降祥瑞而
赫厥靈也宜矣，觀於《詩》、《書》所載，槪可知已。是故自古
及今，靡不表揚而傳誦之，非若末世言祥瑞者之傅會矯誣，
姑爲欺眩媚悅之資而已也。然而世無貫天人之學，士乏識
理氣之才，雖有不世之祥、曠古之瑞，而未有能闡揚歌詠如
《周雅》、《商頌》者，有識之慨恨，庸有旣乎！如欲明奇徵於
已然，揭休命於將來，使今日之祥瑞，匹美於隆古之祥瑞，
昭示一世，永垂無窮，則其道何由？諸生卽今日同慶之人
也，必有蹈抃而講究之者矣。其各悉著于篇。

鳴

問：韓昌黎曰"物不得其平則鳴"，然則凡物之鳴，皆由於不平而然歟？天裂而有聲如雷，地震而省垣皆倒，出於何代何書，而天地亦有何不平之事歟？風至而萬籟怒號，雷出而虢虢有聲，是亦不平而鳴者歟？無情者草木，而撓之則鳴；至頑者金石，而假之以鳴，烏在其無情至頑歟？春則鳥鳴之，秋則蟲鳴之，其所不平者，可詳言歟？

其於人也亦然，太康無道而五子歌以鳴，管、蔡流言而周公詩以鳴，非歌詩則無以舒其不平之氣歟？孔子以木鐸鳴，老聃以道德鳴，不平者何事而其鳴同歟？屈原行吟而鳴於楚，賈誼賦鵩而鳴於漢，皆可聞其不平之由歟？先二子鳴者誰歟？詠兩鳥鳴者誰歟？驚人鳴、堅白鳴、雄劍鳴、瓦釜鳴，亦可歷舉其事而言其所由歟？高吟《梁甫》，孔明鳴其志；長歌《正氣》，文山鳴其氣，二人之鳴，果無愧於古之善鳴者歟？子長、孟堅以文鳴，李白、杜甫以詩鳴，東京諸公以節義鳴、宋室群賢以道學鳴，茲皆各以其術鳴，而其中最善鳴者，誰歟？恭惟我朝聖后在上，賢臣在下，物得其所，人得其志，宜無不平之憂。而試以近日事言之，乾文告警，風雷不時而鳴；坤道不寧，山嶽震盪而鳴，饑饉荐臻，溝壑有顛連之號；賦役煩重，閭里有愁嘆之聲，臺諫乏謇諤之風而不鳴其直，草野有遺逸之賢而不鳴其才，何其不平之多，而善鳴之未聞歟？何以則物各得其平，舉入太和之域，而無不平之鳴歟？諸生必有和其聲而鳴國家之盛者，其各悉陳。

文稿　册十

書蘇子由《老子論》後

余讀蘇子由《老子論》，未嘗不多其辭之近於辯，而惜其意之礙於理也。其言以爲："老、莊與佛，皆以周、孔爲不足信，以周、孔辨異端，如與里人言而以其父屈人，誰肯信以爲爾父之是？聖人之于事，譬如規矩之於方圓，天下之人，信規矩之于方圓，而以規矩辨天下之不方不圓，則不若求其至方極圓以陰合于規矩，使彼以爲規而不圓、矩而不方，則亦無害于吾說。若此則其勢易以析天下之異論。昔者天下之士，其論老、莊與佛之道，皆未嘗得其要也。"

噫！何其言之繆蠹也！以周、孔辨異端，譬之以其父屈人，固已不能十分襯當，而至若規矩之喻，尤不知其何說也。其意欲以仁義禮樂，辨天下之去仁義、絕禮樂者，而求聖人之精義至論，以陰合于仁義禮樂，使彼以爲仁而去父子、義而棄君臣、禮樂而廢節文、毀律呂，則亦無害于吾說也。是亦當於理而得於言乎？

今以冰炭，辨天下之不寒不熱，而求其極寒至熱，以陰合于冰炭，使彼以爲冰而不寒、炭而不熱，則亦無害于吾說可乎？以雪墨辨天下之不白不黑，而求其極白至黑，以陰合于雪墨，使彼以爲雪而不白、墨而不黑，則亦無害于吾說可乎？是其矛盾枘鑿，殆有甚於堅白同異之終歸於無理也。

夫規矩，乃所以爲方圓，則安有不方不圓之規矩乎？又將何處討得來規矩外至方極圓於不方不圓之地，而欲以陰合規矩，使彼以爲規而不圓、矩而不方，以無害于吾說乎？

雖欲陰合以至方極圓，何以合於不方不圓乎？雖欲無害以不方不圓，何以無害於規矩乎？且規而不圓，矩而不方，是果作甚麼模樣，成甚麼說話乎？要以辨彼之說，而聊且曲循其說，欲其陰合而無害，可謂名正而言順乎？

夫求一物事，以陽附於彼，而陰合於此；外若順彼之意，而內實濟吾之欲，此乃蘇秦所以騁其詐於燕、齊之間，張儀所以用其術於秦、魏之際者也。曾謂以聖道辨異端，而乃欲陰學捭闔譎詭之餘法乎？以此謂之易析天下之異論，而又謂天下之論皆未得其要，有若己獨得其要而能析異論者然？辯則辯矣，吾未聞子由能以此術，得其要而析異論，則又何其言之易而不顧也？故愚嘗以爲子由此言，未免爲異端之歸，以其用心下語，終非純正誠實底道理也。

朱子曰："有人說賊當捉當誅，便是主人邊人；若說賊也可恕，便喚做賊黨。"由此言之，子由之言，反不如可恕之言猶爲忠厚也。且其言曰："善與人言者，因其人之言而爲之言，則天下之辯者服矣。"此亦似也，而其意則非也。因其言而爲之言，如孟子之因夷之"施由親始"之言而爲一本、二本之說，因告不害"食色性也"之言而爲耆炙、飲湯之說，則此固不害爲因其所明而通之之義。而苟或因其言，而爲依違籠絡之術，姑不欲拂其意，而陰求無害於吾說，則非但不能服天下之辯者，其勢必至於率天下而入於異論，其害不止於不得其要而已也。

嗚呼！闢異端，惟恐不嚴正，猶執規矩而責不方不圓，奚暇恤於彼之以其說而不吾信？又奚暇嫌於牽夫仲尼、老聃之名而不能平其心也？恨不得起子由而詰之也。

書王介甫《禮樂論》後

介甫之病，在於是已執拗，而其學則天下不謂之異端，盖其讀聖人之書，談聖人之言，類非俗學拘儒之蒙陋。觀於經傳之箋註所載及傳後之遺文，概可知已。然而其所著《禮樂論》，不能無愚者之疑，盖心性、誠明、仁義、禮樂之說，自孔、曾、思、孟以至周、張、程、朱諸先生之言，布在方冊，揭如日星，不待歷擧。而稍知讀書者，若大路之共由，雖有高下、淺深之不齊，而其不敢拖泥、帶水、落草、由徑則均也。今此論既以"禮樂"爲名，而其所爲言，鋪張驃舞，遹皇眩貿，雜引經傳，間以已意，混沙金而倒先後之序，幻主客而失虛實之宜，固不免於放肆流蕩。而其中最乖理而尤悖義者，有曰："神生於性，性生於誠，誠生於心，心生於氣，氣生於形，形者，有生之本。故養生在於保形，充形在於育氣，養氣在於寧心，寧心在於致誠，養誠在於盡性，不盡性，不足以養生。能盡性者，至誠者也；能至誠者，寧心者也；能寧心者，養氣者也；能養氣者，保形者也；能保形者，養生者也，不養生，不足以盡性也。生與性之相因循，志之與氣相爲表裏也。生渾則蔽性，性渾則蔽生。""世俗之言曰'養生，非君子之事'，是未知先王建禮樂之意也。養生以爲仁，保氣以爲義，去情却欲以盡天下之性，修神致

明以趍聖人之域。""去情却欲而神明生矣，修神致明而物自
成矣。"

　　嗚呼！何其駁雜不經也！夫以保形、養生爲盡性、致
誠、建禮樂之本，而乃曰"不養生，不足以盡性"，至以"仁義
皆係於養生、保氣，而聖人之域、成物之功，皆本於是"。安
有讀聖書、學聖道，而敢爲莊之《養生主》、老之衛生經、
揚之潛天地之說者乎？蘇老泉嘗斥其口誦孔、老之言，身
履夷、齊之行，而陰賊險狠，與人異趣，以爲"不近人情，鮮
不爲大姦慝而天下將被其禍"。是其人必自居以顏、孟，馳
心於高遠，好爲絕類離俗之奇言異論，獨立以爲高，故其發
於辭而無忌憚，至於如此，其害有甚於歐陽永叔所謂"聖人
敎人，性非所先"之一句語誤了而已也。朱子曰："旣離去了
正路，他那物事不成，物事畢竟用不得，遂至於窮。窮是說
不去了，故其辭遁，遁是旣離後走脚底話。如楊子本是'不拔
一毛以利天下'，却說'天下非一毛所能利'；夷子本說'愛無差
等'，却說'施由親始'；佛氏本'無父母'，却說《父母經》，皆是
遁辭。"今此論之多引聖人言者，得無類是乎？盖不足一一
辨覈，而一言以蔽之，曰："非吾所謂學也，率天下而禍心
性、仁義、禮樂者，必介甫之言夫。"

《孟子諺解》辨 二

齊宣王令舍釁鍾之牛曰"吾不忍其觳觫若無罪而就死地"，其

答孟子之言曰"卽不忍其觳觫若無罪而就死地"。 《諺解》以
"若"字屬下文爲"似"字義, 而以爲似無罪而就死地者然, 此
恐失於照勘也。 夫牛之觳觫是乃無罪而就死地而然也, 又
何"似"、"若"之有哉? 蓋"若"字當屬於上文"觳觫"之下而讀之
曰"觳觫若", 其義若曰"觳觫然"也。 如"惕若"、"炳若"、"發
若"、"紛若"、"沱若"、"戚嗟若"之類是也。 且其下文孟子曰:
"王若隱其無罪而就死地, 則牛羊何擇焉?" 若如《諺解》之
意, 則何不着"若"字於"無罪"之上乎? 是其當屬於觳觫之下,
故於此直曰"無罪而就死地"也。且以文法言之, 若但曰"觳觫
無罪", 則句法太促無味, 而必曰"觳觫若", 然後是爲形容其
恐懼觳觫然之狀, 而句讀亦紆餘矣。 此等處甚易解而乃若
是, 可怪。

　　孟子謂齊宣王曰: "今有璞玉於此, 雖萬鎰, 必使玉人
彫琢之, 至於治國家, 則曰'姑舍女所學而從我', 則何以異
於敎玉人彫琢玉哉?"《諺解》以爲: "何以與敎玉人彫琢玉異
也?" 其意以"使玉人"、"敎玉人"爲一義, 而以"舍女從我"之
言, 爲異於此也。

　　竊詳其文義, 上文之"使玉人"者, 謂召玉人令治之也,
此《集註》所謂不敢自治而付之能者也。 下文之"敎玉人"者,
謂不付之玉人, 而自敎其彫琢之法於玉人也。"使之"則付之
玉人, 而玉人得以自盡其能, 是猶治國家者不徇私欲, 委任
賢者, 而賢者得行其所學也。"敎之"則以己意敎之, 使其從
我所敎, 而玉人不得容其能, 是猶治國家而曰"姑舍女所學
而從我"也。

“斯與彼何以異哉”，何以異者，言無以異也。《諺解》乃言“何其異於敎玉人彫琢玉哉”，此謂治國家之舍女從我，與敎玉人異也。是恐未及察於“使”字、“敎”字之異而均看之也。

盖文字之長短，隨其文勢而成文。雖以《七篇》中屢見者言之，語言之間文勢欲短，則直曰“無以異”，如言“以挺與刃”、“以刃與政”，曰“無以異”也。辨告子則曰“無以異於白人之白”、“無以異於長馬之長”、“無以異於耆吾炙”，皆接語之際，故無不如此。而至於語竟將結，則文勢欲長，故必曰“何以異於云云哉”，如“何以異於鄒敵楚哉”、“是何異於刺人而殺之曰：‘非我也兵也。’”，答沈同而論仕之私與受曰“何以異於是”，答儲子曰“何以異於人哉”。凡其語法，皆謂“無以異”而未嘗謂“與之異”也。且非獨《七篇》爲然，凡諸書之曰“何以異”者，皆未嘗有異義也。何獨於此而別爲之釋乎？

或曰：“敎猶使也，敎與使無以異也。”是徒知“敎”字之有“使”字義，而不知下字之各有當也。夫以“敎”爲“使”，惟詩律爲然，經傳則未始有也。藉使可以通用，何必旣曰“使”而復變曰“敎”乎？其“使”字之泛言、“敎”字之有意，讀之自了然矣。

《孟子集註》志疑　二

陳相曰：“從許子之道，則市賈不貳，布帛長短同，則賈相若；麻縷絲絮輕重同，則賈相若；五穀多寡同，則賈相若；

屨大小同, 則賈相若。"孟子曰: "夫物之不齊, 物之情也。巨屨、小屨同賈, 人豈爲之哉?"《集註》曰: "許行欲使市中所粥之物, 皆不論精粗、美惡, 但以長短、輕重、多寡、大小爲價也。""是使天下之人皆不肯爲其精者, 而競爲濫惡之物以相欺耳。"輔漢卿以爲: "此義未有人看得出, 至《集註》而義始明。"第於"巨屨、小屨同賈"之註曰: "其有精粗, 猶其有大小也, 若大屨、小屨同價, 則人豈肯爲其大者哉?"如此則與上文"屨大小同, 則賈相若"之義不合。今旣以"不論精粗, 但以大小爲價"釋上文, 而又以"大小同價, 豈肯爲其大者"釋下文, 則意不相承。

竊意以"巨屨、小屨同賈"與"屨大小同, 則賈相若", 作一義看, 以"人豈爲之哉"爲"不肯爲其精者"看之, 則上下文義合相襯, 而亦與《集註》大意融會貫通矣。

孟子答公孫丑"似不可及"之言曰: "大匠不爲拙工改廢繩墨, 羿不爲拙射變其彀率。君子引而不發, 躍如也, 中道而立, 能者從之。"《集註》曰: "引, 引弓也; 發, 發矢也。因上文彀率而言: '君子教人, 但授以學之之法, 而不告以得之之妙, 如射者之引弓而不發矢。然其所不告者, 已如踴躍而見於前矣。'"

又按朱子曰: "'引而不發', 謂漸啓其端而不竟其說; '躍如', 謂義理昭著, 如有物躍然於心目之間""是道理活潑潑地, 發出在面前, 如由中躍出。道理散在天下事物之間, 聖賢也不是不說然也。全說不得自是那妙處不容說, 然雖不說, 只纔撥動那頭了時, 那箇物事自跌落在面前。"

竊意朱子此說眞是恰好，而《集註》之必因彀率之說，而以"引而不發"爲譬喻於"引弓不發矢"者，何也？蓋匠、羿之喻，是言教人者皆有不可易之法，不容自貶以徇學者之不能。而次乃正言"君子教人之法，漸啓其端而不竟其說"，此所謂引而不發，而《集註》所謂語不能顯，默不能藏者也。孔子曰"不憤不啓，不悱不發，舉一隅，不以三隅反，則不復也"，與此互相發，是之謂"中道而立，而在乎人之能者從之"也。只如此說出，則似不必以"引發"爲喻於"引弓發矢"也。

讀書次第

世之教兒者，兒能言，則必教以周興嗣《千字文》；能屬字讀，則乃教以《史略》初卷、《通鑑》初卷；多者及於《西漢紀》；又多者及於東漢、蜀漢。而又教以《孟子》、《詩·國風》，當夏則初教以《唐音》絶句，次教以《唐音》長篇，又使之屬文爲五言、七言及行文。

及其冠而娶，則愚不能悟者止於斯，其稍有才者乃涉獵類聚書，看東人科作。詩能押韻，文能成行，則便入場爲決科計，其父兄喜而誇之，渠亦自以爲能事畢矣。是故雖號爲能文，早登科甲者，引用古人文字，而不知其出於何書、本是何義；綴就一篇詩文，而不知其成甚道理、有底歸趣。出言則羴獵杕銀，無非可笑；見解則鴻鴈麋鹿，到處皆是，而況心性理氣之說、下學上達之事，都是黑窣窣地，可歎已！

今定教學次第，以爲行遠升高之資，其下愚不移者，固無足道，而有志者尙庶幾因此而知先後本末之序矣。

若欲習小兒之口，則《史略》初卷固所不可廢者，而敎之之序則先讀《小學》，以知立敎、明倫、敬身之爲爲學之本。

次讀《大學》，以知三綱、八條之次序間架。

次讀《論語》，以知聖人所言與弟子問辨之無非至理。

次讀《孟子》，以知遏人欲、存天理、閑聖道、闢異端及四端、養氣等說。

次讀《中庸》，以知性、道、敎、致中和之爲聖人極功，而始一理、中萬事、終一理之妙。

次讀《詩》，以知先王敎化、風雅正變及感發懲創之機。

次讀《書》，以知堯、舜以來相傳之心法與夫伊、傅、周、召輔治之嘉謨。

次讀《易》，以知吉凶·悔吝·進退·存亡之道、四聖二賢微顯闡幽之訓。

次讀《春秋》，以知聖人所以筆削褒貶，定天下邪正，爲百王大法之義。

次讀《禮記》，以知三百·三千之有經有曲、先王·先聖之遺制遺訓。

此其讀經次序，而其讀《小學》也，又讀《孝經》；其讀四書也，又讀《或問》；其讀《易》也，又兼《啓蒙》；其讀《春秋》也，又兼三傳、《國語》；其讀《禮記》也，又兼《周禮》、《儀禮》、《家禮》。而又讀《家語》、《近思錄》、《心經》、《二程全書》、《朱子大全》、《語類》、《性理大全》等書，以會其通, 以極其趣, 而亦必溫故而繹前, 參互而考訂。

又不可以不知史也。 於是兼看《綱目》及馬、班以下歷代諸史, 以至於東史。

又不可以不知文章家也。於是兼看《楚辭》、《戰國策》、《文選》、李·杜詩、唐·宋八大家, 以及諸子百家書以極其博, 而若異端之書不觀可也。置其學, 只觀其文, 以爲文章之一助亦可也。

夫旣立其本, 正其義, 博其見, 然後取於心而注於手, 則浩乎其沛然, 退之所謂"仁義之人, 其言藹如"者也。

彼科文, 乃餘事耳, 顧何必費心力, 效他釁? 而終亦不期工而自工矣。

昔歐陽永叔作計字法, 程端禮作分年法, 而未聞後學之依其言, 則未若只定次第, 使不失先後之序, 而若其成就之早晚、高下, 則在乎其志與其才耳。

嗚呼! 朱子, 我師也。其言讀書曰: "正身體, 對書冊, 詳緩看字, 子細分明讀之。須要讀得字字響亮, 不可誤一字, 不可少一字, 不可多一字, 不可倒一字, 不可牽强暗記。只要多誦遍數, 自然上口, 久遠不忘。"遂引古人"讀書千遍, 其義自見"之語。又曰: "讀書有三到, 謂心到、眼到、口到。"又曰: "端莊正坐如對聖賢, 則心定而義理易究。不可貪多務廣, 涉獵鹵莽, 纔看過了, 便謂已通。小有疑處, 卽更思索, 思索不通, 卽置小冊子, 逐日抄記, 以時省閱資問。無故不須出入, 少說、閑話, 恐廢光陰; 勿觀雜書, 恐分精力。"又曰: "讀書, 須虛着心, 高着眼, 大着肚。"使朱子而不知讀書則已，不然則是豈非讀書之三尺乎？

　　或曰："世間許多書，何以讀得盡？且人不能無疾病、事故，或汨於家務，雖欲專意讀書，有不可得，不若隨衆人之爲幸得決科，保門戶，成家計耳。"此眞暴棄放惰，不可與入堯、舜之道者也。版築讀書尚矣，古人有朝耕夜讀者，有帶經而鋤者，有擔薪行誦者，有病中讀書者，有獄中受書者，豈有長時拘掣於事故欲讀不能者耶？直患無志耳。吾故曰："志至焉，才次焉。"

教小兒

孔子曰："無欲速，欲速則不達。"孟子曰："必有事焉而勿正，心勿忘，勿助長。"此言固皆各有本指，而亦可爲教小兒之要訣。

　　蓋小兒之性，如混沌之未鑿，自不分明，除非聰明穎悟絶類離倫者，則類皆蒙昧迷駭。雖細吾心而牖之，因其知而喩之，鮮有能觸類通曉。是故敎之之術，無懷欲速之念，無犯助長之戒，必有事焉而勿正、勿忘。優而游之，使自得之；厭而飫之，使自入之，循循然指導之，誘掖之，激勵之，獎勸之，以至於眞積力久，然後乃可以漸次長進於不知不覺之中，如延蔓之物自然上升、短小之孩自然長大。畢竟各隨其稟之敏鈍，各充其量之淺深，至於長進之遲速、成就之大小，則在乎渠之才與勤怠之如何。若强欲責效於咄嗟指顧之間，則是眞揠苗者流耳。

吾觀世之人教小兒也，以己之所知，責兒之不能曉；以昨之所教，怒今之不加益。切切焉必欲聞一知十，日就月將，霎時之間，盡透文理；數年之內，悉通書籍，務要突過李賀、楊億頂上。而若不如己意，則輒瞋目以忿恚之，大聲以叱喝之，甚則拳踢交加，鞭撻紛紜。彼血氣未定者，魂慴魄遁，眊茫錯亂，反失其所已知、所已得。而其中不肖者則見長如敵，視冊如讐，若是而何能達乎？

余聞一人教其子，小有齟齬，則輒以錐刺之，遂得驚悸狂易之疾。是則其所以愛而教之者，反爲賊害之術，人之愚妄一至此哉？蓋達之之道，在於無欲速，而人每以速而求達；事焉之道，在於勿助長，而世多以助而求長。或預正而卒無其期，或忽忘而遂致作輟，可歎已！

夫穀之播於春而實於秋，不勝其遲，而世未有不待秋而望其實者；人之始於生而成於長，不勝其久，而亦未有不待長而責其成者。誠以其理勢不得不然，而難容欲速之私意也。獨於教兒而欲行私意於其間，駭容怪擧，無所不至，適足以挫遏其自然之志氣，反不如悠泛之猶有餘地，此所謂非徒無益而又害之也。豈非惑之甚乎？

今欲教兒而無失其道，則必須先要恭謹拙默，安詳沈重，謙退後人，使之毋競；勤孜先人，使之毋忽。課書則逐日限幾行，使之恢恢於其才力；釋義則逐字覈其趣，使之歷歷於其方寸。若過量而涉獵，則必有艱窘錯誤、朦朧掩過之患，且不免徒思上口、苟欲免責之弊，烏可乎哉？只宜使

之熟讀，尋思其義，切不可貪多務益，僅受其誦，以爲幾日
了一冊之誇也。又不可恣其出外遊戲，逐村里歪童，便受其
漸染也。

大抵授書要從容，不可草略，須細細繹義，期使之領
會；時時溫故，期使之通熟。毋疊讀，毋弄聲，字音高低毋
換誤，句絶長短毋雜亂。魚魯豕亥，必使辨別而毋混；蠶絲
牛毛，必使窮究而毋泛。時休之，毋使至於厭苦；間警之，
毋使至於惰忘。一日二日積累不已，至於怳然而悅於心，犁
然而識於默，鉤其奧而難其疑，則何憂乎鹵莽，何待乎暴
怒？吾於是知聖人之言，泛應曲當，上下皆通，無適而不合
也。

代李子文作《陽城李氏名賢錄》序

金璞之礦無鐵礫，梧檟之場無樲棘，種德之門忠孝萃焉，固
其理然也。我陽城之李，自始祖柱國公相傳千年，德行、文
學、勳業、清白之外，忠孝、節義之表表可見者，又磊落相
望，類非他族之可幾及。茲豈非源深流長、根培枝達之驗
歟？

所可恨者，後裔零替，文獻無徵，向所謂表表可見者，
將不免湮沒而無傳，是則後死之責也。茲敢雜考史傳，參以
碑誄，据其實而撫其遺，裒成一編，以揚先烈之徽懿，以作
嗣世之信傳，名之曰《陽城李氏名賢錄》。後之覽閲者，尚有

以興起感奮，無忝爾家聲，無負我苦心。

書徐偃王事

史稱："穆天子西巡，樂而忘返，徐子乘時作亂。造父御王長驅歸救亂，命楚討徐誅之。"據此則徐子爲叛逆，而穆王能命諸侯，討而誅之，猶爲禮樂征伐之自天子出也。及讀韓文公《衢州徐偃王廟碑》，則以爲："秦虎吞諸國，而徐處得地中，文德爲治。及偃王誕當國，益除去刑爭末事，凡所以君國、子民、待四方，一出於仁義。當此之時，周天子穆王無道，意不在天下，好道士說，得八龍騎之西遊，同王母宴于瑤池之上，歌謳忘歸。四方諸侯之爭辨者，無所質正，咸賓祭於徐，贄玉帛死生之物于徐之庭者三十六國。得朱弓赤矢之瑞，穆王聞之恐，遂稱受命，命造父御長驅而歸，與楚連謀伐徐。徐不忍鬪其民，北走彭城武源山下，百姓隨而從之，萬有餘家。偃王死，民號其山爲徐山，鑿石爲室以祠偃王，戴其嗣爲君如初，駒王、章禹祖孫相望。"辭曰："秦傑以顛，徐由遜縣。婉婉偃王，惟道之耽。以國易仁，爲笑于頑。嗟嗟維王，雖古誰亢？王死于仁，彼以暴喪。"

繇是言之，則偃王盖仁君也，而諸侯爭歸之；及穆王謀伐，乃不忍鬪其民而遜以去也。與史所言，大相逕庭，後之人將何所適從也？今欲齊東碑文，則退之非諛廟之人也，不然則史不可信矣。史不可信，則將於何考已然之迹乎？

愚意穆王無道，自遺天下，觀於史亦然。當是時，偃王仁義爲治，則諸侯之歸之也，盖必然之勢也。及穆王歸，遜以走，民之從之如歸市，亦必然之理也。而史氏於此欲示以天下萬世君臣之大經，則直書其事，不可以爲訓，故曰"乘時作亂"，曰"命楚討誅"，寧失實於徐子，不忍使王章移而臣分壞也。況此是何等時也？膠舟之禍，天下之大變也。穆王之於楚，所與不共戴天之讐也，而不能行王法之誅，乃以八龍西遊，樂而忘返。其忘親逆理而得罪於天，亦已甚矣，而周室之不亡，盖一髮耳。及聞偃王之得民，反與楚連謀以伐之，楚方幸其不之罪也，故姑聽伐徐之謀，非以其天子之尊而承其命也。譬如家主昏弱，豪奴悍僕，縱悖濫之習，犯弑逆之罪，而主人之子，旣不能明正其罪，怒他奴之頑恣，反與之謀治，彼雖幸逭，終有所惡蹙，且欲除他奴而顓家權，故外應之而已。今穆王之伐徐，何以異於是？是故作史者因其事，而其辭則容有抑揚，欲以後人一筆之力，代當時太阿之柄，其旨可謂微矣。嗟乎！向使無韓公之碑，則徐偃不過爲僭亂逆命而被誅者耳，孰知其爲仁義之君也？古今若此類善惡、仁暴變幻失傳者，又不知其幾何也。於乎悲夫！

書公孫弘事

人之言，莫不尙讜謇、非巧令；而人之情，莫不喜逢迎、惡爭折。是以陽禮貌而陰疏厭，外狎侮而內親倚，無古今然也。

何或乎君子之常遠而小人之常用也？三代以降，若漢武可謂英傑之主也。非不知汲黯之爲社稷臣，而一怒變色，卒置之淮陽十載，與賈生長沙何異？且如唐文皇，亦不世出之君也，其知魏徵何如？而中情乃發於“會須殺此田舍翁”之言，竟不免於停婚而踣碑，所謂人鑑云云，特外示優異之意耳。

是皆英達明智，足以駕御一世，掩欺後人也。故姑且含忍褒隆，以賺容諫從直之名，而其中則未嘗不如芒刺在背，思亟去之也。彼小人惟其知此也，故柔媚以取憐，迎合以中意。外雖不足以見敬禮，而內實能有以致悅任，《易》所謂入于左腹是也。是故如董仲舒之醇正，而遠之以江都相；公孫弘之憸佞，而超遷爲丞相。觀其舉錯，足以驗其中之所存，而其過甚於不識賢邪者之猶爲無責也。

余每讀史至弘策，有以知武帝之心也。其策上所論，雖無害於大義，而要皆順口說去，眩舞叢雜，頓無經綸底蘊之次第條理。如天人、治安之言中，則以一“和”字致衆瑞之說，鼓聳人主之聽。末乃曰：“堯遭洪水，使禹治之，未聞禹之有水也。若湯之旱，則桀之餘烈也。”噫！何其言之悖戾無倫也！其語意分明以爲禹之水則堯之烈也。弘亦豈不知堯、桀之分，而其言若是者，直以欲謟今王，則更不顧前王也。誠如是也，假使武帝之時有禹、湯之水旱，則必將以爲文、景之餘烈，而又若復事武帝之後王，則亦將不顧武帝矣。

夫以災異爲天之行者，已失恐懼修省之義，況爲人君而曰“非我也，餘烈也”而可乎？當時有司之但置下等，不責其言之謬妄，已爲罷軟不勝任。而武帝之擢爲第一，待詔金馬者，其心以爲是能順我悅我，可以惟意所欲耳。後來弘之言曰："知臣者以臣爲忠，不知臣者以臣爲不忠。"其意亦以爲如黯者以爲不忠，而惟帝知其忠也。而其所謂忠，乃是小人之忠而非君子之忠也。武帝之愈厚遇之者，得非自以爲知忠於不忠之中乎？揚雄曰"弘容而已矣"，嗟乎！若弘者可謂巧於容者，而武帝可謂巧於知弘矣。弘之自爲也厚，爲武帝也薄；武帝之自爲也薄，爲弘也厚，弘則黠，武則愚矣。然則如之何其免於愚也？曰：有言逆于汝心，必求諸道；有言遜于汝志，必求諸非道。

病說

疾病，人之所不能免而亦不可以假爲者也。然而或有以疾託者，皆有爲而然也。孺悲請見，而孔子辭以疾；齊王欲召，而孟子託以疾。然取瑟而歌，使之聞之；不造於朝，出弔東郭，皆卽顯示以託之之意，非如後世之內實託而外若眞，義無據而衆謾隨也。

古之大臣若皐、夔、稷、契、伊、傅、周、召，未聞有以疾爲辭，而後世始有稱疾不入、謝病以免之舉，殆不可殫記。而亦皆有所以然，非曰實有是病也。

今之世則人無大小，動輒言病，仍成習俗例談，輾轉慕效，遂無無病之人。言之者咸若不保朝夕，而聽之者曾不爲之驚慮，疏章則滿紙醜纍，便成一張病錄，危症惡候層出疊見，備極奄奄垂盡之狀，而上不以是而賜答。書牘則每稱委席叫楚，殊殊欲殊，而人之答也，反曰"承審起居安重"。對人則輒曰"達夜苦痛，不暫接目"，而人乃左右言他，蓋非有以病不能之實而徒以言也。故人亦心知而不欲明其不然也。以故雖或有實病之不可強者，苟不至於死，則皆歸之一套，在公則必陷於罪戾，接人則不免於嗔怪，以致少壯者巧避，而老癃者偏被顛沛；無故者高枕，而愁苦者橫罹坑塹。虛實倒錯，害歸殘寒，斯誠此世之一大痼疾也。

嗟乎！人人皆病，天地間摠是呻吟之聲、委頓之狀也。是豈太平世界之氣象哉！如欲遍試頂門上一針，躋之於壽域、春臺之上，則不過曰化虛僞爲眞實而已。竊有望於醫國之倉、扁。

論請託、賄賂

請謁、賄賂，其來久矣。湯之自責曰："女謁盛歟？苞苴行歟？"穆王之訓刑曰；"惟內、惟貨、惟來。"蓋上世則雖有之而未甚也。然爲人上者，猶慮夫干請之傷直性，貨寶之府辜功，故其眷眷致戒如此。此三代之治，所以不可及也。

自茲以降，此風漸開，有南宮敬叔之載寶而朝者焉，有婦人暫而免諸國者焉，甚至賂王以寶玩，賂公以郜鼎，而天下之事，無不由於賂請，可以觀世變。而自漢以後則愈不可勝紀，吏與姦爲市，官以私爲門，金多得善處，金少得惡處，而債帥、市曹之號興；事不諧問文開，衣女衣爲人婢，而郭璠、李蹊之譏生。

賕能戢法，舌以鑽迻，轉相慕效，萬世同流。而考諸史籍，尙有特立獨行，不爲流俗所染，如韋夏卿之擺袖，趙琰、孔翊之投水者。亦有外未免俗，內欲顧名，如潘在庭之不欲冷語冰人，杜預之但恐爲害者。又有不待辭斥而能先感人，如于定國之欲託邑子於尹翁歸，而終日不敢見；傅堯俞之懷金餽徐積，而竟不敢出口者。又有一時美俗，如宋乾淳間，有位于朝，以餽遺及門爲恥；受任于外，以苞苴入都爲羞者。

盖人有羞惡之心，是本然之性，故終有不隨俗而變者。而若其舉一世盡入於膠漆盆中，無一人能自解脫，則無如近日之甚，古紙上所謂公平、廉介等字，遂作無用底物事。而士大夫不愛一文錢，則便不直一文錢，故多受賄，曲從請，然後乃得颺歷；能行賂，善通囑，然後始稱幹辦。一國若狂，靡然從風。

主試而拆榜，則非勢家卽富人，故雖能文者，亦必欲通關節而後入場。掌銓而除職，則非要路卽錢客，故雖可用者，苟非抵死守正，則不免隨波而奔走。居官而聽訟，則不論事之是非、理之曲直，只觀勢之輕重、賂之多少，故雖理直者，亦必旁鑽曲穿，期得蹊迻而後乃敢呈辨。以故科試則抱才者虛老而不能誦其題者嵬登，官職則恬退者黜伏而疾足者攫取，訟獄則直者常屈而曲者常伸。

其他大自倫紀離合、義理向背、軍國猷爲、內外黜陟，細至公私借貸、田土傭作、買賣輸納、遠近便否，世間萬事，罔不從這裏變幻出來。昌黎所謂公然白日受賄賂、唐史所謂禮部所取皆以關節得者，於今復見之。蓋至此而天理滅絕，私慾橫流，世道人心，悖亂極矣。

昔段文昌以書屬進士於錢徽，徽不聽。文昌反陷徽以關節。蜀之將亡，每一官闕，人皆納賂，多者得之。鄭惜掌選，有選人繫百錢于靴上曰："當今之選，非錢不行。"李義府賣官市獄，門如湯沸。邊咸受賂，破咸一家，可贍軍二年。王珪身後無名只有錢。唐之時輸貨者，假貸富人，得之則椎髓瀝膏，倍以酬息，宋之時驅催東南數十州脂膏骨髓，輦載以輸權幸之門，正今世之謂也。

余每讀《宋史》，至王文正曰"可惜張師德兩及吾門，但當靜以待之，若復奔競，使無階而進者，當如何也？第緩之，使師德知，聊以戒貪進、激薄俗也"，伊川先生與韓維泛舟穎昌西湖，一官上書謁維，先生曰"持國居位却不求人，使人倒來求己，只爲平日不求者不與，來求者與之"，未嘗不擊節三復也。嗟乎！今之世，安得復見此人，聞此言也？

書公忠監司查啓及禮曹判書回啓後【監司鄭晚錫，判書李勉兢也。】

尹忱妻擊錚事，撮其大要而言之，則戊子年，忱祖以忱爲從子之後，而手書以遺之從子，即余之叔父也。己未年，其文迹始上京，忱要於路奪取而去，自言投火。辛酉年，余在黃山，使子翼培成出禮斜。

越八年戊辰，忱妻以爲夫不願繼後事擊錚，其言以爲：
"文迹久後始出，且禮斜時門長不着押，是圖斜也。"於是有
道查之命，此事事理本自明白。苟使識者查之，則兩造之時
片言可折。

今試設爲問目，問翼培曰："文迹何以久後始出？"翼培
必對其所以然。又問曰："何以不待門長之押而出禮斜？"翼
培亦必有對。問忱曰："何以火其文迹？"忱若曰"成一源之所
傳故也"云爾，則又問曰："成一源特傳之而已，則遽火之以
滅迹可乎？"忱必無以對。又問曰："何以禮斜八年後擊錚而
必使妻爲之乎？婦女擊錚，必其夫以冤在死地，或無夫與子
及夫兄弟，而必不得已爲先訟冤，然後爲之，安有爲夫不願
系後而擊錚者乎？且爾胡不自爲之，胡不使子爲之，而必使
妻爲之？使妻爲之與爾自爲何別？"忱亦必無以對矣。

夫翼培之對則其年條、事勢皆有據，而忱之所爲則雖
善辯者，亦無以飾其辭。然則其曲直不待明者而可以立判。
彼忱者不過燒其祖手迹而禮斜八年後擊錚之人，則一言以
蔽之，曰"倫外之物"也。

今之查者，只詰其文迹之年久，而不問其禮斜之年久；
只究其門長之不押，而不論其擊錚之濫悖；只知其燒火之無
可據，而不知其自燒之益明白；只知門長之爲重，而不知其
祖手迹之爲尤重。有若山訟、田畓訟之專聽一邊之言，掩置
要義，強覓疑端者然。顛倒謬戾，曲爲辭說，至以燒文迹與
替押，同謂之悖妄，俱請勘罪。

又曰:"手迹付丙, 旣無與受之可據; 禮斜替押, 未見門長之立證。"惡! 是何言也! 信斯言也, 則凡公私文迹, 欲去之而去之, 則皆曰無可據乎? 以忱之付丙, 而謂之無可據, 苟有知覺, 其誰曰然? 今有奪人之田民文券而投諸火, 其主訟之, 則亦將曰"無可據而予投火者"乎? 其祖手迹, 旣被其孫之燒火, 則其爲證也孰有大於此者? 而乃更强覓門長之立證, 非但緦、小功之察, 眞所謂捨肌肉而求贅疣也。況門長偏私, 前後變說, 顯有其迹, 則何可論其立證與否乎?

且"替押"云者, 又何謂也? 禮斜立案, 元無着押之事, 雖欲替之, 施之何處? 其以門長之名爲言者, 只是成文書之例套也。

盖文書之例, 如婚書, 則門長雖在遠不知, 而必書門長之名, 未聞以替押罷婚。宗中有事, 則亦不以門長之不在而不書, 未聞以替押立異也。

雖以禮斜言之, 非有所志、緘辭、條目等文字, 而必曰"所志內"云云、"緘辭內"云云、"條目內"云云, 而未聞以此謂之"替押"也。又必具承旨次知、禮曹堂郎列書之規例, 而亦未聞以此謂之"圖斜"也。雖有妾子十人, 必曰"嫡妾俱無子", 而亦未聞以此謂之違法也。何獨於此事, 勒稱替押於無押之地乎? 況出斜之時, 門長之論過於峻直, 衆人所參聞也。何嘗以爲不可, 而乃謂之替押乎? 雖自謂"綴文之凌亂, 可以眩瞀人眼", 當句之內, 不成說話, 而忍以筆之於告君之辭乎? 其流之弊, 將必至於擧一世慕效姦人之爲, 肆滅文書, 公行顏私而無復忌憚矣。

蓋凡文迹久，則或紙毛而磨滅，或蠹壞，或腐裂，或闕失，則或可謂"無憑可考"。而此文迹則以燒火之故，雖至萬世，可以有據，柰之何以付丙爲無可據乎？

且聖上之別判付，令該道詳查稟處者，誠以人倫重事，不可偏聽而輒決也。而道臣之不自主張，必定查官者，亦似欲詳覈彼此之情實，仰體朝家之德意。而曁乎德山倅查報也，備論忱投火之不可，但以"妄錯"論。又以爲"觀於諸供，則手迹之年久，不無所以然者，尹愼之書，足爲手迹之證參，不可歸之於無憑可考"云。則道臣之匿不以聞何故？春曹之與此相反又何故？如此則初何必定查官具兩造，而判付之意果安在哉？苟非爲忱血誠，必不至於此，而究其誠之所由出，則直不過爲孔方所使耳。不畏于天，不畏于人，所可言也，言之醜也。

至於禮曹回啓，則滿紙張皇又全襲忱之言，且曲及於忱所不能言之言。而翼培供辭則視而不見，德山邑報則棄而不及。吾未知此人之有何神術，能知供辭與邑報之皆不可信，而獨忱言之可遵如聖人之言耶？抑別有至誠於通神之物耶？不然則此常理、常情之外也。

尤可笑者，所謂不通於忱之兄弟，僞着門長之銜及尹氏門中事，何必使不當之成鎭泰奔走京鄉云者。何其質言明證如說其家內事也？凡其所言，無不離其順而文其逆，背乎常而循乎變。

末乃斷之曰"毋論手標之有無，禮斜圖出，的實無疑"，仍請定養草記之勿施，此亦當句內不成說話。夫既不能決然必定其手標之有無，則又何以明知圖出之無疑乎？夫子曰"名不正，則言不順"，孟子曰"遁辭知其所窮"，詎不信歟？觀其用意之私邪、遣辭之怳惚，隱然置手標於有無之間，而惟以罷養爲主，此正忱之所欲，而掌禮者之所遵述也，不亦悖乎？且忱輩之誣勒爲說，無所不至，而至於手迹一款，則不但私室酬酢時，自其口說出詳盡，觀其前後文狀，猶不敢曰"非其祖手迹"，猶不敢曰"他人僞造"，而道啓始乃曰"付丙"，自歸滅迹，則孰信其假作乎？禮啓又繼之曰："所謂手標，亦難的信，特以尹忱之徑先燒火，莫辨其眞假。"然則渠所不敢言之言，道臣、禮判何敢言之乎？究其語勢，亦不敢直謂之假而隱然歸之於假，其意以爲不如是則無以罷養也。其爲彼地而代彼言，可謂誠且巧矣，而奈其情迹之昭不可掩何哉？

噫！此是何等重大之事，而偏受邪逕之誣囑，以八年旣定之父子，一朝無難罷去？苟有一分公平忠厚之心，寧忍爲是？

夫繼絕存亡，聖王之所先務而國家之所必許也。是故雖在擬議未定之時，事係繼後，則人之聞之者，輒皆一辭勸之，而未嘗有沮之者焉。此可見天理之發見於人心所同然者也。況以孤窮鰥獨之身，恃篋中一片之紙，爲他日祭祀之託，其情可謂絶悲。而及夫父子之名大定，則九原之下亦必歡欣以爲今其幸有後矣。乃於八年之後遽忽罷之，則其怨怒悲泣於冥冥之中，蓋必然之理也。豈不惻然而悚然乎？

今其手迹之明白、禮斜之遵例，自可一按知之，而乃反抑勒駕說，快斷決去，未知居尊貴、任權勢者之處心行事，固如是忍所不忍耶？且世之所謂禮斜，豈皆兩家與門長同詣禮曹，呈出立案乎？以此而概之，則圖斜盖十之八九也。縱使圖斜，圖斜小過也。以小過而敗人之大倫，非仁人君子之所爲也。然則其罪有浮於忱之忘祖背父之猶可歸之於無知妄作也。

自我言之，則如忱無倫者，存之不幸，罷之爲快。而自掌邦禮、正倫紀者而言之，則以存亡繼絕之義，明白陳達，扶綱常之頹敗，警末俗之頑悖可乎？一筆句斷，斬人之祀，絕人之類，使存者復亡，繼者復絕，幽明之間，永抱無窮之冤可乎？是必啓來後之變怪，召天理之禍殃，而其於爲忱之地，亦未知其爲厚也。

夫父子之倫，至重也，至嚴也。一日之間間，不容髮，其名一定，則更不可移易。而今乃優游暇豫，經年閱歲，百計粧撰，必欲掉脫，不自知其爲何如人。此固愚迷悖戾，無足復言，而所謂查官與禮官，亦一依其言，擔閣倫紀，遺失大體，混淆輕重，舛錯舞文，而亦不自知其同歸於全無知識。雖曰今世之事皆由賂請，如此事，亦復一例之乎？如此而何以服人之心乎？何以免識者之譏議乎？世道、人心，可痛也已！

又記與或人問答

或有謂余曰：“子之言則然矣。忱固不足道，而彼爲忱地者，謂之‘聽之太偏，斷之太輕’則可，謂之‘由於賂’，則得無意之之甚乎？”

曰：“此以事理推之也。彼於忱，愛之乎？畏之乎？其不顧是非，曲爲之地者，必有所以然矣。況其蹊逕苗脈，自有不可得而掩者乎？然則縱曰不受，惡得免乎？且不必手受其賂，受其賂者百般周旋，萬端游說，以售其浸潤之譖、虛無之誣耳。此與手受何異？不特無異，抑又甚焉。何者？受其賂者，猶以利於己也，受其言者，只爲受賂者之利口所啖，而不知自陷於悖理亂常之科，以此言之，不亦甚乎？近聞忱輩見人，輒曰‘彼之得免於圖斜律者，吾之宣力周旋也’。以此觀之，則此事之專由於渠之宣力，章章明矣。其所謂宣力周旋，豈有他哉？不過錢之所爲也。華鼎賂魯、季錦貨齊，古亦有之。而以臣弑逐，歷代或見；以子叛背，千古罕聞。彼乃不知其爲大變而視之以凡訟，不知其獲罪于天而視之以扶抑在我，斯亦可哀而不足責也已矣。”

曰：“雖然，自古直說人過惡，以招怨禍者多矣。無補於今而有害於後，獨不念乎？”曰：“人之過小而言之，非君子包容之度也；人之過大而不言，非君子懲勸之道也。今之人皆好說人小過，而不欲說人大過；故爲惡者無所畏，而爲善者無所勸。風俗日就噂沓，而名教日漸湮滅，其傷忠厚而害義理大矣。且聖人《春秋》之筆尙矣，固非人人所可妄擬，而歷觀古今，路見不平而發於公憤，無益於事而奮於筆誅者，亦何限？是故古語曰：'畏文士之筆端。'余雖軟劣，豈敢顧他日之利害而不言天理所不容者乎？"

祭李司諫【萬榮】文

維歲次己巳正月辛酉朔十五日乙亥，故執義全州李公輔駕將發向安城，前一日甲戌，其友坡平尹愭，謹以菲薄之奠，操文以哭之曰：

嗚呼惟公，厥稟最殊。
深沈愼密，重厚坦孚。
公明見識，純一規模。
豈如夫人，中忮外諛？

立朝敭歷，三十年所，
薇垣、栢府，貳亞以序。
鴻臚及正，亦旣屢處，
一試牛刀，治致空圄。

晚而投閑，隱几南郭。
男女滿前，聊以娛樂，
娟娟哇哇，左右笑謔。

視彼營營，浮雲寥廓。

記我昔年，邂逅頓邨；
中間兩茫，公乃鵬騫。
粵在丁巳，自附姻婚，
我女執棗，于公之門。
爰卜我居，照厓井眉，
其室則邇，其心相知。
迹又放患，潦倒嶔崎，
與世交忘，擁腫支離。

優游暮境，歌詠聖功，
莫往莫來，顧我與公。
皓鬚野服，步屧相從，
開懷論說，默契暗通。
公務柔寬，我愧狷峭，
有聞必告，無隱不照。
阻無數日，不待招要，
有時中途，相視而笑。

自早至曛，互為主賓，
公不嗜酒，對輒接脣。
世皆趨富，公不厭貧；
世皆尚偽，公獨愛真。

世皆不數，公謂之罕；
世皆不禮，公待以款。
許我識趣，好我懶散，
市過一闋，匪公誰伴？

公性堅確，公質彊健，
望八矍鑠，曾不困頓。
我汗且僵，公反爲悶。
古稱地仙，謂公無遜。

誰知无妄，遽謀二豎，
始也微感，氣漸如縷，
糜膏不受，浸亦莫補，
浹旬之間，奄成千古。

方其疾革，我視而嗟，
語不可了，神猶靡差，
謂我執手，勸我煙茶。
那期是夜，遂長逝耶？

人寢巨室，嗷嗷我哭。
想公平生，達者不顧。
耋不爲短，鰥亦非獨。
況又膝下，詵詵晚育。

未展素蘊，終屈下位，
生理澆落，身計顛躓。
孰云其慨，在公何喟？
吾輩斯世，固其常事。

顧我於公，誼猶弟兄，
公而棄我，曷不失聲？
而今而後，若爲我情？
誰與問聞，誰與將迎？

疑誰與議，物誰與須？
踽踽天地，萬事一吁。
獨柳晴軒，若將與俱？
孤松虛庭，若將復趁？

睠彼安邑，先塋餘麓，
卽遠有期，吉日旣卜。
凡民有喪，尙猶匍匐，
我老且病，寧不內恧？

垠未執紼，窆未臨壙，
自崖而返，心焉惻愴。
悲風吹淚，獨立南望。
不昧者存，歆我薄釀。

嗚呼哀哉！尚饗。

消日說

或曰："'誨人不倦'，聖人之事也，而人之託其子於子也，子
輒辭之，何也？"

曰："今人之託其子於人，只爲欲通其文理，以適於恒
用也；而教之者，亦若是焉已矣。與聖門弟子之學聖人、聖
人之誨人，豈倫也哉？今人之託其子於人也，幼則如以竹釘
巖，長則如霧中看遠，而望其教也則乃欲焦脣燥口，極力盡
誠，夜以繼日，無暫休歇，惟其子是沈是潛。而期其效也則
又欲一日勝如一日，鈍者倏變爲敏，劣者忽化爲才，數月之
間，盡通文理；數年之際，遂成科儒。不然則曰'是教之不誠
也，非才之不足也'，爲其師者，不亦難乎？余質弱而性懶，
平生不能耐煩，故喜淸閑自在，惡熱鬧應接，又安能疲精弊
神於必不成之地，而反自取於無情之責乎？且吾少時，未諳
世情，或受人託，自以爲旣許以教之，則不可不誠，或施之
鐫責，或加之笞撻，惟冀有益於渠，不恤埋怨於我。而夷考
其後，則託教者與受學者之遇我也，顯有冷淡底意，反不如
泛泛知舊。然則無益於彼我而有害於交誼，何苦而爲此？俗
語曰'教里漢，則必逢辱；教士族，則必絶交'，良不虛也。況
余今老病，實不能任其苦乎？"

曰："老人無事，常以爲愁，以此消日不亦可乎？"

曰："每見人必稱'無以送永日，不得不晝眠'，此眞聖人所謂飽食終日，無所猷爲者也。人生世間各有所事，雖終日矻矻，猶恐不足，焉得反憂日月之消遣乎？余非曰有夙興夜寐之篤工也。粤自幼年，心耽經籍，未嘗一時或輟。今以衰老，縱思自逸，已成癖習，實難一朝廢棄，且舍此則無以自遣，所謂欲罷不能也。反求此身，其徒自苦而卒無成，雖不如無事晝寢者之猶爲閑適，亦無暇乎假彼受學者以爲消日之資也。余觀世之人不事《詩》、《書》，不業耕耘，不治家事，而逐日浮浪，終歲遊蕩，食求甘美，衣欲華新，尋訪親知，追逐儕類。以俚諺之不習爲固陋，以博奕之不聖爲羞恥，在家則如無所依倚，見人則惟事乎諧謔。朝廷信息則自詫先聞而遍傳，人家事故則必欲增衍而播揚，花柳、賭釀之場，無所不與，角抵、傀儡之戲，動輒爭先，自謂極樂世界，却笑圭竇螢雪。其奈流水光陰？居然老至，家計板蕩，窮廬枯落，惡得免無以消日之憂哉？然而學不至於聖賢，文不至於成章，則其徒勞無益，反不如遊放自得之儘爲快活了半生也。自達者視之，孰得孰失孰優孰劣？茫茫荒原，賢愚、貴賤，土焉而已，奈何欲較優劣、計得失於其間哉？

錢說

錢也者，不可以食，不可以衣，施之百用，一無所當。而以其有交易、化居之利也，故貧富、貴賤由之，生死、榮辱係焉。凡世間萬事，無不以之而爲屈伸、通塞、休咎、悲歡，於是乎爭競‧攘敓之習、猜妒‧姦鄙之俗，根痼人心，喪其秉彝，棄其良善，日騖乎夷狄、禽獸之域而不自知焉。是故晉魯褒著《錢神論》，梁武少子綏作《錢愚論》，王衍疾其妻郭，口未嘗言“錢”字，鄒長倩贈公孫弘撲滿，是皆傷貪病濁之意，而不過作紙上空言，良可慨歎。

　　蓋自歷山、莊山之鑄幣，錢之所由來久矣。其初則出於聖王救困、贖賣之政，將以懋遷有無，通貨厚生。而及夫世級漸降，姦巧日滋，則人欲橫流，天理滅絕，利民之資，反爲離民之器；齊貨之制，遂作黷貨之階，無人少和嶠之癖，有官嫌崔烈之臭，擧一世無小無大，罔晝罔夜，營營汲汲於一“錢”字。

　　朝士則旁蹊曲逕，只求守令、方伯，宋季雅之衡州刺史，多由於金錢一千；齊民則專心致志，惟在錙銖、錐刀，賤丈夫之必登龍斷，成風於左右罔利。童習白紛所猷爲者，不出乎錢；竭力盡誠所奔馳者，摠期於錢，凡所謂禮義廉恥、人情事理，都送之華子乾坤，而乃惟錢是謀、是息、是愛、是守。蓋至此而人心世道，可謂窮極無餘地矣。

　　試以近日所覯聞者言之，前此則每當陵享，軍衛之稍有勢者，不肯差祭官，必欲圖避。近年以來，國家特軫盤纏之費，給一日百錢，於是反成爭窠，有力者皆求差，或有求遠地者，以其錢多於近地也。以故曹吏之言曰：“陵祭官，豈無勢者所可得乎？”此可以觀世變也。至於京祭則無所得，故皆厭避，雖或塡差，亦必請囑變改而後已。嘗見人閱祭官簿見付標處甚多，曰：“使此祭官得三葉錢，則必不至此。”此言可爲長太息也。古人云“士大夫愛一文錢，便不直一文錢”，今之士大夫不愛一文錢，便不直一文錢；能愛一文錢，便可作卿相也。

且以泮儒言之，國家待士之意甚盛，以朔焚香頒紙筆墨，以一六日饋別味，節日則有別供，有科則給試紙，皆從到記。而近來食堂額數限百人，故非舊榜不得與，此固迫隘之甚。而苟是舊榜，雖富貴家子弟與蔭官，無不趁是日入參，受之以錢。若非朔焚香與一六日、節日、科時，則鮮有入者，故新榜乃或得參食堂。距今四五十年前則人猶以此爲恥，故指點譏嘲，至有“朔進士”、“六一居士”之號。今則人人皆然，無可以非諸人，故亦無此等語，此亦豈非觀世變處乎？

夫朔紙多不滿一束，少或至三四張，別味不過八文，別供不過數十文，試紙不過五十文，其所得之利，宜若不至於若是奔競。至若試紙，則窮餓之士或至狼狽坐停，而富貴者輒攘而取之，已自以爲得計，人亦不以爲怪。當今之時，苟可以獲一文錢，則將無所不爲矣。自識者觀之，豈不大可寒心哉？嗚呼！王義季餉劉凝之十萬錢，而悉分市門之飢；張鎰贈陸贄百萬錢，而止受一串之茶。今之世安得有此？

論壬辰事

壬辰倭變時勝敗事實，考諸《明史》及我東所傳，多有不合。年代不至甚邈，文獻非無可徵，而尙如此，況邃敻之事，人異說、書異記者乎？遂致邪正倒換，名實乖謬，甚可歎也！

按我東洪萬宗所纂《東國總目》，記壬辰事曰："李如松等擊破倭賊，復三京。"又曰："帝遣楊鎬、麻貴、邢玠等討倭，大破之。"此則以破倭之功，專歸之於天將也。

李重煥所記，有曰："海南縣三洲院石脈，渡海爲珍島郡，水路三十里而碧波亭當其口。水中石脈，自院至亭，橫亘如梁，梁上、梁下截如階級，海水至此，如懸瀑甚急。壬辰，倭僧玄蘇至平壤，抵書義州行在所曰'水軍十萬，又從西海來，當水陸竝進，不審大王龍馭自此何至'云。時倭水軍自南海北上，李舜臣住箭海上，打鐵鎖，橫亘於石梁上。倭船至梁上，罥於鐵鎖，卽倒覆於梁下，梁上船不見低處，意其踰梁而順流直下，皆倒覆。且水勢近梁益急，船入急流，不暇回旋，五百餘艘一時全沒，隻甲不存。盖其時沈惟敬紿倭使，久留平壤，倭則欲待水軍偕上，故又佯示守信，欲紿之以須後，而水軍久不至。李如松於兩相紿中，得間而襲破之。苟非舜臣覆倭於洋中，則不越數十日，倭船可達平壤，水軍至，則倭豈守惟敬之約而不縱兵乎？其時又不知此，以區區封貢之說，謂可得倭情，良可哂也。然則如松平壤之功，卽舜臣之力也。其後陳璘駐海上，丙申、丁酉間，倭水軍連犯海上諸縣。舜臣屢破倭，獲倭級，輒與璘使上功。璘大喜，移書朝堂曰‘統制使有經天緯地之才、補天浴日之功’云。及戊戌撤歸，璘所上級獨多。《明史》論東征功，以璘爲首，至裂土受封，中國又何知此舜臣之功也？鎬有功而被逮，璘因人而成功，獨受豐賞，明朝賞罰之顚倒，有如是矣。”

又曰：“丁酉，倭破楊元於南原，從全州北上公州時，邢玠以摠督駐遼東，經理楊鎬率十萬兵次平壤。方夕食於練光亭，飛馬報至，鎬卽上馬，自平壤至漢陽七百里，而一日二夜馳到，使猺將解生、擺貴、賽貴、楊登山等四人率鐵騎四千，挾弄猿數百騎，狙伏於素沙橋下。望見倭自稷山如林而北，未至百餘步，先縱弄猿，猿騎馬執鞭，鞭馬突陣。倭國本無猿，始見猿似人非人，咸疑怪，駐陣眪望。既逼，猿卽下馬入陣中，倭欲擒擊，猿善躱避，貫穿一陣，陣亂。解生等急縱鐵騎蹂之，倭不及施一銃矢，而大崩潰南走，伏尸蔽野。捷至，鎬始整兵追至慶尙海上。自倭犯順，未有若此之峴，其揮霍之謀、節制之功，過如松平壤之戰。而主事丁應泰憤鎬不關由於己而獨成功，誣奏僞捷，鎬遂被劾去。宣廟發使爲鎬辨誣，丁遂革職。然丁附東林，其子訟其父於東林黨中，錢牧齋亦信而記之於集中，亦可見東林之虛疏而君子之易欺也。”

又曰：“丁酉，宣廟命建邢玠、楊鎬生祠於城中，以報素沙之功。”

又曰：“倭自平壤敗歸漢陽，以羸兵弱卒，出沒於高陽。如松在開城聞之，貪摭獲立功，駐大隊，以輕兵掩之。才踰碧蹄嶺，倭四面大至，如松麾下家丁，多被銃死。天將駱尙志素多力，號'駱千斤'，被重鎧，夾如松於腋下，且戰且退，僅以身免。如松沮喪仍退師，及聞倭離漢陽去，始整兵追至慶尙而還。"

此則以倭之敗退，歸之於李舜臣；而以素沙之功，又歸之於楊鎬之節制也。

《明史》曰："壬辰五月，倭酋平秀吉攻朝鮮，出次對馬島，遣其將行長、清正、義智、妖僧玄蘇·宗逸等率舟師數百艘，破釜山鎮，長驅搶掠，諸郡皆望風潰，朝鮮王避寇平壤。倭直擣王京，八道州縣幾盡陷沒，朝暮且渡鴨綠，請援之使絡繹。而倭進逼平壤，王復至義州，且願內附，廷議多異同。

兵部尙書石星，獨銳意救援，乃遣遊擊史儒、總兵祖承訓率兵五千往救，賜犒銀六萬兩。七月，承訓戰于平壤敗績，儒中丸死，承訓走還遼東。以兵部侍郎宋應昌爲經略，員外劉黃裳爲主事，袁黃贊畫軍務。

星以浙人沈惟敬素諳倭情，假遊擊銜，齎詔使倭，責興兵。行長曰：'天朝按兵不動，我亦不久還兵。'

十二月，以李如松爲東征都督，徵兵七萬餘，至者僅半。應昌置三軍，以副將李如栢將左，張世爵將右，楊元將中軍。詔發帑金十萬犒慰。

惟敬言倭願以大同江爲界，參軍李應試曰：'藉惟敬紿倭封而陰襲之，奇計也。'又使副總兵查大受詒曰：'天朝已許和。'

癸巳正月，行長令小西飛、禪守藤隨惟敬謁如松。翌日，如松抵平壤，督遊擊吳惟忠及承訓、元、如栢等，攻破外城，倭退保風月樓。如松進攻，內城軍亦多傷。如松收軍城外，開走路，夜半賊乘氷遁去。是役，凡得級千二百八十五，死於水火者又無筭。大受、李寧等潛伏獲級三百餘，生擒三倭。大同以南賊屯，皆遁會京城，忿平壤之敗，屠戮焚燒。如松馳至碧蹄驛南礪石嶺，遇賊伏幾不免，禪將李有昇以身蔽如松，刃數倭而死。會楊元來援潰倭，而精銳兵盡死，如松氣沮喪，退駐開城。應昌檄劉綎、陳璘，水陸濟師，帝發帑金二十萬，佐軍興。

如松已有北還意，聞清正將襲平壤，遂回平壤。留寧等駐開城，元等軍大同江按餉道，如栢等軍寶山諸處爲聲援，大受等軍臨津東西策應。聞平秀嘉據龍山倉粟數十萬，間道盡焚之，倭始乏食。而自碧蹄之敗，氣益索，應昌急圖成功，行長亦有歸志，因而封貢之議起。

應昌令周弘謨同惟敬諭倭，獻王京，返王子，如約縱歸。四月，倭退已數十日，如松以兵尾倭後，而實無追擊之意，至聞慶還。綎率兵五千，趨鳥嶺，大受、承訓等由間道踰槐山，出鳥嶺後。倭驚退屯蔚山，東萊、金海等地凡十六屯，築居屯種爲久計。於是綎屯星州，惟忠屯善山，寧、承訓、葛逢夏等屯居昌，駱尚志、王必迪屯慶州，相持不進，但使惟敬諭倭令渡海。

兵科給事中侯慶遠謂：‘我與倭何讐，爲屬國勤數道之師？收王京、挈兩道而授之，存亡、興滅義聲振海外，全師而歸，所獲實多。'帝乃諭朝鮮自守，大兵撤歸。

應昌疏言：'朝鮮全羅地界，與中國對峙，故薊、遼與日本隔絕，不通海道者，以有朝鮮也。關白之圖朝鮮，意實在中國，我救朝鮮，非止爲屬國也。朝鮮固則東保薊、遼，今發兵叶守爲第一策。'乃令南兵暫留，餘盡撤還。

六月，倭始還王子及陪臣等，遣小西飛、禪守藤偕惟敬來請款，而隨圍晉州，屠殺一城。綖、惟忠馳救不及。應昌請留綖川兵五千，惟忠、尙志南兵二千六百，合薊、遼兵共一萬六千，分戍全羅、慶尙。星一意主款，應昌恐兵撤變生，命惟敬促倭謝表急圖竣事。而竝撤惟忠等兵，止留綖兵防守，諭朝鮮世子琿居全、慶督師。罷應昌，以顧養謙爲遼東經略，養謙力請撤兵，許之。勸朝鮮爲倭請封，朝鮮不聽，養謙疏請許倭封貢。楊紹程、趙完璧等交章止封，星力主封貢，帝切責阻撓封貢者，詔小西飛入朝。星優遇如王公，小西飛等揚揚過關不下。多官要以三事：一勒倭盡歸巢，一旣封不求貢，一永勿犯朝鮮。倭俱聽。

甲午十二月，命臨淮侯李宗城充正使，楊方亨副之，同惟敬往日本，冊封秀吉爲日本王，給金印，行長授都督僉事。已而，養謙以人言遞，孫鑛代之。時東封之使，久懷觀望，丙申四月，始抵釜山。惟敬托言講定迎使禮，獨與行長先渡海，以蟒玉、翼善冠、地圖、武經及壯馬三百南戈崖騎，陰獻秀吉。宗城所在索貨，對馬島太守平義智飾二美女，更番納之。宗城安之，不卽渡海，欲幷淫義智妻，義智怒不許。適謝周梓姪隆，與宗城爭道，宗城欲殺之。隆訌言倭躡足附耳似有變，宗城懼，棄璽、書，夜遁失路，自縊於樹，追者解之，遂奔慶州。方亨聞於朝，逮問宗城，以方亨充使，惟敬副之。岳元聲言'星主封，有三辱、四恥、五恨、五難'，疏入，謫爲民。

惟敬與行長，同回撤西生浦等倭屯，復與方亨渡海。又要朝鮮使與偕，朝鮮遣黃愼隨行。秀吉初若受封，忽怒曰：'朝鮮不使王子來謝而使臣秩卑，是慢我也。今留石曼子兵於彼，候天子處分，然後撤還。'惟敬等遂還，亦無謝恩天朝之禮。

行長回釜山，淸正復屯西生浦，盖關酋所求甚大，不止封貢，而惟敬與行長相熟，欲彌縫苟且成事而不以實聞。

丁酉正月，星請自往朝鮮，諭兩國罷兵，不許。時封事已壞，而方亨詐報倭受封。

二月，惟敬始投謝表，而不奉正朔，又馬棟報淸正等擁二百艘屯機張，方亨始直吐本末，委罪惟敬，并進星前後手書。帝怒逮問星、惟敬。

以兵部尙書邢玠，總督遼、薊，麻貴爲備倭大將軍，復發東征兵。僉都御史楊鎬駐天津，楊汝南、丁應泰贊畫。時行長、淸正布種窖氷，且索朝鮮地圖。而貴所統僅萬七千人，玠請調川、浙、福建、吳松水兵及薊、遼、宣、大、山、陝兵。綖督川漢兵六千七百聽勦，貴欲乘倭未備，掩擊釜山。五月，玠渡鴨綠江，檄楊元屯南原，惟忠屯忠州。

倭數千艘分泊釜山加德，往來竹島，漸逼梁山、熊川。惟敬率營兵二百，出入釜山，玠陽爲慰藉，檄元襲執惟敬，倭嚮導始絕。

八月，倭奪梁山，入慶州，夜襲漆川島，朝鮮統制元均敗走，遂失閑山。閑山爲全羅藩蔽，一失守則沿海無備。清正攻陷南原，元僅以身免，軍馬三千盡殲，詔逮元伏誅。

時水兵都督陳璘，與朝鮮統制使李舜臣駐古今島，截海道。陳愚衷駐全州，惟忠駐忠州。全州去南原百里，而愚衷懦不援，貴遣牛伯英與愚衷合兵屯公州。

倭遂犯全羅逼王京，貴欲棄王京，退守鴨綠江，海防使蕭應宮以爲不可。貴守稷山。

朝鮮亦調都體察使李元翼，出忠清道遮賊鋒。玠赴王京，諭以死守。召應試問計，應試問朝廷主畫云何。玠曰：『政府付八字，陽戰陰和，陽勦陰撫也。』應試曰：『倭之不敢殺楊元，猶望處分也。』玠從之。鎬遣張貞明持惟敬手書，責其勦兵，行長等退屯井邑，清正退屯慶尚，貞明中途爲人所刺死。貴遂報青山、稷山之捷，應宮具揭曰：『倭以惟敬手書而退，青山、稷山並未接戰，何得言功？』玠、鎬怒劾應宮恇怯，詔逮應宮還。

十二月，帝發帑金犒軍，賜玠尚方劍，以陳效監軍。玠大會諸將，分三叶，李如梅將左，李芳春將右，高策將中軍。鎬、貴領兵數萬，自鳥嶺趨慶州攻清正，使李大諫通行長，約勿往援。遣中叶屯宜城，東援慶州，西扼全羅，以餘兵會朝鮮合營，由天安南下，使綎詐攻順天以牽制行長。

時倭屯蔚山，貴欲攻之，恐釜倭由彦陽來援，令中叶高重、惟忠等扼梁山，左叶董正誼等赴南原，張疑兵，右叶盧繼忠屯西江口，防水路之援，乃攻蔚山。設伏誘倭，掩以鐵騎，獲級四百餘。倭奔島山，茅國器統浙兵，獲六百餘級。奪外柵，倭入內城。官軍貪虜獲，不卽進攻，倭得堅壁固守。裨將陳寅冒矢斫柵垂拔，鎬遽令國器截割首級，戰稍解。國器復以如梅未至，遂鳴金收軍。

詰朝如梅至仰攻，銃丸亂發，官軍死者成積。諸將欲坐困之，圍之十日，賊從陸路來援，鎬恐爲所乘，策馬西奔，諸軍皆潰。清正縱兵逐北，死者萬餘，繼忠兵三千皆殲。

鎬、貴還王京，會同玠，露布言'蔚山大捷'，諸營上簿書'士卒亡者二萬'，而鎬改之，止稱百餘。應泰聞蔚山敗，慚愆問後計，鎬示內閣張位、沈一貫手書，并所票旨，揚揚矜功。應泰怒奏進退情實，首論位、一貫交結邊臣，符同欺蔽，且論鎬飾罪張功二十罪與貴、如梅皆當斬，以鎬所改陣亡兵馬冊封進。

乃罷鎬聽勘，遣徐觀瀾查勘東征軍務，位以薦鎬，削籍爲民，以萬世德代鎬，經理遼左。

戊戌夏，如松與土蠻戰死，詔如梅還遼東。七月，秀吉死，清正先走。九月，玠分調，貴主蔚山，董一元主泗川，綖主順天，璘主水路，幷力進攻。皆不利，貴入島山，爲伏兵所敗，綖攻奪曳橋，逼行長營。約爲好會，四面設伏，令健卒詐爲綖，綖詐爲卒，執壺觴侍。令軍中曰：'視吾出帳，卽放砲圍倭。'行長率五十騎來，顧執壺觴者曰：'此人有福氣。'綖驚出司旗鼓者驟傳砲，伏盡起。行長上馬格殺，奪路而去。明日，行長遣人謝宴，綖亦遣官謝曰：'昨登席放砲，敬客禮也.'行長唯唯,遣綖巾幗。綖攻城,行長潛出千餘騎扼之,綖敗喪士卒千餘。

石曼子引舟師救行長,璘統蒼唬船,與舜臣扼海口,大破賊于露梁,燒倭船二百餘艘。副將鄧子龍及舜臣中丸死,璘棄舟走。一元遣邠三聘、馬文星攻城,而敗死者尤多。一元奔還晉州,諸倭盡歸,盖玠以數萬金賄諸酋結和矣。世德受命不敢前,聞倭退,兼程馳至,同玠奏捷,帝將告廟受俘。

李堯民言諸臣欺誤狀曰:'師徒屢敗,何更矜詡,貽天下笑?'帝艴然抵疏而罷。應泰亦疏言諸將略倭賣國。

十一月,諸將班師,帝發帑金十萬兩犒師。觀瀾論一貫、蕭大亨、玠、世德黨和賣國,疏至,張養蒙尼之不得上。時觀瀾方駐遼造冊,以釜山、蔚山、忠州、星州、南原、稷山敗狀,據實入冊,一貫謂觀瀾有病,求歸票准回籍調理,改命楊應文代完勘事,應文盛稱玠功。後山東巡按王業弘亦奏遼左失事情形。

己亥四月,帝御門受俘,前後擒倭六十一。磔平秀、政平、正成,傳首九邊。玠劾應泰罷職。應文勘報東征功,首璘,次綖、貴,且謂一元破三寨之功難泯。進玠太子太保,世德右副都御史,皆蔭一子。璘、綖都督同知,貴右都督,復一元職。國器、寅、彭友德等,以稷山、蔚山功賜金,鎬以原官敘用。鎬之逮也,朝鮮以鎬於諸經理中銳意討賊,遣左議政李元翼,賚奏伸救,故有是命。效病死,蔭一子。元、惟敬棄市,星亦坐誅。先是,玠、世德欲留兵戍朝鮮,朝鮮無餉,而猶留萬餘。十一月,征東經略言留戍缺餉,詔群臣議之, 議留者十三, 議撤者十七, 命皆撤還。此則言受命東救者, 實不體天子恤小之意, 而末乃以敗爲功也。

谷應泰曰: '勦旣不足以樹威, 撫又不能以著信, 而行間乏謀, 中權失算矣。況割級之令, 解散軍心, 歛都之肉, 豈足食乎? 至如沈惟敬以市井而唧皇命, 李宗城以淫貪而充正使。邢玠飛捷之書, 楊鎬冒功之擧, 罔上行私, 損威失重。擧動如此, 豈能服夷? 七年之間, 喪師十餘萬, 糜金數千鎰, 倖邀爵賞, 不亦惡乎? 蓋用兵之初, 神宗怒甚銳, 怒則望其速濟, 故必欲核其眞; 用兵之久, 神宗憂漸深, 憂則幸其成功, 故不欲明其僞。卒之, 忠言者落職, 欺君者封爵, 所遭逢異矣。'"

余嘗因是而論之: 自古倭之寇我國者屢矣, 而未有如壬辰之慘禍。至尊決去邪之計, 楚臣效哭秦之擧, 幸賴神宗皇帝命將出師, 特垂再造之恩, 我國其將萬世不忘矣。然亦自有不可不知者, 今考各書所記, 雖不免互相牴牾, 槪可以折衷而得之。

我國之得免於鯨吞, 大抵皆李忠武之力, 而平壤之敗倭, 雖曰李如松之功, 要亦互有勝負。及至礪峴之敗, 遂喪氣縮頸而歸, 卒至有李宗城之宵遁自縊, 楊鎬之策馬西奔, 陳璘之棄舟走歸, 其辱命大矣。

至於素沙之戰, 非但李氏所記之分明, 亦有國人相傳之說, 而《明史》則不少槪及, 至以爲"青山、稷山竝未接戰", 此則混入於蔚山、南原等僞捷之中者也。

所可歎者, 天朝之動重兵、發帑金以救我者, 甚盛擧也，至大恩也。而乃以封貢之議，視作彌縫之資，率皆觀望前却，賊逼則强應而先顧奔還之路，賊退則尾隨而實無追擊之意，惟以誇張首級、希望爵賞爲妙方，此豈獨沈惟敬之罪也哉？ 蓋當時朝議則有"倭何讐"之語， 政府則有付八字之舉， 便成一副當時義， 遂使億萬生靈塗炭、魚肉於八年之間，而畢竟帝亦厭兵，不欲覈其眞僞，損其威重，以致苟且論功，可勝惜哉？

抑因此而有感焉。當忠武之破倭也，陳璘頗不以爲喜，忠武每獲倭級，輒以與璘使上功，於是大悅，至有"經天緯地，補天浴日"之褒，遂得終始成功。其爲國之忠、讓人之義、圖功之智，誠有過於馘倭之才者。而至於露梁鏖賊，賊已盡殲，當此之時，功難堪矣，乃中丸而死，其志絶可悲矣。嗚呼！微忠武，吾其倭矣。

論近世風習

古者舜耕稼陶漁， 傅說版築，膠鬲鬻販魚鹽， 呂望賣食鼓刀， 百里奚飯牛。 其他混迹於傭賃、圃牧、賣炭、賣藥之流者，不可勝紀。皆餓其體膚，勞其筋骨，而當時不恥爲之，天下後世不以是少之。 蓋自聖賢以至於英俊、名世， 人之視之，只視其人，不視其所爲之如何耳。

我東近俗則不然，雖奕世之家、高人之行、拔萃之才，一有涉於鄙賤之事，則人皆卑夷之，遇之如庸隸。雖家世寒

微, 行有玷缺, 才無尺寸, 衣冠談笑, 容仰趾高, 則輒指以爲
士大夫。是故今之所謂士大夫, 無官而擬公卿之尊貴, 蔑識
而抗耆宿之才德, 鵠腹菜色, 而恥執漁樵之役; 鶉衣履決,
而羞學工商之技。枵其實而鼓其名, 熱其中而冷其外, 非不
美食土之民, 而恐人之鄙我也; 非不貪資生之術, 而懼世之
議己也。寧飢餓而死, 不忍失士大夫樣子殆若忠臣、烈婦之
殉節者然。 故除非達官腴職與素封富厚, 則以士大夫爲名
者, 必褒博優游, 高坐拱手, 朝不食, 夕不食, 冬無縕, 夏無
葛, 以至于死, 然後方可保士大夫之名矣。是故其不學無操
守者, 外雖若無異於人, 而內實懷圖利之計, 奔走於請囑賄
賂, 巧密於騙賣占弄, 甚至於穿窬奪攘, 無所不爲。而亦不
欲身親鄙事於十目、十手之間, 人之聞之者, 亦掩匿覆盖,
不欲顯斥。然視彼勞力資身而亡邪心者, 相去何如也? 然則
其所以高尚之者, 乃所以使之陰蹈汚賤之行也。

　　且銓官之擬州縣, 所以爲民擇人, 而其爲言也必曰"某
也貧欲死, 是不可以不先", 人之所以自求於銓官者, 亦必曰
"得則生, 不得則死", 是求之者與與之者, 皆專以濟其貧也。
旣專以濟貧而其月廩不足以濟其貧也, 則其勢必剝民以肥
己。然則其所以擇任之者, 乃所以使之公行掊克之政也。忠
信重祿, 所以勸士, 而我國之祿多則斛, 少則斗, 是何足以
代耕乎? 其勢又不得不納賄, 每利以豐其屋而美其衣食也。
然則其所以勸士者, 乃所以使之廣開賂請之門也。

　　夫使之汚賤, 而責其汚賤; 使之貪黷, 而責其貪黷; 使
之賂遺, 而責其賂遺, 雖孫武、衛鞅, 不能禁也。是故古則

重內而輕外，今則輕內而重外，一國皆若狂。其貧者固無論已，雖屢經藩邑以富雄世者，無不汲汲於出外，其志將以求益富也。畢竟富者攘貧者而取之，是由於貨賂有多寡、請托有緊歇也。彼霑體塗足者，又何以安土而樂業乎？

夫廉恥、節禮，所以養君子，而朝廷則以受賄行私爲時義，州縣則以厲民封己爲達道，士大夫則以暗地圖利爲生計，而其不然者，必至於窮餓以死。使識者觀之，此果爲何等世界乎？且以庶民而言之，農而勤儉素有積者、工賈而智巧且捷狡者、遊食而能譎善騙刁者，猶足以保其生，而其餘則無非保抱携持以哀籲天之徒，而終不免於溝壑。苟探其本，則皆從我國風習之不如古而然也。其亦末如之何也已矣！

讀《朱子封事》記逸易

古經多殘缺，《詩》、《書經》夫子刪，又歷秦火，逸文不可勝舉。《周禮》缺《冬官》，《禮記》尤多漢儒傅會，此皆固然之勢。而至於《易》，則字句間雖或有錯誤，亦未有脫落散逸雜見於他書者，可謂經書中全經。而朱子《壬午應詔封事》曰"《易》所謂'差之毫釐，繆以千里'"，《己酉擬上封事》曰"《易》曰'正其本萬事理，差之毫釐，繆以千里'"，《癸未垂拱奏箚》又曰"正其本萬事理，差之毫釐，繆以千里，天下之事無急於此"，今雖不見於《易》，夫豈無所據而朱子若是屢書不一書乎？味其句語，實是聖人之言，頗似十翼之文，且於韻叶，決是《易經》之逸者也。惜乎朱子但引之而未有以明言之也。以此推之，則經文之逸脫，宜若不止此數句，而後學概乎未之聞，豈非尤可慨惜者耶？

讀《朱子封事》

余讀《朱子封事》，未嘗不三復而歎息也。蓋當朱子之時，運值艱否，柄歸權奸，天下之事已至於不可爲。而有若朱子之大賢，出於其間，苟使得君而行道，則宜若可以俗躋三代之盛，民蒙至治之澤，宋不至於爲宋而止。而乃使天高海闊之德、蠶絲牛毛之學，空老於山裏杞菊，尋行數墨之間，卒不過留得一片苦心於若干封事而已，可勝惜哉？

嗟乎！陰陽消長之機、君子·小人進退之際，聖人所不得不致意於扶抑者也。而誠意、正心，自是吾道之第一工夫；陳善、閉邪，乃爲格君之最初急務，故雖帝所厭聞，而未嘗以常談死法而不爲之惓惓焉；雖身處疏遠，而未嘗以扞格難入而不爲之懇懇焉。至其復讎討賊之大義、遏欲存理之微旨、扶正斥邪之道、治國安民之術，又未嘗不直指而竭論，知無不言，言無不盡。至誠惻怛，委曲剴切，刳瀝肺肝，奮不顧身。

其愛君憂國之誠、救焚拯溺之意，直使讀者流涕不自已。而其所謂忤犯貴近切劘事機、若飛語橫議、賄賂請謁、宮闈幽陰、淫巧邪媚等說，尤重言複語，反復詳密。自其始見孝宗於隆興之初，再見於辛丑，三見於戊申，動輒以近習、私人爲言，及退而進封事、箚疏，或至萬有餘言，而其所言亦不過此。

蓋不如是，則無以格君心之非，而至於《甲寅論過宮疏》、《行宮便殿奏箚》、《經筵留身面陳四事箚》，則其直截不諱，言所難言，又皆人臣所不敢道，人主所不能容。而以後世軟熟顧瞻之態言之，則不惟不能尊信、不能平恕，又必將群起而攻之，必致之不測，言之者亦無以免乎及矣。

然今考其已然，則猶屢召矣，猶特旨改秩，主管崇道觀、崇福宮矣。內則猶爲秘書兵部郎、待制、侍講矣；外則猶爲南康守、浙東提舉、漳州守、潭州守、湖南安撫矣。在朝猶四十六日矣，雖罷退而猶奉祠宮觀矣。雖爲林栗、佢胄輩所娼嫉搏擊，而亦猶有周必大·胡銓·彭龜年之薦進、黃裳"天下第一人"之對、游仲鴻"遠近相吊"之說、趙汝愚袖還內批且諫且拜之舉矣。雖不免於僞學黨籍之首，而亦猶有蔡元定、留正、楊宏中等，或坐或救而編管黜竄矣。雖黨禁甚嚴，而會葬者猶數千人矣，猶有呂祖泰之上書矣。

若後世，安得有此？其或有一字半句之近似於此者，則必不免於虀身湛宗，誰爲愍之？誰爲訟之？此可見當時人君之未嘗不傾心，正論之未嘗不服人，士趨之未嘗不歸一，而若其身不用而言不行，則其於天不祐宋，何哉？

嗚呼！孔子不得位，而其功賢於堯、舜；朱子不遇時，而其功繼於孔、孟，然則朱子之不幸，豈非天使之嘉惠後學而後學之幸歟？

書先君遺稿後

嗚呼！此吾先君子遺稿也。中間因失火，收拾灰燼散逸，僅
五百首。不肖每讀之，晚年所筆，率多困窮憂鬱之發。噫！
此不肖之罪也。苟能純藝肇牽，竭力以養，則豈至於是？今
雖晚覺，已無及矣，此不肖所以未嘗不淚外迸而聲內吞也。
爲今之計，惟有奉此遺稿以圖久遠。而顧貧窶，又老且死，
無以鋟諸梓，大懼遂至於湮沒。迺手自繕寫一冊以遺子孫，
爲子孫者，苟能繼繼相傳，讀之愀然如復見，藏之惕焉如恐
失，可以感發處感發，可以遵守處遵守，則庶幾無負此苦心
血誠矣。上之十年上章敦牂月正既望，不肖孤惸泣血謹書。

預作遺戒，付翼培

吾年已七十矣。雖不至於朝夕奄奄，大抵無餘日矣。況人固
有霎時之頃，一夜之間無病而奄忽者，亦有病不能言者，若
待臨時而欲言所言，則豈可必乎？玆庸預以文字告於汝，此
非亂命也，亦非不可行而難處者也。汝其行之毋失。
　　一：長湍茅池陵墳墓之遷移合窆，卽吾父之齎志而飮
恨者也。子孫苟能遵而行之，則孝莫大於此，而吾在藍浦、

<u>黃山</u>時，俱以徑遞，未克邃意，妄以爲若復得一麾，則庶可
以竣此事矣。荏苒至今，今則更無餘望，實無歸拜之顏。汝
若來頭天幸有官力，可以容手，則勿以年久而或撓於他人之
論，斷然行之。是吾一分之望也。不然則非但各窆之爲痛
迫，將來必至於失傳，仍爲無主古塚，豈不悲乎？

一：吾之立後盖爲亡兒之地，而今幸有子，庶可爲其後
矣。若成長而有後則幸矣，他日雖久遠之後，若有無後之慮，
則必須以汝之子孫中繼之。而若又孤子無可分者，則雖絶
祀，切勿强取於他派中可也。盖以非吾血孫，則不必繼之，
而前日立後之時，已有此意也。此意汝須傳之于子孫也。

一：吾嘗以爲人之心志、議論，專在於平日所著述，故
子孫之視於無形，聽於無聲，絶勝於一幅寫眞之只摹得七
分。雖或淺陋，不厭於人心，在他人則可以鄙夷之，嗤笑
之，在子孫則當奉寶之以爲家傳。況有可遵而守之、可惕
而戒之者，則其相繼玩讀，惟恐墜失，豈比於名人文集耶？
盖其著述之際，勞費了一片精神，成之於心，筆之於書，直
與其身體髮膚無可輕重而殆有甚焉。凡人旣没之後，其容
貌、骨肉，皆已同歸于土，不可復覩，雖或夢見，不過依俙
怳惚而已。而獨其心畫、手迹，流出於性情、肝肺者，宛然
留在，歷歷分明，如接其談論，如聽其咳笑。苟非焚毀，終
不磨滅，古人所謂尚友於千古，對面於黃卷者此也。以此思
之，則苟有人心，其忍棄而不看，去而不留乎？

吾自齠歲讀聖人之書，而行之不力，老矣無聞，草亡木
卒，固不足惜。而顧所著詩文，偶然收聚，總若干卷，釐其

葉數而冊之，則可爲數十餘。雖其詩無調格，文無體法，不免於凡庸鄙俚，而若其首首含托寓之意，篇篇有勸戒之旨，不爲强飾夸大之浮詞。皆屬事物理義之實地，深切懇到，明白痛快，讀之有餘意，驗之有眞境。則竊自以爲不羡慕於世所謂作者家虛影、胡叫。

而至若家禁、庭誥及崇正道、闢異端等文字，實爲操存·兢惕之要、守身·保家之規，苟有違犯，未或不亡。恐聖人復起，不易斯言，豈不爲傳家之三尺乎？平生性拙，又不喜播揚，故有感觸則書之，書之則藏諸巾衍，未嘗輒以示人，人之知之者鮮矣。人之知不知，吾所不知，而所願者子孫每勝冠，則皆膽一件，時自觀省，如見吾面目，又能式遵之，謹藏之，無借與、無散失、無毀滅而已。

近世有一先輩多著述，而身後其子孫不能看守，其奴子取以塗其壁，其族人見而每對余嗟歎。又有人旣沒，婦女輩取其遺稿，以爲覆瓿、裹餠、塗窓、諺札之資，又或賣諸休紙廛，皆吾所覩聞者也。

今之人其先世有功令業私稿，則必效而習之，膽而藏之，惟恐失之。此無他，將以僥倖於場屋也。至於此等文字，則棄而不顧，任其毀失。夫已欲所關則貴之，視若無用則賤之者，所以施之於他人，而非所以施之於其先也，其忍爲之乎？故吾以爲與其留作他日敲火之具、雜用之資、出賣放失之地，無寧實諸棺中，以吾精神，反吾體魄，故嘗以語汝矣。後又思之，如或有子孫中能知此義而追惜之者，則吾所爲亦似徑情直行無於人之舉者，汝更商量。汝之子及後生中，如有可恃無慮者，則存之以待他日；其或更無可望，則以吾前言行之可也。

　　無論如此如彼，我死之後，吾所著詩文、經義與科文各稿，及內賜《孟子》·《八子百選》·《奎章全韻》等書、軍資監所得《健陵誌狀》·《分韻杜律》、太學所得《志慶錄》，及大小科《榜目》·《史局題名記》，及吾所謄出《杜詩》等諸冊，及休紙冊謄抄者，及曆書、日記，凡以冊爲名者，汝悉收取。而毋論所著、所謄，凡吾手澤所及，若有他用及亡失，實與棄吾肢體以資烏鳶、蠅蚋之食無異也。苟如是，則是小不忍而忍於大也。踐吾前言不亦可乎？

　　一：婦女輩好鬼神、巫祝、尼媼之習，滔滔皆是。而吾家則自前絕無此等之事，便成規模，汝所聞見者也。蓋好鬼神，則必亡；巫覡、祈禱、忌諱等事及異色媼婆往來，則必有害，而好之者反多，眞所謂樂其亡而利其菑者也。不亦惑之甚乎？吾家之姑無怪異、妖妄之事者賴是也，而他日安知無好之者之女來歸，習熟見聞，輒效他家者乎？汝宜以此作爲家法，父戒其子，子勅其孫，凡新婦入門之後，諭成一禁，禁之不可，則雖至於出，亦無不可矣。

　　凡此條列，必付之於汝者，蓋以非汝則無可付者，而惟汝必能遵之也。至若後生輩，何可預料？惟願汝克躋遐壽，而盡善後之責耳。天若不亡吾家，則子孫必有能世其緒業者，不然則已矣。人其奈何乎天？

人孰無父母？而孝者盖尠。孝固不可人人責之，而能不失平平底道理者亦難，甚至於悖理乖常者多。玆曷故焉？良由於父兄之不嚴，訓習之亡素，而世教不明，各自行其私意焉耳。

第以疏節最易行者而言之。夫子有言曰："父母在，不遠遊，遊必有方。"朱子釋之曰："遠遊則去親遠而爲日久，定省曠而音問疏，不惟己之思親不置，亦恐親之念我不忘也。遊必有方，如已告云之東，則不敢更適西，欲親必知己之所在而無憂，召己則必至而無失也。"此固以父母之心爲心者，而亦非難行之事也。

余觀人家子弟，至於此等事，亦未有能無違者。欲遠遊，則遠遊；欲出入，則不告不面，東西南北，惟其所適，使其親不知其處，雖有急而欲召之，何可得也？雖有暴疾猝傷，何由尋之？只來於來時而已。以故雖其親老無力，不顧侍側之無人，不恤疾病之難度，倏往忽來，或至經宿累日者比比焉。有事而不服其勞，有客而莫應其呼。

出入而問其何往，則只答曰"唯"；言語而問其何事，則亦答曰"唯"。有所參涉，則頗有讋苦之色；有所論難，則顯加咈激之狀。其意以爲："我自出入，何所干而問之？我自行事，何所知而預之？老人則只當食之而食，衣之而衣，閉口勿細言，終日守一室而已。"其親欲有出入，則又力止之，外若愛護，而實不欲其出戶。此盖由於其親之不足見重，而其於違子道則不翅萬萬里矣。此猶如此，又何望其難於此者乎?

　　了翁曰:"彼臣弒其君、子弒其父,常始於見其有不是
處耳。"夫以其親爲無聞知,而任自出入,任自作用,以爲
"我行我意,田舍翁何足有無也"云爾,則非特見其有不是
處而已。其弊必至於傷而不知其何由,病而不知其何症,死而
不知其何時,是亦可謂有子乎? 究其始,則孟子所謂不行於
妻子者;而推其末,則實有無窮難言之不祥矣。故余嘗以爲
親雖凡庸,其子則知之以聖人;親雖苛細,其子則聽之以法
言;其文雖不猶人,其子則視之以文章,然後方可免於李嶠
之無兒矣。

　　噫! 苟使才智如武侯,則瞻、尚輩何敢侮之? 文章如
李、杜、韓、蘇,則禽、文、昶、過輩何敢輕之? 富貴而
致公卿,豐錢穀,則又何敢忽之? 清斯濯纓,濁斯濯足,皆
自取之也。然爲爲人子者竊重之,聊書以爲戒,見之者尚亦
知警而毋怒。

謟說

謟者,求悅於人而欲以利於己也。故臣之謟於君者,欲其得
於君也;賤之謟於貴者,欲其賴於貴也;貧之謟於富者,欲
其資於富也。是皆以下而附於上,以瘠而求於肥也。苟非正
直剛方,超外利欲之人,亦常情之所不免,爲其媒於利而免
於患也。

獨怪夫悅人之諂而以爲眞愛己也，惡人之直而以爲必疏我也。人口尊之而自大，人貌譽之而自賢，事之非而諂以爲是，則不知正議之以爲非；物之惡而諂以爲美，則不知公眼之以爲惡。自己之賢智、文武，何所待於人之面揚，而惟其諂則悅之；子孫之壽富、尊榮，何所與於人之善頌，而惟其諂則欣之。在人愚弄調戲之中，而軒軒然笑而受之，又從而親之、愛之、貴之、與之，隨事而助之，以身而保之。爲諂者計則誠利矣，喜空言而忘其身者，可不謂之愚乎？

夫嬰兒無所知識，謂之賢則喜，謂之憎則怒。故人之弄之也，故示憐愛之狀，亟加稱譽之言，則孩笑而樂之，雖其甚愛之物，必與之而不惜。曾謂受人之諂者，反無異於嬰兒之見乎？

武后鄙閻朝隱之代犧伏俎，而其實則未必不以爲愛我也；李憲足踏彭孫以爲“奴諂太甚”，而其心則未必不由此而益親昵之也。然則悅諂者又未嘗不知其諂於己者非實情眞境，則比之嬰兒之無知，又不如矣。然此猶自古通患，悅諂者之甘於一時之入耳，猶善諂者之耽於一時之悅人也。

又怪夫今世尊貴之諂於卑賤，反有甚於卑賤之諂於尊貴。有奴婢者，必諂以使之，惟恐拂其意焉，不然則以爲薄人情也；臨吏隸者，必諂以待之，惟恐失其心焉，不然則以爲不體下也。宰相而與鄉畯抗禮以釣其譽，士夫而與市井結交以餂其利。欲有以使其力則諂之，欲有以鉤其財則諂之，外似屈己而成人，實乃傷風而敗俗。

於是爲人下者，驕傲怠慢，反要其上之諂己，無復畏敬嚴憚之心，漸長褻狎陵駕之態，謔浪如儕友，勃蹊如鬭爭，惟意所欲，蕩然自得。所謂等威、體面，必欲毀壞磨滅，而小不如意，則輒懷怨疾，暗售奸險，小則離叛，大則毒害，皆由詔而養成之也。

爲其下者，既以此爲事上之道；爲其上者，亦以此爲使下之術，自以爲"名分，非一人所可明；世道，非隻手所可挽。有恩於彼，無損於己，適我欲而不取怨，不亦美乎？生斯世也，善斯可矣，何必傲然自處以古之道乎？"，輾轉相效，遂成一世風習。是故上下交詔，詔而不已，一有不閑於詔者，則下而不獲乎上，中而不容乎友，上而不得乎下，語言無味，面目可憎，直一齟齬儱侗，嶔崎歷落之人耳。嗚呼！寧爲此，不爲彼！

誓瘖

舞名子於世間凡事，皆惽然無所知識，無所猷爲，盖天下之棄人也。然而强欲有所言，其言必不行，徒害於事，失於和。故除非答問及切於已不得不發口者，則誓不復出一言，庶不失癡聾本色。又或有客而寒暄餘，便默然，則將以我爲簡，故揀取百無所關之閑辭漫語以備酬酢，其外則惟靜坐看書，有則喫着，無則忍飢寒而已。是足以終其年矣。

古人有託青盲者，婢淫於前，子入於井，而終不言。苟心一定，則何遽不若？昔蘧伯玉行年五十而知四十九年之非，今<u>糠名子</u>行年七十而知六十九年之非，雖甚可愧，其亦幸矣。

後又書

既爲此誓，而反省日間，猶有復蹈前習者。或纔脫於口，而旋悔齰舌；或不覺於晝，而夜思慄魂。此皆心力有所未至，而依舊是任齒牙者也。於是益自歎本地之不固，而古人之眞不可及矣。未知何時能積得工夫，到得此境界也！

論升學儒生

余嘗極論升學科之不可不革罷，今無容更贅。而姑以爲士者持心、保身之道而言之，其爲害者，有不可勝計，而苟能知其爲害，則必獲其益矣。

盖諸生之所以奔走於此者，只是爲才名之上人，生進之高逈也。而試觀近來升庠之魁捷者，率皆倩手於人，而雖粗能自爲者，科作一出，不惟無足可稱，未免受人噓點。是故雖連占優等，坐致晝壯，而名聞則蔑蔑，烏在其才名之上人也？

且其輕薄之習，於升學之中又分優劣，高者必志於升補而羞齒於學製，次者又詫於合製而下視於監解。而既無才名之可以動人，則升學與監解，其期於會試，與四書、《小學》之講無以異也。又何足言生進之高逈也？然而習俗已痼，士心已馳，革罷之外固無可奈何。而以岸上人視之，眞可謂惑之甚矣。請試略數其爲害，聽之者若平心而反求，則必有幡然而醒悟者矣。

人之所以爲人者，以其心術之正也。今之升學儒則墮廢禮義，放倒廉恥，鄙悖怢衒之行，無所不至；黯黮誣攫之變，無所不有。旣與之爭競得失，則其能無近墨而黑、隨波而倒乎？其"壞心術"，一矣。

泮長之姻親、切友，則旁鑽而曲穿；敎授之意向緊歇，則巧伺而爭先。昏夜閃忽，投間乘便，己有所利，則無不爲焉；人有相埒，則必欲擠之。當此之時，遇諸塗，而見其行步，觀其眸子，如醉如狂，不問可知爲升學之儒。其"失行身"，二矣。

新涼入墟，簡冊可親，至於三冬，則小窓永夜，粟粥墨帳，正是篤志攻苦之時。此古人所謂三餘文史，又所謂此日足惜，而今之升學，每於冬後設行，中間雖有閑日，亦未由靜坐勤讀，倏忽光陰，因遂擔閣。年年如此，老已至矣，豈不可惜？其"廢工夫"，三矣。

隆冬短晷，雪虐風饕，廣庭氷地，通宵露坐。彼被貂煖酒者，猶云弰矣，哀此鶉衣鵠腹，耐餓忍凍者！强效他人之逐隊，渾忘自家之受傷，以故多年赴升庠者，未有不嬰難醫之疾，而覆轍相望，瞀不知戒。其"祟疾病"，四矣。

所貴乎士君子者，以其擇交審而取友端也。升學場中，經年閱歲, 則其識面必廣, 托交必多, 旣已親熟, 遂成往還。使其好人也, 則誠亦善矣; 如其不然, 則其害必至於蠱心陷身, 又或夤緣取禍者多。豈若靜處自修之有樂而無患耶? 其"比匪人", 五矣。

貧士生涯, 雖朝哺粥飯, 每患難繼, 而一聞設場之令, 則試紙、筆墨等屬, 必欲如人; 療飢、禦寒之資, 必欲儲囊。一年之內, 升補依十二抄之例, 學製分等各設, 則幾至三十場。其所費用何處辦出? 不得不東貸西乞, 昨典今賣, 轉成積債, 償不如期, 長罹困境, 至逢辱罵。以此敗家者, 或多有之, 其"蕩産業", 六矣。

所以必欲赴此者, 以其有大欲於取魁等、占解額也。彼有勢、有錢者, 無論文筆之如何, 爲試官者惟恐失之, 求其首句, 拆其糊名, 闔眼而書嵬等, 畢竟登諸解榜, 此固能充其欲者也。顧此萬無蹊逕空手呈券者, 雖滿篇珠玉, 古今名作, 必無幸矣。然則空自苦耳, 有何益哉? 然且甘爲人陪從而不知止, 其"不知量", 七矣。

以此而欲長其聞見, 習其所業, 則猶或可也。而文有所謂升學體, 筆亦有所謂升學體, 文未成而欲徑效其體, 筆未精而欲强學其體, 未有不如邯鄲學步之幷失故步匍匐而歸者也。是乃自病其素才而終入膏肓, 忽棄其所學而遂成迷罔。後雖欲悔, 不可救藥, 可不惜哉? 其"不善變", 八矣。

積年奔競, 一或幸而占嵬等, 又幸而得參解, 則必自視嵬然, 低待他人有若辦出功名事業者然。其實則豈渠之才眞能高出於世哉? 直是老於此事, 艱尋東郭之路, 偶幸致之耳, 可愧不可誇也。而乃欲驕人於白日, 其"長傲習", 九矣。

靜坐讀做之人, 心不外馳, 故除非有故, 必不好出入。而升學出入者, 狂奔疾走, 左笑右語, 已成恒習, 故志不着書冊, 目不經家事, 心猿跳蕩, 意馬馳突, 在家則不耐暫時, 出外則自覺快活; 訪甲過乙, 凌晨經夜, 出言則鄙俚輕薄, 處事則譎詭恣橫, 皆升學爲之根祟也。其"誤平生", 十矣。

且以利害、得失言之, 每式年自有監試, 其間爲三年, 苟能冬讀夏做, 勤孶不輟, 則必有得之之時; 而其終不得, 則乃千百之一也。 豈若空費心力、虛送歲月於無益之升學哉?

夫升學者, 只是詩賦課試之資, 本非賢良方正之選。則假使有十分能手, 以十分公道, 自然而得之, 一時才名則可謂云爾, 律之以眞正學業, 亦何足貴乎? 今一染迹, 則有十害; 一斷念, 則有十益。而擧皆汩汩夢夢, 醉生夢死, 過了許多好光陰, 成了一箇破落戶, 如吾所言, 反爲迂闊, 可歎也已。

審術

是己非人, 亦凡人所不免之病也。 是故文人相輕, 術客相傾, 古今同然, 可勝歎哉? 今試以術客言之。

醫者未有以他人之命藥爲是, 地師未有以他人之相地爲得, 雖更十百, 莫有一辭。於是乎問病者懷疑眩之心, 而不免群醫竝進、衆藥交攻之患；求山者動禍福之說，而每多葬不以時、東遷西移之弊。

盖有疾而尋醫，臨葬而擇地，自是不可已之事。而己旣乏眞的之見識，人亦無表著之神異，迎醫則人人倉、扁，論地則箇箇<u>行</u>、<u>詵</u>。從甲而乙又自以爲高，主此而彼更自以爲勝，孰辨其優劣？孰定其取舍？古語曰："臟腑而能語，醫師色如土；山川而能言，葬師食無所。"彼專以一時之名與利，而取辦於口給以禦人者，其貽害於人則無窮，其將如之何則可也？

曰：擇良醫而審愼於用藥，毋爲浮輕之言所誤；繼先塋而一意於安厝，毋爲奇怪之說所動。先思調養榮衛之道而不可輕試藥石，只謀安穩體魄之要而不可廣獵名勝。若夫壽命之長短、地理之吉凶則在乎天，死生、禍福，豈一術士之私意小智所能移易變通乎？不然而欲一聽於彼，則雖欲頓瘳於瞑眩，而反或轉生別般他症，竟至於不可爲矣；雖欲坐占於吉地，而反或自取無限狼狽，終底於受實禍矣。後雖悔之，亦將何及？聊謾書之，以爲世戒。

蔘說

天下之萬物萬事，有利則必有害，利大則害亦大，理固然也。

今夫蔘之爲物也，生於深山之中，稟得純陽之氣，服之可以補元，可以已疾。故世皆寶之如仙丹，以爲藥籠中第一物。其價蓋無量，富者固不計，貧者死則易，用蔘難。故出蔘之地以爲歲貢，民多輕死罪而越犯，以其利大而忘害也。

近年以來，人有以種之之法，試於家圃以圖其利，而稍稍相學，今則幾無處無之。其性雖不如採於山者，而亦可以次之，其價則漸殺而廉。於是醫者診病，不問其力，輒曰"不可不用蔘"，病家亦心易之而必欲用之。蓋藥貴而價賤，得用前所不敢生意者，亦利之大者也。

然而蔘雖靈藥，苟不能對症而投，則反不如凡根衆葉，而其爲害也甚於烏喙，古人所謂三椏之毒，可以殺人者，乃理勢之甚明者。而覆轍相尋，猶不知戒，至若小兒之痘疹、少年之壯熱，亦莫不以此見敗。而醫非此爲不知病，非此爲無識，動輒劑灌，莫有審愼，良可歎惜。又如老人之病氣虛奄奄，則投之以蔘，似有一時之效，故不計家力，必欲繼進。而此如將滅之燈加點滴之油，雖獲暫明，旋復如前，畢竟蕩盡家業、直至命盡之時而後已。人見其然也，以爲得延時日者，猶是蔘之力也，殊不知命乃在天、死自有時，蔘豈能延之？

且嘗見久淹之疾多用蔘劑，及其沒也，血肉糜爛，人皆却立，殆不能斂殯。夫病時易致誤用，死後如彼慘酷，命無賴續之理，家有蕩敗之患，其利害果何如也？雖孝子之心，或冀片刻之效，無所不用其極，而苟使病者達死生之理，透利害之狀，則將必却之之不暇矣。然此難與俗人道也。

與成鑷泰書

阻音此久，曷勝悵仰？伏惟春暮震艮增吉，仰慰且溯之至。
弟正月遭伯嫂喪，奄過襄事，悲悒何言？

今者此兒作覲行，故兼爲奉來祠宇之計。此事曾於戊
辰兒行時仰告，而兄以俗忌不從。其後因弟力綿，且連值婚
喪之故，至今未果，此心之夙宵負罪，曷嘗少弛也？今則兒
旣進去，故擇日以送，幸勿更如前日之爲也。

兄每以情理之缺然爲言，而此有大不然者。情雖無窮，
分則有限，是故禮祖廟親盡，則遞遷以至於埋安。若以情理
言之，則子孫之心所不忍者，而斷然行之，莫有異辭，況姑
廟之不當奉者乎？然則情理二字，非所可論。且俗忌不經之
說，本非有識者所信從，則固不可以此違廢當行之事。而祠
宇遷奉，擇日而行之，人家之常事也，未聞當遷而拘忌不遷
也。雖以俗忌言之，奉來處或可有忌，送去處有何可忌？以
兄見識之高明，亦爲如此之言，何也？

且弟方窮甚，無一奴婢，長時呼庚，實無治送腰轝及舁
者與路費之勢，而不可以此遂廢此事。故不得不從權從略，
惟以奉來爲主。兄勿以所見之疲軟，過爲高論。儻若揆以情
理，命一奴背負龕室，則極可感荷，不然則當別有措處，而
此亦不可預度矣。

盖自叔父生前以至今日，莫非弟家之咎，極知兄心之宿
懷未妥。而顧弟之形勢，外任之前，在所勿論，藍邑則乍莅
旋罷，無暇容力，黃郵以後則謂有主祀可以奉還，今則旣已

歸虛。惟有奉來班祔，天幸日後或立後，則事面旣正，此心亦安矣。兄之尙今奉置，已極未安；弟之不能奉歸，尤爲恧悚。 人之責弟姑勿論， 乃或怪兄而疑之以爲此必有別般事端而然，兄亦不得辭其責矣。

大抵己未以後兄之事， 節節失着， 到今不欲索言以犯聖人"旣往勿說"之戒。 而弟今旣欲奉來， 則兄當治送之不暇，何可爲不當之言，而又以所見之如何，有所持難耶？夫一時器具之不如人，俗見之小事也。不當奉而奉，當奉而不奉，禮節之大失也。拘於小事而陷於大失，決非君子之所宜爲也。

今欲具儀奉迎，則以弟之力，恐又有遷延荏苒之歎，曷若迨此時勇決，俾無日後轉益難處之患耶？ 此乃出於萬不獲已之舉，而恐兄又以此爲言。情急辭蹙，或多直截觸犯之語，主臣主臣。幸望俯諒而曲恕，毋使至於又作虛行，如何如何？ 臨紙神昏，不備。

看玩欲

維天生民有欲，苟不能以禮制心，以義制事，則鮮不至於亂。此古昔聖賢之敎，所以必欲遏人欲而存天理，不使至於近禽獸也。

夫所謂欲者，亦有許多般焉。盖飮食、男女，人之大欲所存，故有食欲、色欲。將欲奉其身，快其意，則必須貨財，故有財欲；將欲化貧賤爲富貴，則必須科宦，故有科欲、宦欲。此皆人欲之所不能無者也。

然而亦或有樂簡靜、甘淡泊者，故未必人人皆甚，而至於所謂看玩之欲，最爲諸欲之首。看玩者，好物好景，凡異於常可觀、可玩者皆是也。

今夫孩提之兒，人指之曰“彼物好”，則啼而止，怒而解。及其長也，遇有美景，則樂而忘返，聞有異見，則遠而不憚，至老宿亦然。是故無論長幼、男女，春而花柳則欲遊，秋而楓菊則欲賞，上元之月、四八之燈、江漲於潦、樹蔭於夏、種種物色，處處如狂。見漁獵則喜，見技藝則笑，見道路之有鬥鬩、戲嘲，則雖有急必駐足；見豪貴之盛車馬、僕從，則雖有事必注眸。有異物，則雖微小，必隨而見之；有異事，則雖迂僻，必從而觀之。凡有目者苟有可以見，則未有低頭而過者也。其爲欲有如是矣。

而最是動駕之時，則京鄉士庶，爭先競赴，漫山蔽野，而路傍之舍，皆爲士夫家婦女所占。當此之時，先入者爲主，後至者見拒，奔轎於卒伍之間，走婢於喧塵之中，從窓而瞰，由隙而闚，露出面貌，不顧道路之睨視；喪失容儀，不避皂隸之指點。凡係廉恥、體貌，竝皆放倒，至或有在途解娩者，有從樓跌墜者，可羞、可笑之狀，不一而足，而其所見者，不過羽旄之翻動、軍馬之群馳而已。

至於閭閻女子，則與惡少簇雜，又多駭怪之擧，而恬不知恥，專心致志只在看玩，餘外萬事都屬擺脫。故棄農投業，贏糧裹足，夫偕其妻，姑携其婦，母率其女，或多失散而歸者，亦可監戒。而無論士族、閭家，終身奔走，未或安坐，雖見困厄，曾莫知懲。由此言之，天下之欲，孰有加於此者乎？

窒如填壑，而此壑則無可填之期；拒若築堤，而此堤則無可築之時。而究其實，則有害而已，何所益哉？然而古亦有"看隘若耶"、"看殺衛玠"之說，目之欲看，蓋有不期而同然。山澤之象，亦聖人爲之戒而已，賢者志之，不肖者棄之。

己巳擬上應旨疏【凡一萬六千三百六十六言】

伏以皇天仁愛，示警治世，近年以來，星雷、水火之變，殆無歲無之。歲荐饑饉，民轉困窮，老弱不勝飢寒，顛于溝壑；壯者保抱携持，以哀籲天。閭閻之景色愁慘，山川之氣象蕭索，和安得不干？災安得不生？

於是乎朝廷所以奠安之、賑濟之者，雖曰靡不用極，究其實狀，則惠澤之及于下者，百不一二；弊瘼之切於民者，十過八九。慰諭之溫音，非不惻怛，而終歸於應文備例；粟財之轉移，非不周便，而卒至於有名無實。駏馳廚傳，在近侍榮其身則美矣，而彼盻盻然者則有死而已；憑公行私，在官吏自爲謀則得矣，而斯督督然者則盡劉而已。此所以民怨於下而天怒於上也。

式至今年，尤有甚焉，極無極備，以先之霧風蟲霜，以繼之冷熱不時，峽海俱病。凡諸以災爲名，害於田而傷於稼者，種種具備，遂成大無。加以疫癘乘之，札瘥相比，民之罹毒，吁亦酷矣。逮當純陰之月，又有虹霓之交見、轟燁之迭發，不寧不令，胡至於斯？

災不虛生，理必有由。肆殿下以恐懼脩省之念，軫廣詢博訪之道，誕降絲綸，反躬自責，爰求讜論，勤勤懇懇，有可以感鬼神而孚躁冥。是足以上格天心，下洽民望，解冤鬱而變爲蹈舞，反災咎而化爲休祥，凡爲臣民，孰敢不殫竭忱誠以副我聖上如傷、如渴之至意哉？

伏念臣本以庸姿，晚竊科第，無足以廁列於百執事之末，而粵自泮宮應製之時，猥蒙先朝不世之恩，屢被魁擢，輒叨褒賞。提誨則殆同嚴師，奬諭則無異慈父，詢及破屋之狀，而特軫其貧寒；命誦御批之句，而至許以文章。恩山德海，未足喻其淪浹；摩放糜粉，未足酬其萬一，至今銘鏤，每不覺感涕之被面。而俯仰天地，萬事已矣。惟以"追先報今"爲四字符，而無柰桑榆之景，已迫遲暮；螻蟻之忱，末由報答，耿耿一念，未嘗少弛於夙宵矣。

今殿下遇災求助，欲使衆志毋隱，嘉言罔伏，此誠大聖人詢蕘之盛德，而微末賤品有懷必陳之秋也。臣仰感聖意，俯激愚衷，茲敢以平日所蘊蓄者，披瀝心肝，粗效狂瞽之說，惟殿下試垂察焉。

臣竊觀今之世，以外面言之，則可謂太平矣。以言乎朝廷，則賢能晉用，傷憸退蟄，百僚率職，奔走震惕，一事之不遵例則罪之，一舉之不如儀則斥之，同朝有寅恭之美，庶務無癏曠之歎。以言乎外方，則方伯懷綜核之志，守令盡畏慎之心，昏憒招謗，則考績以殿之，貪濁厲民，則衣繡以黜之，邊境絶狼煙之警，老稚鋤桑柘之影。此無他，殿下聖德之所致也。

殿下臨御以來，言無失發，動無過舉，無馳騁、弋獵之娛，無聲色、土木之過，摠攬權綱，恭己無爲。誠意正心，宋帝之所厭聞，而殿下則無是也；面折廷諍，漢主之所變色，而殿下則無是也。典學之工，罔間一日；虛受之量，度越百王。一政一令，有以服人之心；仁言仁聲，咸仰入人之深。是宜至治倭志，天休滋至，金膏玉燭，躋一世於春臺之上，而夷考其實，則乃有大不然者。

無論中外，處心則以持祿保位爲主，而有似乎奔走率職；當事則以推諉彌縫爲策，而有似乎遵例如儀。因循姑息而終歸於怠慢，架漏牽補而竟至於壞裂，人心日趨於薄惡，世道日底於頹敗。才非不擇，而民生之困悴特甚；法非不行，而紀綱之隳廢已極。九重之憂勤，非不至矣，而恩澤無下究之驗；群下之奉行，非不善矣，而庶績無其凝之期。巧僞乖悖之習，疊見層出；災異變怪之事，日新月盛，兹曷故焉？

臣誠愚蒙，莫知其所以也。無或聖學雖臻於高明，而猶有萬分一未盡於戒懼之工歟？睿質雖得於天成，而猶有萬分一未盡於克治之方歟？知人有則哲之明，而任用之道猶有未盡歟？視民有如傷之仁，而懷保之方猶有未盡歟？容諫之量，雖無所不弘，而猶未盡於悅而繹、從而改歟？恤刑之德，雖無所不及，而猶未盡於治民心用不犯歟？

凡此所謂未盡者，一或有近似者，則向所謂其實之大不
然者，亦無足甚怪也。譬如人內崇重病，而外若無傷，起
居、飲食未至有妨，容貌、精神不覺有異，而臟腑虛弱，榮
衛損傷。蓋無一毛、一髮不受病者，而不自知其為危迫之
證，越人見之，則望而卻走，而當之者方且談笑而度日。及
其病已形而覺之，則又群醫雜進，眾藥交攻，遂至於不可
為，此必然之勢也。

夫小而醫一身，大而醫一國，其理一也，特不能察其微
而治於豫耳。《書》曰：“若藥不瞑眩，厥疾不瘳。”又曰：“若
有疾，其畢棄咎。”孟子曰：“七年之病，求三年之艾，苟為不
畜，終身不得。”豈欺我哉？

嗚呼！人主之一身，是萬民之本；而人主之一心，乃萬
化之源也。心正然後可以運萬化，身脩然後可以懷萬民。是
故格致為誠正之基，而格致必貴乎誠正；治平在脩身之後，
而治平必自於脩身。後乎格致而可以收格致之功者，惟誠
正也；前乎治平而可以致治平之效者，惟脩身也。誠正則身
無不脩矣，身脩則國無不治矣。

然而身之脩不脩、心之正不正，只判於意之誠不誠，而
意之誠不誠，必由於人所不知而己所獨知之地。故《大學》
誠意章，言“如惡惡臭，如好好色”、“欲其必自慊，毋自欺”，
而丕惟曰“君子必慎其獨”，又言“誠於中，形於外，十目所
視、十手所指之嚴”，而亦惟曰“必慎其獨”。《中庸》首章，言
“戒慎乎其所不睹，恐懼乎其所不聞”，又言“莫見乎隱，莫顯
乎微”，而丕惟曰“君子慎其獨也”。末章言“知遠之近，知風之

自，知微之顯”，又言“潛雖伏矣，亦孔之昭，內省不疚，無惡於志”，而亦惟曰“君子之所不可及者，其惟人之所不見乎”。

然則聖門相傳之旨，莫不以“愼獨”二字爲第一緊要工夫，重言複言，以始以終，必欲使之實用其力於此，以審其幾。蓋誠者，實也，而實者，眞實無妄、表裏如一之謂也。欲誠其意，而不於愼獨上着工，則心之所發有未實，而善惡之幾或有所未審矣。此古昔聖人所以眷眷致意於此者也。

學者之爲學，固不外是，而至於帝王之學，則尤當致戒懼、謹愼之方。苟能涵養乎未發，省察乎已發，不以幽暗之中細微之事，而或忽其愼之之術；不以迹之未形人之不知，而或忘其謹之之道。使其實於中而形於外者，無一毫自欺之端，有十分自慊之意，則心可得而正，身可得而脩。推而至於“致中和，天地位，萬物育，篤恭而天下平”，乃其次第事耳。故程子論夫子川上之歎曰：“此見聖人之心純亦不已也。純亦不已，乃天德也。有天德，便可語王道，其要只在謹獨。”其論“出門如見大賓，使民如承大祭”，亦曰“惟謹獨，便是守之之法”。朱子《戊申封事》曰：“古先聖王，兢兢業業，持守此心，雖在紛華波動之中、幽獨得肆之地，而所以精之一之，克之復之，如對神明，如臨淵谷，無纖芥之隙、瞬息之頃，得以隱其毫髮之私。雖以一人之身，深居九重之邃，而凜然常若立乎宗廟之中、朝廷之上。此先王之治，所以由內及外，自微至著，精粹純白，無少瑕翳，而其遺風餘烈，猶可以爲後世法程。”

臣敢以是兩夫子之說，爲殿下誦之，伏願殿下深加聖意，而試以思之：吾之於人心、道心之間，果能精之一之乎？於天理、人欲之際，果能克之復之乎？所以誠其意者，果能表裏如一乎？所以正其心者，果能敬以直之乎？所以爲愼獨之工者，果能審其幾於未形之迹，而遏人欲於將萌，不使其潛滋暗長於隱微之中乎？

造次克念，戰兢自持，則其表端影直、源淸流潔之效，自有不期然而然者矣。眞所謂朝廷百官、六軍萬民，莫敢不出於正而治道畢也，此臣所以必以殿下之一心爲天下之大本。

而至於今日之百弊千瘼，則殆不可毛擧，蓋莫非任事者之過。而若論捄弊之最先急務，則有四焉：曰"振綱紀"也，曰"用賢才"也，曰"育多士"也，曰"子庶民"也。苟能於此四者得其道，則所謂許多般弊瘼，可以不期去而自盡去矣。臣請以四者歷陳之。

所謂振綱紀者，何也？《詩》曰："勉勉我王，綱紀四方。"又曰："受福無疆，四方之綱。之綱之紀，燕及朋友。"《書》曰："若網在綱，有條而不紊。"韓愈亦曰："善計天下者，察紀綱之理亂而已。"蓋綱者，猶網之有綱也；紀者，猶絲之有紀也。網無綱，則不能以自張；絲無紀，則不能以自理。故欲張網者，必先張其綱；欲理絲者，必先理其紀，則事有序而功不勞矣。一家則有一家之綱紀，一國則有一國之綱紀，綱紀不振而能治其家國者，未之有也。

方今風俗頹弊，名分紊爽，禮義廉恥，國之四維，而擔閣一邊；倫常名敎，人之大節，而變怪多端。朝野之間全沒忠厚質實之風；閭閻之際，徒有欺詐騙賣之習。幼少以凌加長老爲能事，卑賤以抗衡尊貴爲主意，服食之奢濫無度，而窮者益窮；律式之從違惟意，而橫者愈橫。

爲文章表貴賤，黃帝所以垂萬世之法，而今則貴賤無別，苟其力可爲則爲之，殆有甚於賈誼所謂繡墙緣履；

同律度、量衡，虞舜所以啓一王之治，而今則長短、大小、輕重，人各異而用各殊，又有甚於陸贄所謂相繆相欺。

各自逞私，交互成習，其秉心則克伐怨欲，紛馳於方寸，聲氣、臭味，潛通於暗地，表裏懸截，畦畛陰森，外諛內猜，榮勝恥屈，搉己之爲，鉤人之隱。其行事則貌若無異於衆，而實背於理；言若有似乎公，而暗濟其欲。事之是非則無所別白而惟師鄉原之閹媚，人之彥技則輒懷媢嫉而遂成蠆弩之傍伺。

宰相則置國事於秦人肥瘠，而惟以貪權、固寵爲長技，甚則開賂恣私，縱儳籠物，至有奪貢人、邸吏之利者；外任則送民憂於華子乾坤，而惟以染指、稛橐爲妙計，甚則盜廩權利，黨吏愚民，至有學商客、賈兒之術者。

以士夫爲名者，以讀書飭行爲迂闊，以締結躁競爲茶飯，甚至或奔走請謁，或非理好訟，或憑債敷虐，或酒色賭戲，凡諸頑黠鄙瑣之事，無所不爲。故爲小民者，其心不服，侮疾成習，或公肆詬辱，或暗售欺誣，上下交賊，積懷讐怨。凶狡悖亂之風，又無所不有，無貴無賤染馳一世，天理滅絕，人欲橫流，從風而靡，如印一板。

言行雖悖戾，而苟其富也，有勢也，則必詔畏之；齒德

雖兼備, 而若其貧也, 無勢也, 則必凌踏之。殺人者何嘗償
命? 贓汙者何嘗竄錮? 無一點之瑕者, 公然枳廢; 負難容
之累者, 反獲顯擢。禁吏則獵錢縱罪, 而平民若罹網之鴻;
掖隸則張勢肆惡, 而村坊如焚巢之鳥。然則雖謂之無法之
國, 可也。曾子曰: "上失其道, 民散久矣。"凡今蒼生之殿
屎, 罔不由於在上者之不恤其下, 徒徇一己之私, 遂使之至
於此極。今姑以"奢濫"一節而言之。

富貴家一飲一啖, 舉皆窮極侈靡, 一器所入, 百味咸
具, 無非珍異稀貴之物。何曾之日食萬錢, 李德裕之一羹三
萬, 未足喩其費, 則其衣服、輿馬、宮室、器玩, 可知其稱
是也。此豈世業與祿俸所能辦繼也哉? 其勢不得不在內則
廣賂遺之門, 在外則窮椎剝之政, 以充其尾閭也。

夫天地之生財, 止有此數, 不在民則在官。今之所謂
財, 皆損於下而益於上, 溢於此而涸於彼, 民安得不窮, 財
安得不竭? 以故一世之人, 惟利是趨, 惟錢是貴。汩沒於貨
財, 則見金者攫而無復顧忌; 奔競於功名, 則疾足者先而自
矜巧捷。請囑賄賂, 公行於京鄉之間; 讒毀誣罔, 恣意於脣
舌之端。架虛構無, 忽成空中之蜃樓; 信訛傳誤, 渾疑床下
之牛鬪。

聽訟則顛倒謬戾於是非曲直之分, 用法則傅會舞弄於
親疏緊歇之別, 千塗萬轍, 計較粧撰, 不復知世間有所謂事
理者, 而只以勢之輕重、賂之多少、周旋之如何爲左右。故
雖理直者, 亦必旁鑽曲穿, 期得蹊逕而後, 乃敢呈辨。而畢
竟直者常屈, 曲者常伸, 此蓋由於直者猶有恃其直之意, 故

其所周旋，常不及於曲者而然也。無論中外，苟是大利所在，不惜所入者，則互相窺覦，迭生謀計。一邊人先有所納，則右之，又一邊人納之益多，則又翻而右之。前官所決者，後官忽反之；京兆所移者，秋曹乃翻之；查官所報者，道伯直置之，立落無常，始終難測。其所謂前所決者，亦未必皆公，而吏緣爲奸於其間，人競相效於其後，至相語曰："舉世皆然，我是何人，獨不爲此？"

且雖公平，人誰謂然？徒招憎怨，不若效人所爲猶有所利。此則由於一有公決者，則落者反陷以受囑，如唐時段文昌以書屬進士於錢徽，徽不聽，文昌反陷徽以關節之類。故無緣辨白，遂成黯昧也。甚矣，風俗之移人也！

風俗既如是，故是非以之而混淆，名分因之而陵夷，惟其私意之所在，不知公議之可畏。已自謂得，人不爲怪，輾轉薰染，反復沈痼，遂成一種時體，只思利吾身、利吾家，不識公耳忘、國耳忘。遇事則以巧避占便爲行世之妙方，接物則以甘言好說爲悅人之圓機，而至其利害分數，則不顧他人之是非，不恤將來之成敗，捨命做去，滿意而後已。是故外若無崖異之行，而內實濟忮克之心；陽若爲孤高之態，而陰實蹈鄙賤之習。之其所親好，則無可棄之人、可非之言；之其所疏外，則無可用之人、可採之言。青白之眸，變於俄頃之利害；飜覆之手，因於忽地之喜怒。謬例則因之以爲得計，正論則嘲之以爲古談，狡者揚揚而縱恣，善者蹙蹙而拘攣。

事既失其宜，故下不直其上；言不當於理，故人不服以

心, 剛者發忿詈之語, 懦者吞愁怨之聲, 是皆由於綱紀不振
於上。故風俗習熟於下, 轉相慕效, 靡然同歸, 遂至私邪之
路開, 陵犯之習成。以吏屬而謀害官長者有之, 以下輩而刃
刺士夫者有之, 有夫有子, 則婦女不得縱恣, 而藏蹤匿影,
使之驚動天聽者有之。 繼絶存亡, 聖王之先務、國家之令
典, 而反爲之絶繼而亡存者有之。其他悖理而賊義, 犯分而
乖常者, 指不勝僂, 雖其有輕重、大小、强弱、隱顯之不
同, 而其爲傷風、敗俗、圯族、梗化, 則未有甚於今日者
也。

　　摠之, 遺失大體, 掩棄公義, 唉其錢貨, 則黑白失色;
溺於請托, 則朔南易位, 以之積怨而攅怒, 召災而致殃, 皆
綱紀撓敗而風俗乖亂之致也。 苟綱紀之先立, 則風俗奚爲
而若是其壞弊, 名節奚爲而若是其虺敗, 訟獄奚爲而若是其
舛錯, 德澤奚爲而若是其壅閼?

　　今若一朝而振肅宏綱, 整緝梦紀, 有張理之美, 無解紐
之歎, 則所謂風俗、名節、訟獄、德澤, 將不待隨事理會,
而自無所不得其宜矣。 眞所謂綱一擧而萬目皆張, 紀一整
而萬絲皆理者也。

　　朱子曰: "四海之廣, 兆民至衆, 人各有意, 欲行其私。
而善爲治者, 乃能摠攝而整齊之, 使之各循其理, 而莫敢不
如吾志之所欲者, 則以先有綱紀以持之於上, 而後有風俗以
驅之於下也。何謂綱紀? 辨賢否以定上下之分, 核功罪以公
賞罰之施也。何謂風俗? 使人皆知善之可慕而必爲, 皆知不
善之可羞而必去也。 人主以其大公至正之心, 恭己而照臨

之，則賢者必上，不肖者必下，有功者必賞，有罪者必刑，而萬事之統，無所缺也。綱紀既振，則天下之人，自將各自矜奮，更相勸勉，以去惡而從善，不待黜陟、刑賞一一加於其身，而禮義之風、廉恥之俗，已丕變矣。"

然則振綱紀以厲風俗，固爲治之急務。而若今日之綱紀、風俗，正如將傾之屋輪奐丹雘，雖未覺其有變於外，而材木之心，已皆蠹朽腐爛而不可復支持也。如欲振已頹之綱紀，而厲已壞之風俗，是豈可不思其所以然者而亟反之哉？此今日急務之一也。

至於"用賢才"之說，則振肅綱紀，儘是今日之急務，而振綱紀之道，又在乎賢才之進用。蓋人君不能獨運萬機，故必資賢材而共理；賢材不能自進其身，故必待人君之能用。古昔盛時以聖主得賢臣而治隆於上、俗美於下者，良以此也。是故伏羲有六佐，神農有火師，黃帝有七輔，少皞有五鳥、五鳩、五雉、九扈，堯命四子而庶績熙，舜咨二十有二人而天下治，禹曁益、稷擧皋陶而聲教訖，湯擧伊尹、萊朱而不仁者遠，文王有疏附、奔奏、先後、禦侮而受天命，武王有亂臣十人而萬姓服。降至漢、唐以後，雖小康之世，未有不得一代之賢才而能成一代之治者也。

然而自已然之迹而言之，則治世之所用者皆賢才，亂世之所用者皆非賢才。而自用舍之時而言之，則雖非治世，其所信用而委任之者，孰不以爲賢才；而爲其君者，亦豈欲棄賢取邪，安其危而利其菑，樂其所以亡哉？惟其所謂賢才者，非賢才而乃小人也。

蓋其無誠正之工、修身之實，明不足以知人，剛不足以攬權，惟其意之所好，則輒以爲忠也、賢也。而彼小人者，雖仁義不足，而奸狡有餘，故得以其斗筲之才、巧令之態，伺其隙而中其欲。出言則似誠，任事則似忠，竟以入于左腹，固其根柢，積順生愛，積譖生疑，膩近而汙人，猶藏而勝薰，以致一小人進而衆君子退。其進也必引類樹黨，其退也必株連網打，卒至毒流生民，禍及國家，固其勢然也。而其君曾不覺悟，乃以爲"非屬此人，當誰任哉"，豈不悲乎？

昔唐德宗曰："盧杞，清忠强介。人言其奸邪，朕殊不覺。"李泌曰："若陛下覺之，豈有建中之亂？"李勉曰："天下皆知，而陛下獨不知，所以爲奸邪。"當是時，德宗方且以杞爲賢才，泌、勉之言，何足以悟其心乎？爲人君者，苟能舍其私意，公其觀聽，則君子、小人之分，宜若不至於若此之相反。而罔鑒于殷，同循其轍，終不免於以小人爲君子，而不知賢才之乃在於疏遠擯棄，不識何狀之中。故從古以來率皆枉舉直錯，智藏癏在，治日常少，亂日常多，此其故何哉？良由於不能如堯之知人官人，湯之立賢無方，武王之不泄邇、不忘遠而然也。

夫不能知人，則何以能官人乎？不能無方，則何以能立賢乎？不能一遠邇，則何以能不泄、不忘乎？不知人而官人，則所謂官人者，必非其人也；不能無方於立賢，則所謂立賢者，必非其賢也；不能不泄、不忘，則邇者常邇而遠者常遠也。以此而望治，亦難矣。

皇陶之告舜曰："無曠庶官。天工，人其代之。"傅說之告高宗曰：「旁招俊乂，列于庶位。」夫曠者，非曠位之謂也，不得代天工之人，則是謂之曠也；旁者，非一方之謂也，苟招之以一方，則不可謂之旁招也。此所以不但曰「庶官之無曠」，而又必曰「天工之人代」；不但曰「俊乂之列位」，而又必曰「旁招」也。惟其能代天工也，故庶官以之而無曠；惟其旁招也，故俊乂以之而列于庶位。此所謂「爵惟其賢，罔及惡德」，而其治之所以嵬蕩郅隆，非後世之可幾及也。

顧今世級日下，人才渺然，雖不可擬議於堯、舜、三代之時，而理無殊於古今，才不借於異代，苟無方而旁招，則何患乎無人？特患不能無方而招之以一方耳。雖然，舜何為哉？矢謨者，皋陶也。高宗亦何為哉？欽承者，傅說也。人君之能得俊乂而無曠庶官者，非有賢臣之思日贊襄，對揚休命，則亦何由而托密契於風雲，躋至治於都俞也哉？

夫天之生才，初無貴賤之殊，亦無遠邇之別。而以人事君者，乃欲強以私意、小智，區分而取舍之，則竊恐天之意不如是之偏狹也。天之意不如是，則天聰明，自我民聰明，天明畏，自我民明畏，達于上下，又何以代天而治民乎？

今我聖上宵旰憂勤，一念憧憧者，惟在於得人而任職。內而百官庶位，外而方伯守令，惟恐一人之不得其人，一職之或曠其職，凡所以勑厲而申戒者，靡不用極。至於大政之時，則每降絲綸，責之以終歸文具，諭之以毋謂例飭，丁寧懇惻之意，溢於辭表，可感豚魚。而其所以對揚者，反無仰體之實，徒循自來之套，公然以堂堂朝廷之公器，把作自己之私物，惟貨惟來，為人擇官，不但貴賤、遠邇之區分，抑亦親疏、愛憎之殊異。銓衡之際，變錙銖於低仰；鑑別之間，幻妍媸於好惡，分排注擬，泛若按例，而亦自有其人焉；內外豐薄，暗分彼此，而摠不出其圈焉。一官之瓜期將近，則旁蹊曲逕，左右鑽刺，而畢竟得失在於緊歇；一任之徑遞有漸，則群起競走，先人預圖，而末梢成敗換於俄忽。勢能熱手，則擇肉而食；物可通神，則無脛而走。或私相結約，而忽有難違之分付，則每歎造物之多戲；或有爲作窠，而偶值他手之行政，則空資漁人之收功。進退專由於冷暖，則所謂上品無寒門，下品無勢族也；用舍不襯於功罪，則所謂著效附卑品，無績獲高叙也。

古則以兩及吾門爲可惜，而今則以不及吾門爲可惜；古則欲託邑子，終日不敢見，而今則以不聽其託爲仇怨；古則懷金欲餽，竟不敢出口，而今則惟恐其餽之不厚。以故閥閱之家則朝除暮遷，兜攬清要，人人凝豐貂而聳高蟬；孤寒之族則潦倒卑下，一斥不復，箇箇豐啼飢而暖號寒，遂致騰颺者長騰颺，沈滯者永沈滯。或有窮經蘊抱，而每多處巖穴虛老之歎；或有勤苦通籍，而不免抱紅牌餓死之患。此雖緣守拙而無求，亦足以積鬱而干和。非謂寒門之可用而勢族之不可用也，揆之以“旁招”、“無方”之義，不亦左乎？

蓋今銓注之法，無論高品下官，只以近來所擧擬者，循環其中，遞相塡補，舍置餘外，更不擧論。苟如此而已焉，則一吏足矣，何難之有？且家世、地閥之稱，自古已然，而我國尤以是爲用人之方。式至近日，不論其人之賢不肖、才不才，而惟視某人之裔、某家之族，以之布列百僚，分授各邑。苟其賢與才，則固善矣；如其不然，則柰國事何？柰生民何？譬猶求大木者徒知求之於鄧林，而所得者乃是擁腫離奇、空中液瞞而已；取良馬者徒知取之於冀北，而所得者惟是大耳短脰、攣腕薄蹄而已。殊不知梗、柟、豫、章之材，多在於深山窮谷之中；追風、超景之蹄，猶存於鹽車白汗之間，其不見笑於匠石、孫陽者幾希。而梧櫃所以見棄於賤場師，赤驥所以頓長纓而淚至地也。

昔程子謂韓維曰：「持國居位，却不求人，使人倒來求己。只爲平日不求者不與，來求者與之。」朱子曰：「除書未出，而其物色先定；姓名未顯，而中外已逆知其決非天下之第一流矣。」蓋用人不得其道之弊，誰昔然矣，而未有若今日之舉世盡入於膠漆盆中，無一人能自解脫者，豈不可爲之寒心乎哉？

今試論此弊，亦孰有不能知、不能言者？而秖緣人心已痼，習俗已成，滅天理於私意，蹈前轍於後車，雖以殿下至誠惻怛之意、祛文務實之教，亦莫可柰何也。是故一經都政，輒騰物議，債帥·市曹之號、郭璠·李蹉之譏，千奇萬怪，一唱百和，街談巷論不勝藉藉。無所與於得失者，謾作笑話；有所欲而未得者，忿發唾罵。其所傳說，雖未必一一皆信，而要之偏私、濫雜、不公、不平則極矣，而決非治世之好消息也。

苟能知恬靜者必非躁競之類，謹拙者必非浮雜之輩，而於門閥煇赫之中擇其賢能，於疏遠窮賤之中拔其才德，因私逕而窺覘者，正色而斥退；守本分而冤屈者，旁探而甄叙，則雖今世囂囂之俗，好說人短，不好說人長，其拂鬱而層激，豈至於是乎？

或曰：「今世豈有才德？不若世家、大族之猶爲習熟見聞於供職臨民之例也。」此言不幾於顯誣一世而暗濟己私乎？殿下如欲朝無邪逐，野無遺賢，賢者在位，能者在職，茅茹彙征，師師濟濟，則莫若先擇公正、廉介之人以爲有司。有司得其人，則後世之賢才，雖不及於古所謂賢才，而亦豈無在內而能擧其職，在外而不虐其民者乎？朱子曰：「某做時，揀得一箇好吏部。」茲豈非提綱挈領之至論妙訣耶？此今日急務之二也。

至於「育多士」之說，則所謂得賢才之道，其本又不外乎多士之樂育。《詩》曰：「周王壽考，遐不作人？」又曰：「思皇多士，生此王國。王國克生，維周之楨。濟濟多士，文王以寧。」又曰：「肆成人有德，小子有造，古之人無斁，譽髦斯士。」蓋當商之末世，士氣之卑弱甚矣。惟文王爲能變化鼓舞之，故言其待而興之效，則詠其思皇克生，爲國楨幹，而文王有賴安之慶；言其見於事之實，則歎其成人、小子，咸得成就，而斯士有譽髦之美。韓愈亦曰：「『菁菁者莪』，樂育材也。君子之長育人材，若大陵之長養微草。」先儒有言曰：「多士本由文王敎化陶範而後生也，而文王之國又待多士以爲安焉。猶人勤於蓄田，反以自養；樂於植材，反以自庇。」由是觀之，則人君所以樂育多士，作成人材者，其效乃至於斂時五福，敷錫庶民，各羞其行而邦其昌，鳶飛魚躍，有物物自得之妙；鳳鳴梧葉，致藹藹多吉之休。爲治之道，豈有以加於此哉？

　嗚呼！古者師氏教國子以三德、三行，保氏道國子以六藝、六儀，樂正崇四術、立四教以造士，春秋教以禮樂，冬夏教以詩書之制，尚矣無容議為。而若董仲舒願興太學，置明師，以養天下之士，少則習之學，長則材諸位，朱光庭請置太學明師，以養人材者，實為切至之論，後世之所宜法也。

　夫士者，國之元氣也。人無元氣，則不可以為人；國非多士，則不可以為國。必也培養士習，扶植士氣，正其趨向，勤其學業，考其藝而進退之，興其化而甄陶之，然後方可謂得其道矣。

　今我聖上以崇儒重道之心，行敷教育材之政，十年于茲矣。學校之政不為不修，而儒術無蔚興之效；教養之方不為不至，而士風無丕變之期。遊談於黌庠之中而絕絃誦之音，輕薄於閭巷之間而寂講讀之聲。日夜所經營者，只是科名之拔身也；生死所醉夢者，只是榮塗之顯迹也。舉業固是壞心術之資，而其所以陷溺心術者，又不但治舉業而已；科第固非盡人才之道，而其所以註誤人才者，又非特由科第而已。何者？良以請囑、賄賂，已作不可醫之病根故也。今之士也所以日趨於汙下者，不在乎他，在乎科舉。臣請冒死而悉陳之。

　夫科舉者，非古也。至漢文帝，親策賢良、方正、能直言、極諫之士而得鼂錯；武帝又繼述之，幸得董仲舒之醇儒，而猶且三策之。其難慎如此，而其用之也，卒止於江都相，烏在其本意哉？其後又令郡國徵吏民明當世之務、習先聖之術者，縣次續食，令與計偕，甚盛舉也。而乃有公孫弘之策，有司置之下等，而武帝以其言之容悅也，故擢爲第一，使之待詔金馬，超遷爲丞相。已失求賢之道，只是好名之舉，而其後若杜欽之白虎殿對策、蕭望之之射策甲科爲郎，遂爲以科取人之例。然漢之時，去古未遠，猶有孝廉、茂材、獨行、異等之興舉，故率多需世之彥。至其季世，至有詣公車不對策而退著政論者，其用人行政可知也。

自唐以後，專以科試取人，雖高才博識，皆不免騎驢歌《鹿》。應舉覓官，決得失於一夫之目，而有在舉場十餘年，竟無知遇者；有銜淚渡灞，又爲考官所辱者；有物議囂然稱屈者；有持紙終日，不成一字者；有不對策而出，不復應進士舉者。科舉之不足以得人才，而反有害也有如是矣。

以我東言之，尤以是爲取人之方，蓋自麗朝雙冀以來科制漸備。雖隨弊立法，而無柰黃抗之、廉國寶、尹就輩之濫雜轉甚，終至有紅粉榜之譏，則科舉之弊極矣。

逮至我朝，立國規模夐越前古，禮樂文物彬彬郁郁。其於科舉之法，雖因循舊例，未有更張，而方其百度修擧、盛化流行之時，爲士者無不飭躬修業，以爲幼學壯行之本；有司者無不精白公明，以爲網羅賢俊之資。人到于今傳稱以爲美談。而夫何挽近以來，人心、俗尙月移而歲不同，輾轉層加，晦盲否痼，爲士者生平不讀，只事追逐而遊戲；有司者一片私意，不思守職而奉公。迹其平日，固已無可取之才與取才之心，而每當設科之時，爲士者妄生非理之慾，有司者喜得逞私之便，以利相餂，有如互市。暗標授受，惟意作奸，廳僕、庭卒皆作耳目，甲名乙入便成規例。慮其誤中，則錄納句頭；難於攔入，則場外書呈。用某字，刮某處，備盡巧妙；丸以蠟，繫以石，窮極詭秘，眉眼融通，書札狼藉。監察、禁亂所之設法，非不嚴矣，而只是備故事而已；史官、備邊郎之摘奸，非不密矣，而亦是布例飭而已。又或不但備故事、布例飭，反更爲之匿其人，通其情，以故場門之懸法，見之者曰“是前例也”；圍內之列枷，過之者曰“此文具也”。間或有捉枷隨從、挾冊等數人，姑以爲塞責之資，而亦不過是疲劣者流耳。何嘗敢犯所畏與所親哉？然隨從、挾冊，比諸諸般弄奸，猶爲薄物細故，而乃獨見捉，其亦冤矣。

然則今之所謂法者，皆是應文備數；而所謂奉法者，皆是飭例循私而已。是故只觀其科之主試何人，而可以預知其榜；但見其人之親密何處，而可以坐待其捷。甚至預題宿構，先寫試紙；私結下輩，換易秘封，巧計千百後出愈奇，設場之後、出榜之前，無非呈劵、受札之時，而較計緊歇，變換立落。無論大、小科，行私之中，又有分排，皆依陞學之例，故或有“全一榜無一公道”之說，或有“一榜中僅有一二人得參”之說，有口皆傳，無遠不及。而方且得得焉自以爲能，人亦恬不爲怪，古之所謂科賊，今之所謂才能；古之所謂殃及，今之所謂例套。如此則何必糊名？又何必設場？且以場屋言之，一人操劵，十人隨從，皆是黌戾、無賴之輩，故蹂躪之患、亂場之變，無所不至，揆以世道，寧不寒心？

夫科目之法，不過設場聚士，出題收劵，考定其立落，而又程式以拘之，時刻以限之。藉使十分高眼、十分公心，考得十分精審，黜陟高下，不差錙銖，固非登賢俊、致君民之術，而況利欲萬端，詐偽百出，緣法而爲巧，憑公而濟私？

科期在近，則凡以儒爲名者晝夜奔走，或鑽刺蹊逕，或誘脅文筆，惟以圖占爲事；其當爲試官者左右接應，或約結姻親，或延攬貨財，惟以售私爲能。苟無此路，百無一得，故人心之巧詐日增，世道之危險歲加，有勢有錢者，以借述巨擘爲高致；有文有筆者，以售才射利爲妙術。中間行媒者，有文儈、都家之稱；外場代入者，有優劣論價之例。高者互相慕效，而又互相猜謗；下者各自沮喪，而又各自濫想，殆同頹波之難障、奔車之莫遏，豈不痛哉？

行私之外，又有取早之弊。蓋主試者厭於始終之細閱，只就暗標早呈者擢之，而晚呈者則都置之落軸。故爲士者，自私習之時，不顧其文之工拙，惟以燭刻急構爲主，人皆以一日做幾多首者爲實才，己亦自誇其敏速。而無文筆者，預備速製、速寫之手，及其入場，忙忙寫出，競欲先人，甚至以數三人合作一篇，以數三人合寫一張，必期第一二軸。而不然則自以爲不善修人事，其父兄與他人，亦不問其文之如何，惟問其呈之早晚以占得失，如此而才安得自盡，文安得爲文？

昔宋仁宗試士，以"厄言日出"爲題，因舉子頃刻進券，命停科十年。歐陽脩與王禹玉、范景仁六人爲考官，鎖院五十日，長篇險韻相唱和。其視今日之霎時輟場，一二日出榜，教導之得失、氣象之舒促，果何如也？

今日登科者，卽他日主試者，則所見所尚，本自習熟，其取之也，固必有濫竽遺珠之歎，而況濟之以一段私意，則又安得不失人才乎？前科旣如此，後科復如此，眞箇有才識、有蘊抱者，終身不得一厠於其間。故每一經科，醜悖、奇怪之說，不勝紛紜，令人掩耳。設科取人之意，豈宣使然哉？

不但大科爲然，小科亦然；不但京試爲然，鄕試亦然。蓋當式年及增廣，則外方皆差送試官，於是外方有錢財者，先期戻洛，圖差試官於政官，至有買試官之語。而試官旣差之後，凡其親戚、連姻、知舊之請及以財自通者日夜塡咽，各有定價。間或有稍知自好，不肯隨衆，則必群嘲衆嗔曰："爾何固滯也！舉世皆然，爾獨何人？爾雖自正，其如見賣於他試官何哉？畢竟得談則均，孰肯爲爾淸脫？不如同流合汙，與之分利。"以故科榜出處醜聲輒彰，而人皆看作常事。不但看作常事，其行私最甚者則當科而必先擬試望，考績而必以公居最，此無他，以如此輩爲試官，然後可以隨處而無不如意也。

夫導之以公正，尙恐不能奬一而聳百，懲一而勵百，況導之以私邪，則是推波而助瀾也。勸懲之政，旣若是相反，故自以爲只此可以長享利窟，不羨方伯、守令，曾不顧忌於局外之公論，乃反傲然自處以廉公，而蕩然無復羞愧、悔悟之萌，其亦可哀也已！

且不但製述爲然，明經亦然。號爲治經，而實不勤讀，臨科奔走，預約帖括。爲試官者先有分排，顯加扶抑，於其所扶，則雖瘡疣百出，而帖耳闔眼；於其所抑，則雖若決江河，而强詰勒降。呼冤雖不足恤，天道寧不可畏？

惟其如是也，故爲製工者相語曰："何以文爲？ 多錢則大、小科可以唾手。"爲經工者相謂曰："何以讀爲？ 有財則七大文是爲妙方。生斯世也，惟患貨殖之不能，不患才具之不足。"於是以富厚爲實才，以勤苦爲徒勞，人皆解體，俗成惰棄。以此觀之，人心世道，可謂極盡無餘地，而非細故小憂也。

不但文科爲然，武科亦然。 代射、代講與夫以不射爲射、以不中爲中諸般弄奸及武技雖高講栍必抑之弊， 難以悉舉。且當稱慶廣取之時，寬其規矩，使不難於入格，又自下弄巧，甚至虎榜掛名纔易一醉。故武科之數，多則近萬，少不下千，窮鄉傭、牧鮮有不得，而一國之中遊食者過半。他日占得大將、閫帥者，自有其人，而其能通宣傳之薦，廁西班之列，入備宿衛，出典州郡者，亦無多焉。其餘則皆只是受紅紙、稱先達而已。軍額之漸縮，名分之益淆，職由於斯。蓋無論彼此，以科爲名，則其紊亂乖戾，莫近日若而又莫可捄藥，臣未知如之何則可也。

嗚呼！ 天下萬事，旣有其弊，則必當痛革而疾更之。不然則弊而益弊，終至於難言之境矣。《易》曰："窮則變，變則通，通則久。"朱子曰："知如此是病，則不如此是藥。"古人有言曰："通其變，天下無弊法；執其方，天下無善教。"今之科弊，與其存科名而無益有害，無寧罷科舉而去名就實。今若革罷科舉而專用薦選，則彼不足以去民畝就吏祿者，初無倖望，而在國家用才之道，亦不患無其人矣。

或以爲"薦選亦有奔競、私邪之弊"，然明白指名，猶勝於暗地之弄巧；門調戶選，猶愈於猥沓之徼幸，而可用者皆用，不可用者無錯雜之路矣。在古而不失於鄉舉里選之法，在今而無缺乎需國治民之道，因其蔭仕之俗，省其場屋之弊，此所謂通古宜今、因俗省事之道也。

今茲之弊，如病已痼而尚有醫之之道。知之而不欲醫則已，如欲醫而已之，則計無善於此者。而今日之事，率皆膠故而印例，必若以爲"三代以上之制，有難猝復；漢、唐以後之規，不可遽革"，則亦豈無抑可以爲次者乎？

每當有科之時，則預令京外各選其才可以應舉者，錄名許赴，而一或容私，罪其薦主，嚴立科條，毋使攔入。則多士必當整齊，隨從不敢闖雜，而無文筆者，不得仰人而僥倖；有才學者，庶可專意而呈券。此足以杜初頭濫雜之弊。而及其大、小科榜出之後，則又行面試之法，著爲成憲。其不能成篇者，不必用停舉、充軍之律，只拔去榜中，則其庸懶自廢者，固不足惜；其有慷慨奮發，篤業更赴者，亦所可取。如此則士子有刻厲進修之美，場屋無狹窄蹂躪之歎。彼無才者雖賞之初不入場，而決科者舉有光色，私詐者自當沮縮，此亦遵故法而非有欠於待士之道也。

斯可爲存法救弊之術，而亦惟在乎明法勅罰，畫一舉行，不以貴勢而撓奪，不以年久而弛縱，始終如一，彼此惟均而已。苟法一撓，則反爲文具中文具，而初不如仍舊貫之爲愈也。

然而就其中最有決不可不急先革罷者，升補、學製是已。噫！升學之弊，可勝言哉？士習之日漸乖悖，育材之不得其方，專在於茲。

蓋陞學者，本出於勸獎興起之意，而惟其有初試一條路，且權在於大司成與學教授，而其設行之期又無限定，一歲之中惟其所欲，故其奔競尤甚。自童艸古風之時，已有聞見之稔熟；及其勝冠，曾不留意於讀做，而所蓄銳馳心者，只是鑽刺於教授及泮長，百蹊千逕以通其情，謂之公誦。及其入場也，懸題之後，則奔迸四出以借述於能者，呈券之際，則瞬目搖手，翹頸跂足，咕囁於吏隸，窺覘於窓壁，或書納首句，或傳通囑札，鄙瑣駭愕之舉，無所不至，令人駭顏。及夫累抄垂畢，畫數相埒，則晨夜狂奔，不但自己之送言，又覓他人之瑕疵，做出白地，公肆構陷，變怪之事，又無所不有。當此之時，莫有徐其行步、正其眸子者，若是者其可曰士乎？

今日陞學之士，其名位、事業之期於他日者，皆不可量。政宜謹飭勤修以圖遠大，而今其所見所行，乃如彼相反，此如嬰兒之受病於胞胎，草木之被傷於萌芽，雖或生長，終不免於尪羸卷曲，豈不惜哉？

且主試者則於其行私之中，別有一榜之分排，欲黜則畫雖多，必抑而屈之，非以其文之劣於他也；欲升則畫雖少，必超而進之，亦非以其文之優於他也。是故計畫之際，則預知某也之當爲某等、某也之當在落科，又預知某也之當取升補、某也之當得合製，而畢竟入格者，不出於意中之分排，亦不出於方外之傳說。然則初試之爲初試，已定於未出榜之前，試與不試一也。而其必設場而考取，直是因前例，假外面而已，豈不如兒戲之可笑？而自有科舉以來，安有如許科舉乎？

況近來皆不遵每朔每抄與各學四等之法，荏苒終歲，必待飭敎，然後始行於歲末。故輒不免連日或間日設場，虐雪饕風通宵露坐。哿矣富人，哀彼寒餓，是故多年赴升庠者，未有不嬰終身之疾者。然則所謂升學，乃是傷風敗俗之具、積瘁促壽之資，此臣所謂決不可不急先革罷者也。

若又以爲流來古規，有難猝罷，則有一焉。仍其舊而月課之，取其優等而賞之，不復付之於解額，如程子改試爲課之意，則不害爲勸獎聳動之術，而鄙悖忮克之習，未必至此之極，庶可爲一分厲廉恥、抑躁競之端矣。

今欲正士習，育人材，而不改絃易轍，則士習終不可正，人材終不可育，而眞箇讀書之士，終不可復得。古所謂不調甚者，必解而更張之者，此之謂也。何憚而不爲？何拘而不能？直一轉移間事耳。此今日急務之三也。

至於"子庶民"之說，則君民之相須，自是至理，不待多言。而就其至切而言之，則莫如父母之於子。故《書》曰："元后作民父母。" 又曰："如保赤子。" 又曰："子惠困窮。"《詩》曰："樂只君子，民之父母。"《大學》曰："民之所好好之，民之所惡惡之，此之謂民之父母。"《中庸》曰："子庶民，則百姓勸。"

夫父母之於子，爲之就利避害，取安去危，慮其飢寒，憂其疾病，其懇至之心、惻怛之意，未嘗頃刻而忘于懷。人君之於民也亦然，孟子曰：“得其民有道，得其心，斯得民矣。得其心有道，所欲與之聚之，所惡勿施爾也。”此是父母爲子之誠心。而鼂錯之言亦曰“人情莫不欲壽，三王生之而不傷；人情莫不欲富，三王厚之而不困；人情莫不欲安，三王扶之而不危；人情莫不欲逸，三王節其力而不盡”，而先儒以爲“非惟壽、富、安逸之遂其志，用舍、從違，無不合其公願”。此三王之治，所以卓乎不可及；而三王之民，所以皥皥如日遷善而不知爲之者也。 苟或忽於本固邦寧、可近不可下之義，而損下益上，不免於率獸食人，使斯民飢而死，則惡在其爲民父母也？

夫海內至廣也，兆民至衆也。惟天生民有欲，無主乃亂，惟天生聰明時乂，苟君不能子以愛之，民不能父母以親之，則君何以辟四方，民何以錫保極哉？況民者，至弱而不可勝，至愚而不可欺。若魚焉，見網則驚奔；若蟻焉，遇羶則聚慕，難一者，民情也；易散者，民心也。惟爲民父母者，不視之以民而視之以子，以恤愛惻隱之意撫之，以忠信誠愨之心懷之，不違其所欲，不行其所惡，蓋之如天，容之如地，疾痛苛癢，無細不知，抑搔按摩，無遠不及。使以時而不奪，遂其利而不爭，凜乎若朽索之馭六馬，溫乎若陽春之澤庶物。然後民亦尊之如父，親之如母，有命則子趨，有役則子來，有難則又如子弟之衛父兄。眞所謂“四海之內，瞻仰畏愛，如親父母”，天下雖廣而一其心焉，萬姓雖衆而同其懷焉。古昔聖王所以享國久長、澤流萬世者，用此道也。

後世惟不知此義也，故以爲"我是君也，彼乃民也。君者，出令以使民者也；民者，出粟米、麻絲，竭股肱之力以事其上，而否則誅者也"。法令以驅之，刑罰以威之，法令極而民風哀，刑罰濫而民命殘，天下始熬然若焦而君亦無所行其令矣。若是乎君之不可不子其民也。

惟我殿下撫熙洽之運，膺艱大之投，燕讓之中，孜孜一念，未嘗不在乎民，凡所以撫字而懷保之者，無所不用其極。惟恐實心、實惠之不得下究，而匹夫、匹婦之不獲其所，不啻如慈母之保赤子。故歲首則綸音以勸農，水火則遣使以慰恤，方伯、守令則慎擇而臨遣，凶年、饑歲則發帑而停糴，皆所以爲民也。而今之方伯、守令，果皆能體殿下爲民之心，行殿下子民之政乎？

昔宋孝宗卽位，詔求直言。朱子上封事曰："四海之利病，繫於斯民之戚休；斯民之戚休，繫乎守令之賢否。然而監司者，守令之綱也；朝廷者，監司之本也。欲斯民之皆得其所，本原之地亦在乎朝廷而已。陛下以爲今日之監司姦贓狼藉肆虐以病民者，誰則非宰執之親舊、賓客乎？然則某事之利爲民之休，某事之病爲民之戚，陛下雖欲聞之，亦誰與奉承而致諸民哉？"

臣嘗讀之，以爲"守令得其人而後，生民可以蒙至治之澤；監司得其人而後，列邑可以責治民之績。而監司、守令之得人，又在乎銓選之公平"。此固探本之論、必然之理，而姑以監司、守令而論之。

以言乎守令，則其圖得外任也，固已只懷肥己之策，計較揀擇於某邑一年所得之幾何，而有勢者薄不爲冷殘，幸得者不敢望雄腴。吏部之擬之也亦以此，而及其臨民也，乃以一邑爲己囊橐，暗弄權詐，巧作名色，行掊克之政，則刮地皮，猶患不足；開賂遺之門，則充谿壑，如恐不及。賣鄉齎任而官屬長事遞易，翻弄那移而穀簿幾盡虛錄。驅催鶉衣鵠腹之脂膏骨髓，而輦載以輸權幸之門；棄絕貧族窮交之情理恩義，而巧密以通幽陰之逕。不法之事，蕩無忌憚；無前之例，自謂妙方，誅剝徵斂無有藝極，占田治第無有限量。

人之無告，則酷虐無所不至；勢有所壓，則詿誤有所不恤。聽訟則以延拖不決爲主，當事則以規避捱過爲例。衒能要名，而外似幹辦之才；憑公營私，而貌飾恪謹之行。及其私欲飽滿，鑽研有效，則又可以束裝問塗，而望他積以爲己資矣。能如是者，人以爲有才能可任事，而陞雄州超顯職，不然則銓家置之於棄物，一世笑之爲庸愚。是不但無所懲其惡，乃反獎而導之，百里分憂之意，果如此而已耶？

蓋生民之倒懸，莫甚於今時，而就其難支之最大而尤甚者言之。

軍政則武科及自稱班裔者外，又有圖出史庫帖、郎廳帖等諸般謀頉者，不可勝數。且勢家之墓下、廊下近處及緣蹊受囑者，舉皆蠲免，則黃口之簽丁、白骨之徵布，勢所必然，而不勝其苦，逃移京中者，又相續於道。故族徵、里徵，日事橫侵，間或有保家作農者，亦無以自存，故十家九空，戶口日縮，而軍籍殆盡是虛名，脫有緩急，將何所恃？

糴糶則本邑各倉外，又有京倉及各軍門、各衙門等名目, 又有他邑移轉、某處拯米、某年停退、某年未收等各樣名色, 蝟集趲督, 轉輸之弊、添加之費、情債之操縱、色落之濫橫, 無非晞膏、椎髓之苦。而冬糴之時, 皮穀則除芒簸稊, 粒米則繫帥圓白, 期於十分精實, 其中逃、故、乞、病者, 族鄰收徵, 必取足而後已。而至春開倉, 則悉是空殼與腐糲, 一斛僅五六斗, 此乃吏輩之換弄, 而爲官長者皆委之鄉任, 初不看檢。其有才幹者, 或以米作錢而給錢受米, 或傾庫飜動而換名取贏, 勒授濫取, 鞭扑枷囚, 以爲牟利之資。而貪猾之吏, 又因緣憑藉, 百端侵漁。彼無告之民, 雖空杼柚而竭餅墨, 何以堪其溝壑之命哉? 其外訟獄之非理、舛誤, 使役之違奪、偏重, 閭巷則吞聲疾蹙, 吏輩則吐氣踊躍, 叫呼嚷突, 雞犬不寧。以此論之, 守令之有不如無, 不待智者而可知也。

以言乎監司, 則觀風察俗已矣無望, 厲民封己便成一套。虐煢獨則不遺餘力, 畏高明則惟恐或後, 下車而吏報失珠, 聽訟而人思伐棠。春秋巡歷, 則治道供膳, 衆民愁怨, 只爲偏、裨輩張氣誅求之地; 冬夏殿最, 則雪嶺墨池, 毀譽顚倒, 每作傍觀者竊笑暗罵之資。任藩臬句宣之責者, 豈容如是?

蓋巡歷者, 古刺史、太守之行部也, 將以觀風謠, 察民隱, 詳縣邑之得失, 決獄訟之難平者也。在古猶有若召公之恐傷民事而不入邑中, 韓延壽之恐無益重爲煩而不肯行縣者, 其不欲以行部傷民如此。而近所謂巡歷, 則其爲民弊, 有不可勝言。蓋當巡歷之時, 農務政殷, 民失一日之力, 則有終年之飢, 此聖人所以曰"使民以時", 曰"不奪農時", 以爲王政之第一先務。而乃以治道之役, 集遠近之民, 使之離田疇, 舍耕耘, 而齎糧費, 執器械, 長在於道路之間, 忍死於箠楚之下, 盼盼然熟視其田畝之荒廢, 而不敢出一聲, 此是王政之所不忍。

而且以供億之節言之, 不遠千里, 貿易京洛, 珍羞妙饌, 務以適口而勝人; 錦帳綺席, 悉欲便身而悅眼。一或愆期, 勞費倍蓰, 罄盡一邑之力, 而又或迂回於山水之遊賞, 流連於妓樂之宴飲, 則列邑支待之苦, 民間聚斂之煩, 有難以言語形容。故一經巡歷, 如逢亂離, 而又必以治道之不善, 飲食之不適, 鞭棍狼藉, 囚繫相望, 其害安歸? 歸於殘民。哀彼殘民, 何以聊生?

臣聞道路之言, 則年前有一監司巡歷之路, 招聚衆民, 詢訪弊瘼, 則中有一人出而對曰: "無他弊矣。只有一大弊, 使道巡歷是也。吾民之春不得耕, 秋不得斂, 顛於溝壑, 散之四方, 職此之由。此弊除, 則更無弊矣。" 此所謂疾吏之風、悲痛之辭, 而民情大可見也。語其弊, 則至於如此; 而語其益, 則未聞施一惠, 除一瘼, 決一訟, 小慰士民之望, 可謂無毫髮之益而有難言之害也。然則革罷巡歷, 然後生民之命可保也。

殿最者, 三載考績, 黜陟幽明之遺意也。而今也則吐剛茹柔, 愛膝憎淵, 已成一副當規模。而所謂廉探者, 皆偏、裨、下吏之以賂請欺弄, 故雄州巨牧, 無非龔、黃、召、杜; 殘邑冷官, 無非昏憒、貪虐。欲爲之褒, 妄自極意; 欲加之罪，何患無辭？以故在勢者有所恃而益無所忌憚，孤弱者有所畏而不能行其意，均之罹其害而中其毒者，民也。率是道而因循無改，則事之所謂利，民之所謂休，將何時而舉？事之所謂病，民之所謂戚，將何時而除？老人之歌，童子之謠，又將何時而聞乎？

目今民間之百千萬弊，殆難更僕以數，而莫不由於方伯、守令之不得其人。今若旁求而慎擇，公聽而竝觀，久其任以責其成，舉其善而懲其惡，剛亦不吐，柔亦不茹，惟盡心於爲國爲民，而無有一毫私意於其間，則遐遠之民均被實惠，而寬大之恩，不但爲掛墻壁之具而已。惟此庶可爲矯捄之道，而特患終不能若是耳。此今日急務之四也。

凡此四條，皆不可緩，而若其本原之地則又有在。<u>朱子</u>曰：“陛下之一心正，則六事無不正，一有人心私欲以介乎其間，則雖欲憊精勞力以求正夫六事者，亦將徒爲文具，而天下之事，愈至於不可爲矣。故所謂天下之大本者，又急務之最急，而尤不可以少緩。”此言正爲今日道也。

嗚呼！萬川之月處處皆圓，千紙之印箇箇皆同，以其本之有在，而其所及者皆自此而推之耳。今殿下之心一正，則夫四條者皆將次第修舉，而天下萬事，無一不出於正矣。苟不先正其本，而徒規規窮窮於事爲之末，則是猶曲其表而求其影之直，汨其源而欲其流之清也。天下寧有是理哉？然誠正之工，又不過在乎“敬”之一字。蓋敬者，所以存養其體，省察其用，乃體道之要也。是故<u>程</u>、<u>朱</u>之所以爲教千言萬語，不出乎敬。戒懼、愼獨只是敬，存天理遏人欲只是敬，推而至於中和位育，亦只是敬。此所以爲徹上徹下、成始成終者也。苟能常存此敬，無須臾之有間、毫釐之或差，則意自然誠，心自然正矣。此非臣所爲之言，乃有所受之也。惟殿下懋哉！

今或以爲："目今朝野升平，四方無虞，苟能無失舊章，粗守前例，隨風因俗，以度時日，則區區弊端，自當隨毀隨補，何足爲深憂？不宜更爲庸人所擾，以致無事中有事。"臣則竊以爲不然。天下之事，非艱難多事之可憂而姑息委靡之可畏。政使如唐、虞之至治，尚不忘"儆戒無虞，罔違罔咈"之猷、"傲慢惰墮，日奏罔功"之戒。況今日雖若未有目前之急，而風俗之頹敗，生民之困悴，未有甚於此時。若非大奮厲、大振作以新一世之耳目，而姑且狃安遲疑，以幸時日之無事，則竊恐弊中生弊，百爲懈弛，終必無着手之地矣。苟其有百害無一益之事，則安可以舊例而固守之乎？至於正本原、勑時幾之道，則安可以陳談而泛置之乎？

蓋格致、誠正、脩齊、治平之序，人心道心、精一執中之訓，聖賢相傳，布在方策。自古及今，人皆知之，人皆言之，初無新奇可喜，有似常談死法。而朱子謂："常談之中自有妙理，死法之中自有活法。"然則天下之至理、人君之治道，舍此而更有何說哉？《易》曰"正其本，萬事理；差之毫釐，繆以千里"，伏願殿下深留聖意，毋忽焉。

抑臣既陳紀綱、風俗之隳壞，而又有大可憂歎者。夫撐天地，亘古今，人所以爲人者，惟倫常是已。倫常之中惟父子爲尤重，雖以爲人後者言之，名義一定，則更不可移易變通。而如□□者，其祖手迹則奪取手投於烈火之中，繼後立案則公然背去於八年之後，而乃反揚揚自得，曾不知愧。有司亦不以爲罪，而又曲筆舞文以助成之，彝倫斁絶，名教掃地。其在聖世重人倫、尚風化之道，有非尋常細故，而變怪之事、悖逆之徒，必將接踵而起，天下之爲父子者未定。此猶若是，紀綱風俗，又何論哉？

朱子《延和奏箚》有曰："三綱五常，天理、民彝之大節而治道之本根也。故三代王者之制曰：'凡聽五刑之訟，必原父子之親，立君臣之義以權之。'"竊以爲諸若此類涉於人倫、風化之本者，有司不以經術、義理裁之，而世儒之鄙論、異端之邪説、俗吏之私計得以行乎其間，則天理、民彝，幾何不至於泯滅哉？故臣願陛下深詔中外之官，凡有獄訟，必先論其尊卑、上下、長幼、親疏之分，而後聽其曲直之辭。誠若朱子之言，則尊卑、上下、長幼、親疏之分，猶可以先論而後聽，況父子之倫乎？父子之倫，一日之間，間不容髮，況近十年而乃欲背之乎？今有司不以義理裁之，而得以行私於其間，正如朱子之所譏，嗚呼！其亦不仁甚矣。今之乖理而干和，召災而致沴，安知不由於如此等事乎？

當今之時，苟或因循荏苒，優游暇豫，玩歲愒日，而不能惕厲奮發，以行彰善、癉惡之政，則必將恣肆潰裂，終底於不可如何之域矣。可不懼哉？然究其本，則亦在夫殿下之明善誠身，而反以求之於心耳。

聖心誠無不正，則必能振綱舉紀，移風易俗，向所謂頽弊之患，不期矯而自矯矣；聖心誠無不正，則必能任賢使能，隨才收用，向所謂偏私之風，不期變而自變矣；聖心誠無不正，則必能樂育多士，作成人材，以興廉恥禮讓之俗矣；聖心誠無不正，則必能選任監司，慎簡守令，以成熙皞嵬蕩之化矣。愁鬱之色，可化爲歡笑；怨讟之聲，可變爲歌頌，洋洋乎溢和氣於天地之間，而凡天下犯倫滅義之類，舉皆革面而化心矣。至此而所謂弊者無可言，而所謂治者眞可致；所謂災者無由生，而所謂祥者皆畢至。豈不休美乎哉？

　方今殿下盡求言之誠，恢來諫之量，凡天下忠言·嘉謨、崇論·谹議，日陳於前，不患不足。而翕受敷施，率作興事，言可採則採之，事可行則行之，如臣之素無學識、愚迷庸憒者，豈容復有所言於其間，而亦何能有補於萬分之一哉？然而臣既有漆室中私憂，隱度而陰拱嘿默，終不效區區之一言，則是臣上而負殿下，內而負臣心也。故敢冒鈇鉞之誅，略效芹曝之誠，若其言不知裁，妄觸時諱，則宜不免於不知不覺之中，而其實則皆出於愛君憂國之一片赤心也。伏惟聖慈憐其愚忠，赦其萬死，而擇其中焉。臣無任瞻天望聖，戰慄俟罪之至。【以時無職名，不得上達。】

偶記所聞，有感而書

世人於其父祖之訓戒，鮮克奉行，惟意所欲。獨於臨終遺命，似若重之，而至其私欲所存，亦莫之遵者比比焉。人心之陷溺，世道之乖亂可知也。

余聞韓相碻之後裔，以其有先祖之遺訓，絕不爲雜技，遂成家法云。賢哉！此眞人類也，眞士族也，韓氏眞可謂有後也。

蓋人家父子相承，能保有其緒業者，以其有嘉言、善行之足以裕後，而繼述、遵守之足以繩武也。苟非不義之亂命，而背棄之無難，則是東西分異而日月征邁也。雖其心以爲"夫子未出於正，揆之以理，順乎否乎"，若是者雖流派不億，亡已久矣。尚何足謂之有後也哉？今夫世人嫌避之法，其先世或有被人彈駁、論貶，則雖不甚深重，而無論曲直，永爲世讎，不相對面。其或不然，則人謂之"忘先"而未聞以爲"忠厚"也。況厭棄規模，反易恩怨，則與塗人何異？

今吾平生所言與所筆，似不至於害義、賊道之歸，在他人尚或可取，況子孫乎？且吾所讎者，即□□及雜技也，則爲子孫者，宜若耳濡目染，同仇而痛絕之不暇。而不惟難保其如此，或有悖亂者，惡其異於己見，必將取此等文字而盡去之，豈不傷痛乎？且明知其無可奈何，而預爲無益之慮，又豈不可笑乎？

無名子集

文稿　册十一

雜記 八

積善之家，必有餘慶；積不善之家，必有餘殃

《易》曰："積善之家，必有餘慶；積不善之家，必有餘殃。"
《書》曰："天道福善禍淫。"又曰："惟上帝不常，作善降之百
祥；作不善，降之百殃。"其餘經傳所言吉凶禍福之應，不可
勝紀，殆若操左契而責報者然。斯蓋必然之理，豈欺我哉？
然而亦有不皆然者。《詩》曰："疾威上帝，其命多辟。"又曰：
"視天夢夢。"是故孔、顏之聖而厄且夭，夷、齊之潔行而餓
死，盜跖肝人之肉，竟以壽終，曹操、秦檜之惡積罪盈而病
死牖下。蔡公子黃曰："慶氏無道，暴蔑其君而去其親，五
年不滅，是無天也。"以此言之，子服惠伯所謂天殆富淫人，
杜子美所謂福善理顛倒者，有足以怠善類而聳惡人，此又何
也？

　　嘗試反復究其說，而卒不得其歸。其或高高在上，蒼蒼
玄遠，有不能一一照察耶？或人以為善，而天未必以為善；
人以為惡，而天未必以為惡耶？抑人所不知，而善有可以掩
其惡，惡有可以掩其善耶？大而天下之泰否，次而一國之隆
替，小而一家之興亡，皆天運也。其將興也，必降賢俊之材，
以為之資，故善者吉而惡者凶；其將亡也，亦必鍾乖戾之
氣，以為之地，故善者禍而惡者福。是皆天之所命耶？將善
人之為善，如麒麟之趾角，鳳凰之棲食，自其性然也，天不
必以為善而福之？惡人之為惡，如豺虎之暴噬，蛇蝎之毒
害，亦其性然也，天不必以為惡而禍之耶？善之細者，或即

地受其報, 而大者反茫茫; 惡之輕者, 或不時獲其應, 而重者反揚揚。 其或如人世賞罰之察察於小者, 聊以爲勸懲之資, 而反掩置其大者耶? 近或不旋踵而遠或及累世, 又或如人世之生前受刑賞, 死後施贈削耶? 上帝不必自爲刑賞而必有司之者, 又或如人世受任者之自下變幻, 壅蔽聰明耶? 或以天之定未定爲言, 或以人之幸不幸爲說, 又或以倚伏爲辭, 然則禍福無常, 不係於所行之善惡耶? 天不可問, 神不可質, 其將終無一定之說耶?

噫! 吾之所信者, 惟聖人之言也。 以天而謂無理也則已, 不然則"惠迪吉, 從逆凶, 惟影響", 乃不易之理也。 雖或有輕重遲速之不齊, 而畢竟莫之逃焉。 此古人所以或曰"不在其身, 必在其後", 或曰"天將厚其惡而斃之"者也。 惡可以目前之不皆驗而疑於天之不可必乎? 孟子曰:"殺人之父者, 人亦殺其父; 殺人之兄者, 人亦殺其兄。 非自殺之也, 一間耳。"天道之報復, 何異於是? 殺人者必死, 而活人者必延世; 斬人之祀者必絕祀, 而樹人之後者必有後; 陷人於黮昧者必被構, 而致人於清脫者必獲伸; 受略而枉誤者必罹厄, 而守正而理冤者必蒙禩; 主試而縱私者必殃及, 而當官而廉正者必慶流。 是則昭昭然矣, 夫豈如後世衆人之以私滅公泯泯棼棼乎?

坡州金泰鎭, 精於數學

坡州金泰鎭精於數學, 嘗試推前世之事, 無不吻合。 獨於高麗忠烈王甲辰法應孔子復生, 而孔子之後, 豈復有孔子? 怪其不驗。以其年細考，則乃安文成購出先聖畫像及七十子像之歲也。自後吾東始啓文明之治，於是始悟其巧驗。蓋宇宙之無窮，萬物之至衆，與夫治亂、興亡、否泰、吉凶，無大無細，莫不各有自然之數，而惟知者知之。非有別般神妙靈異之術也，而衆人不知，遂以爲神人、異人，其實皆以數而推之耳。

權也者，不在其位，在乎其勢

余少時讀史，至唐文宗之言曰"赧、獻受制强臣，朕受制家奴，殆不如也"，未嘗不歎息痛恨。竊以爲："文宗雖柔弱，猶在人君之位，朝廷必不無爲國之臣。旣知其如此，則何不奮發威怒，誅之竄之，而直爲此廩廩也？"後乃覺其不然。夫權也者，不在其位，在乎其勢，勢旣下移，則權隨而傾。夫所謂倫綱、名義，已壞了盡而更無畏愼忌憚底意。視其君不翅如奕棋，廢之弒之，將惟意所欲。又安能以空名虛位，免其受制也哉？彼之權勢，初則藉君之靈，而末乃自爲己物。旣爲己物，則不惟專擅之，又必忌惡之，并與其空名虛位而不奪不壓，此必然之勢也。到此地頭，雖欲行己之志，其於左右前後之不從我而從彼，何哉？苟不能審其不可奈何之勢，而徒知太阿之不可倒持，欲一朝而快其忿，則其不爲曹髦者幾希矣。

噫！大而天下，小而一家，其理一也。今夫勢家、富人之子，以其父之勢與財，賣弄恣肆，無所不爲，終至於敗家亡身而後已。其父雖怒而禁之，不惟不從命，反恚詈自是，陡激層加，徒賊恩義，何所補哉？<u>唐肅宗</u>非<u>玄宗</u>，則何從受天下？而<u>玄宗</u>卒遇西內之遷；<u>甄神劍</u>非<u>甄萱</u>，則安得有勢力？而<u>甄萱</u>竟被佛寺之囚。<u>玄宗</u>，非屏主也；<u>甄萱</u>，非懦夫也，而一失其勢，則其禍至於如此。古人"龍魚鼠虎"之詩，眞善喩也。然而苟究其本，則皆其自取也，亦家國之運數也。冥昧之中，終有所不可逃者耶？

世道之日益乖險

《北風》曰"惠而好我，携手同行。其虛其邪？旣亟只且"，其二章曰"同歸"，歸者去而不反之辭也。其三章曰"同車"，則貴者去矣。此言仕衛者見幾而作，不俟終日也。《雨無正》曰"正大夫離居，莫知我勩。三事大夫，莫肯夙夜。邦君諸侯，莫肯朝夕"，其卒章曰"謂爾遷于王都，曰予未有室家"，此言周時饑饉之後，群臣離散，其不去者，責去者使復還也。是皆世亂主昏，不退不遂，維曰于仕，孔棘且殆，故其見於詩者如此。而猶有以君臣之義，責其若是忍焉者，則世祿之臣與國同休戚者，又豈可以懼禍憂瘁而遽自引去乎？近日上候靜攝，藥院直宿。而朝廷之上，閭巷之間，胥動浮言，勢家、大族皆思高飛遠走，水陸之路，搬移之行，彌亘相望，景色遑遑，人皆言"京師將空"云。噫嘻！此何故也？上無失德，下無曠官，外無烟塵之警，中無竊發之虞，雖云災異荐疊，凶荒連仍，人心世道日益乖險，而猶不害爲太平世界。奈之何入秋以來，訛言日興，互相騷屑，風聲鶴唳，不謀而均？某判書、某承旨家，祠宇、內行，同時俱發，竝驅爭先，有若危亡之機、寇賊之變，迫在呼吸者然。故觀瞻駭愕，聽聞驚疑，閑散之類、誕妄之徒，因而傅會傳播遠近。不根之說、無理之談，噂噂沓沓，怪怪奇奇，鄉曲愚氓舉皆荷擔而立，莫有終日之計。世非衛、周之亂，而《北風》之"同車"，《小雅》之"離居"，不幸似之。此必有思亂樂禍之輩，暗相譸張，顯欲煽動者也。未知誰復有不去者作詩以責之耶？

近俗好持青黑紗扇

近俗好持青黑紗扇，於其出行也，必以擁蔽其面，上下左右俱無片隙。其狀恰似斂尸之幀冒，又如重囚之囊頭，奚但所見之不祥？殊非丈夫之儀容。而不特此也，乃有深可惡者，爲其欲己則見人，而人則不得見己也，其用心設計，決非正人君子之所宜爲也。今人凡事，必欲掩己之爲，探人之隱，至於有靦面目，亦不欲使人見之，而己獨無所不見，有若藏蹤秘迹而暗窺人動靜，包羞掩恥而自遮其瑕釁者然。吾每遇諸塗，未嘗不如見其厭然之肺肝也。朱子論服飾之失，而譏其人自爲制詭異、不經，近於服妖，今此無乃近之耶？

　　嘗聞人有作郡，及瓜而歸者，於其歸之日，無夕飯之資，婢子貸米於隣，世稱其清白。吾獨以爲此是要名也。今有人以事出行而歸，尚或有囊中餘儲粗，供夕食焉。有自官而歸，曾無一文錢、一粒米乎？然則其在官也不免於飢餓，而在道也不免於行乞耶？夫國家之設置郡縣，分任守令，寧使之自衣食而治之乎？蓋有月廩、日需，以爲其用也，雖吳隱之、陸續，必不至於歸無夕食矣。在末世，能不以貪虐名，則亦可謂異於衆矣。何必過爲詭異之樣，以示人乎？究其厭然著其善之狀，反不如輦載盛田宅者之猶爲眞實也。近世又有一種可惡之態，出宰者皆逢人說貧，出語成窮，雖甚雄腴，自歎官況之涼薄，指至殘邑而曰"遠不及"也。其所以爲說者，或曰"今不如古"，或曰"弊邑難支"，或曰"獨値凶年"，艱苦、可憐之語不絕於口，令人欲出一文以顧助。及其後除他邑也，雖前殘後腴，必曰"今不如前"。其歸也，又必曰"負債幾千貫"，而良田、美宅列置跨據，服飾、器用粲爛疊積。與人語，又必誇張，在郡時某事之智能、某訟之神明，亹亹竟日，雖張詠、包拯，不及也。吾未知果以爲世人皆愚，三寸之舌，足以掩千百之耳目耶？抑以爲人必信其言而無望於施貸耶？將恐人之謂貪慣，而聊以苟且之言語，強爲藏拙之地耶？

今之爲郡者與論人之郡者，皆未嘗語及政治，而惟以所食之一年幾何爲言。一或有孔奮之風，則輒譏笑以爲"身處脂膏，不能自潤，眞棄物也"。政官之所以責其報者，有甚於晚唐之債帥，而或有不能滿其意者，則必怒曰"吾豈須渠若干物耶？其爲人如此，安能爲郡？"，因遂廢枳於世。世道至此，固無怪於廉恥之放倒，貪風之烈熾。而於其中又欲隱諱而掩遮，此其羞惡之心，猶有不容泯滅者耶？

貪名而誇己

貪名而誇己，乃衆人常情之所不免，然亦有可笑而可戒者。文章自有高下、優劣，惟知者知之，不以誇張而增益，不以謙挹而泯沒。而今世則不然，不惜齒牙，則紙價頓高；深藏慊衍，則儈父爲號。故欲以文名世者，在家客至，則必出之而快讀自得；到處逢人，則必誦之而聯篇不已。聽之則陳坐可驚，傳之則海棗有實，甚或竊人之藁以爲己作，託人之譽以爲定價，良可羞也。且世人之論文，亦不以目而以耳，未嘗見其文，而謂“某也善”、“某也不善”。又不以心而以目，以已得名者之名而見之，則以疵爲高，擊節稱賞；以未得名者之名而見之，則以妍爲醜，過眼冷哂。自好名者而言之，則不得不自誇以取名；而自識者而觀之，則豈不爲竊笑之資乎？

吏治自有公論，不在於監司之殿最、銓家之取舍，而在於山谷父老之畫地相語，又或在於無恩怨者之毀譽。而人之毀譽，亦未必皆眞，況自道乎？劉昆“偶然”之對、胡質“畏知”之語，固不可責之人人。而今人對人，輒自言其在郡時，處事敏智，決訟神明，不畏彊禦，不憚勤勞，財物不能移其心，請囑不敢近於耳，吏民驚服，四隣稱頌。其言如抽繭、湧泉，使人仰其口而不暇出他語，雖居殿於考課、見黜於繡衣者，無不皆然。以此觀之，可謂人人循良，而聽於其邑之輿誦，又皆相反。此又可見今俗之專事外飾，務掠虛名也。

又有最虛妄者。科榜出時，立落高下，或不無臨時變易，而近來則入格者皆曰“今番我爲壯元矣，偶因意外之事，忽地換脫，降在第幾，試官亦嗟惜”云。第二以下及見落者，莫不皆然，是何科科如此而事會湊巧之至此乎？假使盡如其言，亦其命數也。何足爲誇已勝人之資乎？況今世主試者，初非上官昭容之錙銖鑑衡，則又何可以此爲聲名之損益乎？摠之，俗成浮夸，人無眞實而然也。可歎也已。

愛而不敎，獸畜之也

孟子曰"愛而不敬，獸畜之也"，此以待賢言之。而今以養子言之，則又當曰"愛而不敎，獸畜之也"。蓋不敬固獸之，而不敎亦獸之也，苟欲人之也，則何可不敎？卑賤之流，尚不可以無敎，況士大夫之子乎？《朱子家禮》載《司馬氏居家雜儀》云："子稍有知，則敎之以恭敬尊長，有不識尊卑長幼者，則嚴訶禁之。"註云："古有胎敎，況於已生子？始生未有知，固舉以禮，況於已有知？孔子曰：'幼成若天性，習慣如自然。'《顏氏家訓》曰：'敎婦初來，敎子嬰孩。'故於其始有知，不可不使之知尊卑、長幼之禮。若侮詈父母，歐擊兄姊，父母不加訶禁，反笑而奬之，彼旣未辨好惡，謂禮當然。及其旣長，習以成性，乃怒而禁之，不可復制。於是父疾其子，子怨其父，殘忍悖逆無所不至。蓋父母無深識、遠慮，不能防微杜漸，溺於小慈，養成其惡故也。"此誠格言，而率不能體行，何哉？直由於以此等語爲古談，而以孩兒之放縱爲無傷也，豈不舛乎？

余觀今之人，於其子始生也，向人輒誇其異夢·吉徵、奇形·貴格。暨乎孩提，又稱說其遊戲之異常、知覺之超凡，手撫其背，口接其頰，與之戲而忽訶之以挑其怒，使之啼而復誘之以賭其笑，詆之以試其能覺，謫之以觀其能效。能知騙賣之術，則謂有將略而如傳異聞；能生劫奪之計，則稱以夙成而若居奇貨。一動一靜，惟恐或違其意；一物一事，務欲必適其願。食則先與美好者，而嫌其小則加益之，充其欲而後已；衣則極擇華麗者，而厭其故則改易之，稱其志而後已。驅罵破毀，則詫以爲有氣；悖言駭舉，則獎以爲非拙。人或誤犯，則費聲色以助其勢；客善諂譽，則事誇張以養其驕。常指教褻語、嫚辱，內而加諸父母、兄姊，外而施之尊客、親友，以資歡笑。或有言其不當若是，則輒曰："是姑無知也。長大則不如此矣。"其稍長也，厭讀書，則不忍答責；與人爭，則反加庇護，怒翻室屋而不敢禁止，害及隣里而莫能誰何。彼雖不識體面，而善察氣色，其心以爲"我外無人，人誰抗我"，意欲所在，則先占橫奪；父兄所使，則欲東反西。驕傲放恣，睢盱挑達，一年二年漸至長成，則雖不如幼時之甚，而其根猶存，其習轉大，謂一世莫己若，謂昔人無聞知。任自出入而不肯爲告面之禮，擅行胸臆而不屑爲稟議之舉，以欺隱爲事而反懷疾惡，以債貸爲能而甚至盜竊。遇長老而全沒尊敬、恭遜底意，結朋儕而力學鄙俚、乖戾之語，所善者浮浪之輩，所樂者睹釀之會。於是乎欲禁之，則陡激層加；欲曉之，則方底圓蓋。欲任之，則不忍待之以隣人之子；欲言之，則又似暴揚其罪，只自隱忍度日，心內悼傷。此皆前日愛而不敎，獸畜之過也。然而人人皆然，曾無免得此套者，人材之不興，世道之日壞，又何足怪乎？

答李仲儼書

阻久渴仰，茲承先施，謹審新元，靜履履茲增祉，慰浣沒量。惱衰病侵尋，生事轉窄，自憐而已。西警蓋由生民困於長吏之貪虐，不忍荼毒而至於此耳。古人有"安危大臣在"之詩，又有"漆室倚柱嘯"之語，憂國之念，朝野何間？但近來人心，專以騷動爲主，波盪風靡，害及於貧窮者，是可嘆也。不備。

書文榮基事

余於文榮基事，知世間功罪、賞罰之未可信也。當關西賊變之時，大臣因道伯李晚秀狀啓，啓以爲："宣川全城被陷，一邑從賊，列郡命吏或逃或降，而文榮基獨以一箇土校，不受賊帖，慨然引決，清北列郡始有一人義士。"又啓："特贈本道防禦使之職，仍施旌閭之典。"又啓："贈宣川防禦使文榮基與戰死人諸景彧、金大宅，一體施以錄孤之典。"又啓："文榮基危忠卓節，與諸、金同美；而貤贈之職，乃在二人之下，特加贈平安節度使。"皆蒙允。其後又因道臣鄭晚錫狀啓，啓以爲"榮基受帖而病死，況又監官、中軍之任，無不隨行，至於擅出公穀，放料賊徒，邑屬、邑民及其弟、其妻，一辭無異。當初道啓之失實，果緣搶攘，請追施收孥之典"，又允之。噫！此何事也？

夫降賊與不屈，病死與引決，乃判忠逆之界，別人鬼之關也。 是豈暗昧難明而倉卒易錯之事哉？ 而甲曰“不受引決”，乙云“受帖病死”，忠逆顛倒，刑賞舛幻。不但傳笑四方如不孝子、失節女之贈職、旌閭而已， 其於朝廷所以勸懲之道、百世所以徵信之方何哉？ 蓋當初道啓之謬妄，未知緣何做出來，而大抵登聞之辭，雖尋常黜陟，在所審慎而不可有一毫過錯。 況當搶攘之際，褒忠、誅叛，尤何等大關節，而乃敢若是變易事實，無證質言乎？彼為賊手足，爛熳跳踉者，何以知其不受賊帖乎？ 病斃者，何以知其引決乎？ 邑屬、邑民、其弟、其妻之所共言者， 又何以獨知其慨然之忠烈乎？ 是未可知也。若非後道伯之查啓，則如<u>榮基</u>者，其將永為危忠卓節一人義士，而旌閭、錄孤、加贈之典，聯翩煥爛，垂示無窮。誠使<u>諸</u>、<u>金</u>有魂，豈不恥與之同美乎？且以備局啓言之，既知其失實，而只以“果緣搶攘”四字，略綽說去，漫漶分疏，有若閑漫文簿間，偶失照檢者然，而略無非之之意。未知以為以賊為忠，有異於以忠為賊耶？抑以為既得其實，則不必追論其前之失實，以傷尊貴者面皮耶？然則此後雖有如此之事， 亦將以為“果緣搶攘”、“果緣侳偬”而已耶？嗟乎！若使官卑、勢輕者當之，則其變換忠逆、告不以實之罪，當至何境耶？幸而一<u>榮基</u>則竟歸於實，而所可悲歎者，今世率皆以私滅公，隨勢處事，必多有倖濫而受恩賞，澤及子孫；又多有冤枉而被僇辱，永世不齒。亦有罪犯甚重而略之，情迹可恕而甚之者矣，雖有明知其顛倒者，亦何敢措一辭於其間哉？ 然此特舉其大者耳。 彼訟獄之冤誤、廉覈之倒錯、是非之橫議、言行之僞飾， 又何可勝道哉？是以知末世無眞是非、公賞罰，雖聖人復起，亦末如之何也已矣。

讀吳楸灘事

聖人有“觀過知仁”之訓，於過而有仁者，蓋多有之，不但孫性而已。而亦有“見賢知過”處，若是者驟看之，則似高人一等，而細察乃有未盡，以其事迹之間雖若美矣，而心術之微可得而論也。嘗觀野史有記吳楸灘允謙事。

曰：光海丁巳，爲通信使，關白例贈物及受公筆迹者賕行白金累千，竝置對馬島，以一柚子置袖中，及渡釜山，投海中。仁廟朝，爲吏判，以吳姓人首擬齋郎。上問：“何人？”對曰：“臣之族人，奉臣先祀者也。”上卽落點。政畢宣醞，公醉伏泣曰：“國將亡矣。”上曰：“何也？”曰：“臣以私人首擬，旣承面問，不敢不以實對，殿下恩點，是拘於臣之顏情而不以正道責臣也。在下者先失其道，君上又失正道，不亡何爲？”上笑之。

噫！此皆人所不及之事，而亦有不厭人心者矣。使倭事廉白則儘高矣。君子處義自有中道，一柚子何傷於廉？且以爲雖一柚子，亦不必袖來，則何不并白金棄之，而乃於渡釜山也，對衆人出諸袖而投諸水？其意蓋故以此示人，欲人以爲“一柚子，尙且不留於袖，其廉可知也”。古人有清畏人知者，今乃畏人不知，比諸貪濁者，則相萬矣而未知其盡善也。至於擬郎事，尤極郎當。不先正己而能正其君者，未之有也；下則有失而謂上之失者，亦未之有也。夫沒廉恥冒公議，不計親戚、姻婭，惟意占取，如今之政官者，固無足責。而既知行私之為先失其道，則何為而敢以公器作私物，首擬私人，無難故犯也？此固在法所不可救。而及上之問也，對以族人奉先祀者，則安有不點之理？然而如斯而已，則猶不害為“觀過知仁”，而至於泣奏之言，殆欲掩卷。觀其語意，蓋以為己雖不能以正，而上不可以失正；己雖拘於族人之顏情，而上不可以拘於己之顏情；己雖不以正道事君，而上不可不以正道責己，則上之不責為重，而己之行私反輕。始也處己之太薄，而望上之太高；終焉恕己之太厚，而責上之太苛，可謂本末俱乖，進退無據矣。當初首擬也，其意無乃以為“苟上之責而退之也，則將曰吾則為族人地，而其如上之以正責之，何哉？彼族人將感之而不敢怨之”耶？抑預度上之必不責，而又從之而準備此言耶？及其己之私得售，則又恐人之議其後也，乃反咎上之失正有若規諫者然，其將以官私人之過，不歸之於擬者而歸之於恩點耶？又將以泣奏國亡，自處於誠心格君之科，而謂足以贖其行私之罪耶？既濟其私，又欲掩其迹而歸咎於上，又故為守正諫過，為國隱憂之態，其亦巧矣。使他人傍觀而并舉君臣之失，以為國之將亡，則是真兩得駁私、格非之道。而己自為亡國之事，反以上之失正為亡國之端，殊非古人正己以事君之義，而其流之弊，將有不可勝言者矣。今試論其事，伊時吏部舉皆大公至正，無一毫私意則已，不然則首擬齋郎，而又云“奉其先

祀", 則若之何斥之而不點也? 至其泣奏也, 又和顏而笑, 其
渾厚之意、包容之量, 眞有帝王之大度矣。 然則上未有失
而下則節節不正, 安得免千古之譏議乎? 然此亦責備之論,
而猶賢乎近來秉銓者之無一不出於私而放恣無忌憚者矣。
嗚呼悲夫!

崇義堂上樑文

伏以由百世等百世, 上下歷論古今, 爲人臣盡人臣, 節義竝
著前後。 夫豈彊其不可彊? 是謂能人所難能。 新羅大阿飧
朴公堤上, 婆娑王五世孫, 歃良州一太守。 忠義素著, 蓋嘗
自誓寸心; 智勇兼全, 夙負一國重望。 昔在實聖王壬寅、壬
子, 乃有兩貴戚質麗質倭。 爰暨訥祗王爲君, 每痛左右臂如
失。 楚國衡父, 忍忘不宴之懷; 咸陽布衣, 恒切未歸之恨。
有弟皆分散, 不禁繫鶺鴒之情; 無路共團圓, 誰能來鴻鴈之
影? 于時人皆同聲而擧似, 王亦垂涕而送之。 擇難易則非
忠, 所識者主憂臣辱、主辱臣死; 計成敗則無勇, 何憚乎自
國往北、自北往南? 輕千里之蛙邦, 旣得說還卜好; 涉萬頃
之鯨浪, 復欲迎歸斯欣。 設吾謀, 使彼人不疑焉, 君可潛去。
救公命, 慰王情斯足矣, 我何願生? 嗟乎! 豈不奇哉? 允
矣, 素所蓄也! 當倭主縛脅欲臣之日, 縱有百端交侵, 以孤
忠怒罵不屈之風, 其奈九死靡悔。 寧爲鷄林犬豕, 不作他國
臣子, 聲愈厲而心彌堅。 欲成吾君友愛, 豈顧一身粉糜? 帥

可奪而志莫變。剝脚皮而使趨刈蒹之上，問"何國臣"；逞狠毒而催立熱鐵之中，如樂地赴。身雖沒，不沒者節；火以燒，莫燒其忠。凜烈之氣崢嶸，至今如見矣；酷慘之刑備極，於古有此不？螘陛永辭，嗟絶報君之路；鵄嶺屹峙，空泣望夫之魂。

伊飱金公后稷，曾孫於智證王，官職則兵部令。拾遺、補闕，自任今世之廷爭；積誠格君，幾慕古人之尸諫。時則値眞平王好獵，心竊效大羅氏戒侯。呼鷹縱犬玩細娛，日以爲事；擊兎伐狐傷大業，君獨不憂。禽荒未或弗亡，所與游者、狂夫、獵士；人心自然易蕩，胡不念於讜論直言？雖諤諤於竭誠，奈藐藐於聽我？公孫撫矢，未見獵善言之呼；頃襄好弓，徒勤弋道德之喻。生未匡君於屢諫，知國必危；死難瞑目於九原，葬我何處？惟其憂及身後，故使瘞彼路傍。爲臣不能盡其責焉，敢遠馳道；託子庶可成此志矣，遂立孤墳。逮夫他日出畋，忽聞有聲入耳。歷歷"王毋去"三字，驚問是誰；依依臣進諫一言，怳覺其故。五校之晨驅暫駐，徒御陳臨死之鳴；三尺之夜臺可憐，宸旒紓流涕之感。"生而諫之，死而不忘，信是愛我也深。往者已矣，來者可追"，遂乃終身不復。盛哉恩及表墓，展也魂能回天。

蓋此二公，迹其事則雖殊，語厥忠而相似。鐵石其心、氷霜其操，咸稱燒復燒之烈丈夫；口舌以爭，魂魄以聲，可謂死不死之奇男子。均是一心向國，何論異世、殊塗？不佞等俱以月城之尋常人，竊欽風義於千百載。挹遺芬於東史，未嘗不掩卷而興嘆；驗眞迹於邑書，烏可無卽地而寓慕？酒於建福王顧宇之側，爰舉兩忠臣院享之儀。 相地於飛鶴之前，山明水麗；定基於金鰲之北，龜叶筮從。集衆力而鳩材，人咸樂赴；趁吉期而董役，士皆聳觀。纔見心上經營，居然眼前突兀。從此安侑之有所，招忠魂而竝祠；可以激勸於無窮，垂義聲而永示。乃名其祠曰尙節，堂曰崇義。溪聲流咽，似含異域焚軀之悲；山色凝響，尙想中路埋骨之願。載颺善頌，助擧脩樑。

兒郎偉抛樑東，桃都唱罷曉光朧。
丹心一片看何處？大海無邊出日紅。

兒郎偉抛樑西，千秋高義鶴山齊。
羅王祠屋長隣近，神理應通一點犀。

兒郎偉抛樑南，舒長化日海波涵。
鰲山遠映鷄林翠，環繞晴朝一帶嵐。

兒郎偉抛樑北，德成山峙似人直。
漢城一路遙相通，夜夜長看星拱極。

兒郎偉抛樑上，當天白日臨虛曠。
照之可以事明君，志士捐軀應不忘。

兒郎偉抛樑下，峩冠博帶多儒者。

鶴皋書院好藏修，不替春秋恭奠罍。

伏願上樑之後，人士依歸，山靈衛護，貞心卓節，永見立儒而激頹；餘烈遺風，庶幾顧名而思義。

鶴皋書院記

人之至難決者死也，而爲君死最難，然而一死猶或能之，而未死之前，毒於肉，憯於骨，人所不可堪忍而不變爲尤難；臣之所欲忠者君也，而能直言極諫最難，然而生而諫，猶或能之，而死則已矣。是故歷考古今，尠有能備忍酷刑而至於死，又未有生未逶犯顏之爭而死能辦格非之功者，蓋極難而不可以常情、常理論者也。能是者其惟新羅朴公堤上、金公后稷乎。

朴公當訥祇王思還兩弟之日，自任以主憂臣辱、主辱臣死，又自誓以擇難易則非忠，圖死生則無勇，能以義北說句麗，以還卜好；又以智南給倭王，使未斯欣潛歸而以身待之。及其縛脅而欲臣之也，迺曰"寧爲鷄林犬彘，不爲倭國臣子；寧受鷄林箠楚，不受倭國爵祿"。雖其剝脚皮而使趨刈蒹之上，又立熱鐵之上而每問"何國之臣"，則必曰"鷄林之臣"，終至於燒殺而止。是其最難中之尤難而出於常情之外者也。

金公值眞平王好獵，屢進苦諫，而終不聽納，則至於臨死，囑子瘞于路側，發聲於墓，欲王毋去，使王垂涕而不復獵。是其爲千萬人所不能而出於常理之外者也。

此其故何哉？直由於一片赤心之根於天而出於誠，無所爲而爲耳，其心固不係於生與死也。嗟乎！朴公一歃良干也，金公一兵部令也，而其奮忠立節，乃在於權位、寵任之外。及其辦大義成特烈也，始追贈大阿飡，使未斯欣娶其女，或追贈伊飡，表其墓曰"諫臣墓"，此千古志士之所尙論而淚盈襟者也。然之二人亦遂其志焉耳矣，遇不遇何論哉？慶州，古鷄林也。其邑士人孫喜九、李基鼎，想慕其忠節，以爲"此地不可無二公之祠"，衆皆曰"然"。乃建院於神光面飛鶴山下眞平王願宇之傍，幷享二公，旣成，名其祠曰尙節，堂曰崇義，摠命之曰鶴皐書院，以爲士子藏修之所，意甚盛也。邑人朴慶觀、朴斗元、金應樞等，實捐財相役，是其大有功於斯院。而人心之嚮慕風義，出於秉彝，不期然而同然者，亦可以見矣。凡遊斯院而知斯事者，擧皆顧名思義，無忘兩公之卓節、貞心，無負此日之表章垂示，不徒爲一時觀美之具，則其幸也已。上之十二年玄黓涒灘陽月上澣，城西散人記。

壬申應旨疏【十一月二十一日。凡一萬六千九百五十六言。】

通訓大夫、前行司諫院獻納臣尹愭，誠惶誠恐，頓首頓首，謹百拜上言于主上殿下。伏以皇天旣眷佑我東，慶溢宗祊，

歡均朝野，而又以仁愛之心，示警治世。近年以來，不但極
備極無而已，星雷・水火之變、風雹・蟲霜之災，無歲無之，
歲荐饑荒，民轉困窮，老弱不勝飢寒，顚于溝壑；壯者保抱
携持，以哀籲天。閭閻之景色愁慘，山川之氣象蕭索，和安
得不干？災安得不生？於是乎朝廷所以奠安之、賑濟之者，
雖曰靡不用極，究其實狀，則惠澤之及于下者，百不一二；
弊瘼之切於民者，十過八九。慰諭之溫音，非不惻怛，而終
歸於應文備例；粟財之轉移，非不周便，而卒至於有名無
實。馹馳廚傳，在近侍榮其身則美矣，而彼盼盼然者則有
死而已；憑公行私，在官吏自爲謀則得矣，而斯督督然者
則盡劉而已。　此所以民怨於下而天怒於上也。　式至今年，
春夏雨暘，似有有秋之望，而卒之亢旱終年，百物焦枯，其
罹害之最酷者，不死則流，殆已已以後初有也。蓋當昨今
之年，毒之以兵革，仍之以饑饉，又重之以癘疫，民之死
亡，不知其幾萬萬矣。苟非仁恤之政，蘇枯而澤涸，則周餘
黎民，將靡孑遺，天之降禍，吁亦酷矣。逮當冬藏之月，又
有轟爗之異，不寧、不令胡至於斯？災不虛生，理必有由。
肆殿下以恐懼脩省之念，軫廣詢博訪之道，誕降絲綸，反躬
自責，爰求讜論，以及草野，使之直言過失，勤勤懇懇，有
可以感鬼神而孚躁冥。是足以上格天心，下洽民望，解冤
鬱而變爲蹈舞，反災咎而化爲休祥。凡爲臣民，孰敢不殫
竭忱誠，以副我聖上如傷如渴之至意哉？

　伏念臣本以庸姿，晚竊科第，無足以廁列於百執事之
末。而粵自泮宮應製之時，猥蒙先朝不世之恩，屢被魁擢，

輒叨褒賞。提誨則殆同嚴師，獎諭則無異慈父，詢及破屋之狀而特軫其貧寒，命誦御批之句而至許以文章。恩山德海，未足喻其淪浹；糜放糜粉，未足酬其萬一，至今銘鏤，每不覺感涕之被面。而俯仰天地，萬事已矣。惟以"追先報今"爲四字符，而無奈桑榆之景，已迫遲暮；螻蟻之忱，末由報答，耿耿一念，未嘗少弛於夙宵矣。今殿下遇災求助，欲使衆志毋隱，嘉言罔伏，此誠大聖人詢蕘之盛德，而微末賤品，有懷必陳之秋也。臣仰感聖意，俯激愚衷，玆敢以平日所蘊蓄者，披瀝心肝，粗效狂瞽之說，惟殿下試垂察焉。

臣竊觀今之世，以外面言之，則可謂太平矣。以言乎朝廷，則賢能晉用，傝茸退蟄，百僚率職，奔走震慴，一事之不遵例則罪之，一舉之不如儀則斥之，同朝有寅恭之美，庶務無癏曠之歎；以言乎外方，則方伯懷綜核之志，守令盡畏愼之心，昏憒招謗，則考績以殿之，貪濁厲民，則衣繡以黜之，邊境絕狼煙之警，老稚鋤桑柘之影。此無他，殿下聖德之所致也。殿下臨御以來，言無失發，動無過舉，無馳騁、弋獵之娛，無聲色、土木之過，摠攬權綱，恭己無爲。誠意正心，宋帝之所厭聞，而殿下則無是也；面折廷諍，漢主之所變色，而殿下則無是也。典學之工罔間一日，虛受之量度越百王。一政一令，有以服人之心；仁言仁聲，咸仰入人之深。是宜至治徯志，天休滋至，金膏玉燭，躋一世於春臺之上，而夷考其實，則乃有大不然者。無論中外，處心則以持祿保位爲主，而有似乎奔走率職；當事則以推諉彌縫爲策，而有似乎遵例如儀。因循姑息而終歸於怠慢，架漏牽補而竟至於壞裂，人心日趨於薄惡，世道日底於頹敗。才非不擇，而民生之困瘵特甚；法非不行，而紀綱之隳廢已極。九重之憂勤，非不至矣，而恩澤無下究之驗；群下之奉行，非不善矣，而庶績無其凝之期。巧偽、乖悖之習，疊見層出；災異、變怪之事，日新月盛，茲曷故焉？臣誠愚蒙，莫知其所以也。無或聖學雖臻於高明，而猶有萬分一未盡於戒懼之工歟？睿質雖得於天成，而猶有萬分一未盡於克治之方歟？知人有則哲之明，而任用之道，猶有未盡歟？視民有如傷之仁，而懷保之方，猶有未盡歟？容諫之量，雖無所不弘，而猶未盡於悅而繹、從而改歟？恤刑之德，雖無所不及，而猶未盡於洽民心用不犯歟？

凡此所謂未盡者，一或有近似者，則向所謂其實之大不然者，亦無足甚怪也。譬如人內崇重病，而外若無傷，起居、飲食未至有妨，容貌、精神不覺有異，而臟腑虛弱，榮衛損傷。蓋無一毛、一髮不受病者，而不自知其爲危迫之證，越人見之，則望而却走，而當之者方且談笑而度日。及其病已形而覺之，則又群醫雜進，衆藥交攻，遂至於不可爲，此必然之勢也。

夫小而醫一身，大而醫一國，其理一也，特不能察其微而治於豫耳。《書》曰："若藥不瞑眩，厥疾不瘳。"又曰："若有疾，其畢棄咎。"孟子曰："七年之病，求三年之艾，苟爲不畜，終身不得。"豈欺我哉？

嗚呼！人主之一身，是萬民之本；而人主之一心，乃萬化之源也。心正然後可以運萬化，身脩然後可以懷萬民。是故格致爲誠正之基，而格致必貴乎誠正；治平在脩身之後，而治平必自於脩身。 後乎格致而可以收格致之功者，惟誠正也；前乎治平而可以致治平之效者，惟脩身也。誠正則身無不脩矣，身脩則國無不治矣。

然而身之脩不脩、心之正不正，只判於意之誠不誠，而意之誠不誠，必由於人所不知而己所獨知之地。 故《大學》誠意章，言"如惡惡臭，如好好色"、"欲其必自慊，毋自欺"，而丕惟曰"君子必愼其獨"，又言"誠於中，形於外，十目所視、十手所指之嚴"，而亦惟曰"必愼其獨"。《中庸》首章，言"戒愼乎其所不睹，恐懼乎其所不聞"，又言"莫見乎隱，莫顯乎微"，而丕惟曰"君子愼其獨也"。末章言"知遠之近，知風之自，知微之顯"，又言"潛雖伏矣，亦孔之昭。內省不疚，無惡於志"，而亦惟曰"君子之所不可及者，其惟人之所不見乎"。

然則聖門相傳之旨，莫不以"愼獨"二字爲第一緊要工夫，重言複言，以始以終，必欲使之實用其力於此以審其幾。蓋"誠"者，實也，而"實"者，眞實無妄、表裏如一之謂也。欲誠其意，而不於愼獨上着工，則心之所發有未實，而善惡之幾或有所未審矣，此古昔聖人所以眷眷致意於此者也。

學者之爲學，固不外是，而至於帝王之學，則尤當致戒懼、謹愼之方。 苟能涵養乎未發，省察乎已發，不以幽暗之中細微之事而或忽其愼之之術， 不以迹之未形人之不知而或忘其謹之之道。 使其實於中而形於外者，無一毫自欺之端，有十分自慊之意，則心可得而正，身可得而脩。推而至於"致中和，天地位，萬物育，篤恭而天下平"，乃其次第事耳。故程子論夫子川上之歎曰：“此見聖人之心純亦不已也。純亦不已，乃天德也。有天德，便可語王道，其要只在謹獨。”其論“出門如見大賓，使民如承大祭”，亦曰“惟謹獨，便是守之之法”。朱子《戊申封事》曰：“古先聖王，兢兢業業，持守此心。雖在紛華波動之中、幽獨得肆之地，而所以精之一之，克之復之，如對神明，如臨淵谷，無纖芥之隙、瞬息之頃，得以隱其毫髮之私。雖以一人之身，深居九重之邃，而凜然常若立乎宗廟之中、朝廷之上。此先王之治，所以由內及外，自微至著，精粹純白，無少瑕翳，而其遺風餘烈，猶可以爲後世法程。”

臣敢以是兩夫子之說，爲殿下誦之。伏願殿下深加聖意而試以思之：吾之於人心、道心之間，果能精之一之乎？於天理、人欲之際，果能克之復之乎？所以誠其意者，果能表裏如一乎？所以正其心者，果能敬以直之乎？所以爲愼獨之工者，果能審其幾於未形之迹，而遏人欲於將萌，不使其潛滋暗長於隱微之中乎？造次克念，戰兢自持，則其表端影直、源清流潔之效，自有不期然而然者矣。眞所謂朝廷百官，六軍萬民，莫敢不出於正而治道畢也。此臣所以必以殿下之一心爲天下之大本。

而至於今日之百弊千瘼，則殆不可毛擧，蓋莫非任事者之過。而若論救弊之最先急務，則有四焉：曰“振綱紀”也，曰“用賢才”也，曰“育多士”也，曰“子庶民”也。苟能於此四者得其道，則所謂許多般弊瘼，可以不期去而自盡去矣。臣請以四者歷陳之。

所謂振綱紀者，何也？《詩》曰“勉勉我王，綱紀四方”，又曰“受福無疆，四方之綱。之綱之紀，燕及朋友”。《書》曰“若網在綱，有條而不紊”，韓愈亦曰“善計天下者，察紀綱之理亂而已”。蓋綱者，猶網之有綱也；紀者，猶絲之有紀也。網無綱，則不能以自張；絲無紀，則不能以自理。故欲張網者，必先張其綱；欲理絲者，必先理其紀，則事有序而功不勞矣。一家則有一家之綱紀，一國則有一國之綱紀，綱紀不振而能治其家國者，未之有也。

方今風俗頹弊，名分紊爽，禮義廉恥，國之四維，而擔閣一邊；倫常名教，人之大節，而變怪多端。朝野之間，全沒忠厚質實之風；閭閻之際，徒有欺詐騙賣之習。幼少以凌加長老爲能事，卑賤以抗衡尊貴爲主意。服食之奢濫無度，而窮者益窮；律式之從違惟意，而橫者愈橫。

爲文章表貴賤，黃帝所以垂萬世之法，而今則貴賤無別，苟其力可爲則爲之，殆有甚於賈誼所謂繡墙緣履；同律度、量衡，虞舜所以啓一王之治，而今則長短、大小、輕重，人各異而用各殊，又有甚於陸贄所謂相繆相欺。各自逞私，交互成習，其秉心則克伐怨欲，紛馳於方寸，；聲氣、臭味，潛通於暗地。表裏懸截，畦畛陰森，外諛內猜，榮勝恥屈，拚己之爲，鉤人之隱。其行事則貌若無異於衆，而實背於理；言若有似乎公，而暗濟其欲。事之是非則無所別白，而惟師鄉原之闍媚；人之彥技則輒懷媢嫉，而遂成蠻弩之傍伺。宰相則置國事於秦人肥瘠，而惟以貪權、固寵爲長技，甚則開賂恣私，縱僇籠物，至有奪貢人、邸吏之利者；

外任則送民憂於華子乾坤，而惟以染指、稛橐爲妙計，甚則盜廩權利，黨吏愚民，至有學商客、賈兒之術者。

以士夫爲名者，以讀書飭行爲迂闊，以締結躁競爲茶飯，甚至或奔走請謁，或非理好訟，或憑債敷虐，或酒色賭戲，凡諸頑黠鄙瑣之事，無所不爲。故爲小民者，其心不服，侮疾成習，或公肆詬辱，或暗售欺誣，上下交賊，積懷讎怨。凶狡悖亂之風，又無所不有，無貴無賤，染馳一世，天理滅絕，人欲橫流，從風而靡，如印一板。言行雖悖戾，而苟其富也、有勢也，則必詔畏之；齒德雖兼備，而若其貧也、無勢也，則必陵踏之。殺人者何嘗償命？臟汙者何嘗竄錮？無一點之瑕者，公然枳廢；負難容之累者，反獲顯擢。禁吏則獵錢縱罪，而平民若罹網之鴻；掾隸則張勢肆惡，而村坊如焚巢之鳥。然則雖謂之無法之國可也。曾子曰："上失其道，民散久矣。"凡今蒼生之殿屎，罔不由於在上者之不恤其下，徒徇一己之私，遂使之至於此極。今姑以"奢濫"一節而言之。

富貴家一飲一啜，舉皆窮極侈靡，一器所入，百味咸具，無非珍異稀貴之物。何曾之日食萬錢，李德裕之一羹三萬，未足喻其費，則其衣服、輿馬、宮室、器玩，可知其稱是也。此豈世業與祿俸所能辦繼也哉？其勢不得不在內則廣賂遺之門，在外則窮椎剝之政，以充其尾閭也。

夫天地之生財，止有此數，不在民則在官。今之所謂財，皆損於下而益於上，溢於此而涸於彼，民安得不窮，財安得不竭？以故一世之人，惟利是趨，惟錢是貴。汨沒於貨財, 則見金者攫而無復顧忌; 奔競於功名, 則疾足者先而自矜巧捷。請囑賄賂, 公行於京鄉之間; 讒毀誣罔, 恣意於脣舌之端。架虛構無, 忽成空中之蜃樓; 信訛傳誤, 渾疑床下之牛鬥。

聽訟則顛倒謬戾於是非曲直之分, 用法則傅會舞弄於親疏緊歇之別, 千塗萬轍, 計較粧撰, 不復知世間有所謂事理者, 而只以勢之輕重、賂之多少、周旋之如何爲左右。故雖理直者, 亦必旁鑽曲穿, 期得蹊逕而後, 乃敢呈辨。而畢竟直者常屈, 曲者常伸, 此蓋由於直者猶有恃其直之意, 故其所周旋, 常不及於曲者而然也。無論中外, 苟是大利所在, 不惜所入者, 則互相窺覘, 迭生謀計。一邊人先有所納, 則右之, 又一邊人納之益多, 則又飜而右之。前官所決者, 後官忽反之; 京兆所移者, 秋曹乃飜之; 查官所報者, 道伯直置之, 立落無常, 始終難測。其所謂前所決者, 亦未必皆公, 而吏緣爲奸於其間, 人競相效於其後, 至相語曰: "舉世皆然, 我是何人, 獨不爲此?"且雖公平, 人誰謂然? 徒招憎怨, 不若效人所爲猶有所利。此則由於一有公決者, 則落者反陷以受囑, 如唐時段文昌以書屬進士於錢徽, 徽不聽, 文昌反陷徽以關節之類。故無緣辨白, 遂成瞹昧也。甚矣, 風俗之移人也!

風俗既如是, 故是非以之而混淆, 名分因之而陵夷, 惟其私意之所在, 不知公議之可畏。已自謂得, 人不爲怪, 輾轉薰染, 反復沈痼, 遂成一種時體, 只思利吾身、利吾家, 不識公耳忘、國耳忘。遇事則以巧避占便爲行世之妙方, 接物則以甘言好說爲悅人之圓機。而至其利害分數，則不顧他人之是非，不恤將來之成敗，捨命做去，滿意而後已。是故外若無崖異之行，而內實濟忮克之心；陽若爲孤高之態，而陰實蹈鄙賤之習。之其所親好，則無可棄之人、可非之言；之其所疏外，則無可用之人、可採之言。青白之眸，變於俄頃之利害；飜覆之手，因於忽地之喜怒。謬例則因之以爲得計，正論則嘲之以爲古談，狡者揚揚而縱恣，善者蹙蹙而拘攣。

事旣失其宜，故下不直其上；言不當於理，故人不服以心，剛者發忿詈之語，懦者吞愁怨之聲，是皆由於綱紀不振於上。故風俗習熟於下，轉相慕效，靡然同歸，遂至私邪之路開，陵犯之習成。以吏屬而謀害官長者有之，以下輩而刃刺士夫者有之，有夫有子，則婦女不得縱恣，而藏蹤匿影，使之驚動天聽者有之。繼絕存亡，聖王之先務、國家之令典，而反爲之絕繼而亡存者有之。其他悖理而賊義，犯分而乖常者，指不勝僂，雖其有輕重、大小、强弱、隱顯之不同，而其爲傷風、敗俗、圮族、梗化，則未有甚於今日者也。

朱子《延和奏箚》有曰："三綱五常，天理、民彝之大節而治道之本根也。故三代王者之制曰：'凡聽五刑之訟，必原父子之親，立君臣之義以權之。'"竊以爲諸若此類涉於人倫、風化之本者，有司不以經術、義理裁之，而世儒之鄙論、異端之邪說、俗吏之私計得以行乎其間，則天理、民彝幾何不至於泯滅哉？故臣願陛下深詔中外之官，凡有獄訟，必先論其尊卑、上下、長幼、親疏之分，而後聽其曲直之辭。

朱子之言如此其嚴，而今之有司遺失大體，掩棄公義，唊其錢貨，則黑白失色；溺於請託，則朔南易位，以之積怨而攢怒，召災而致殃，皆綱紀撓敗而風俗乖亂之致也。苟綱紀之先立，則風俗奚爲而若是其壞弊，名節奚爲而若是其骫骳，訟獄奚爲而若是其舛錯，德澤奚爲而若是其壅閼？

今若一朝而振肅宏綱，整緝棼紀，有張理之美，無解紐之歎，則所謂風俗、名節、訟獄、德澤，將不待隨事理會，而自無所不得其宜矣，眞所謂綱一舉而萬目皆張，紀一整而萬絲皆理者也。

朱子曰："四海之廣，兆民至眾，人各有意，欲行其私。而善爲治者，乃能總攝而整齊之，使之各循其理，而莫敢不如吾志之所欲者，則以先有綱紀以持之於上，而後有風俗以驅之於下也。何謂綱紀？辨賢否以定上下之分，核功罪以公賞罰之施也。何謂風俗？使人皆知善之可慕而必爲，皆知不善之可羞而必去也。人主以其大公至正之心，恭己而照臨之，則賢者必上，不肖者必下，有功者必賞，有罪者必刑，而萬事之統，無所缺也。綱紀旣振，則天下之人，自將各自矜奮，更相勸勉以去惡而從善，不待黜陟、刑賞一一加於其身，而禮義之風、廉恥之俗，已丕變矣。"以此觀之，則振綱紀以厲風俗，固爲治之急務。而若今日之綱紀、風俗，正如將傾之屋輪奐丹雘，雖未覺其有變於外，而材木之心，已皆盡朽腐爛而不可復支持也。如欲振已頹之綱紀而厲已壞之風俗，是豈可不思其所以然者而亟反之哉？此今日急務之一也。

至於"用賢才"之說，則振肅綱紀，儘是今日之急務，而振綱紀之道，又在乎賢才之進用。蓋人君不能獨運萬幾，故必資賢材而共理；賢材不能自進其身，故必待人君之能用。古昔盛時以聖主得賢臣而治隆於上、俗美於下者，良以此也。是故伏羲有六佐，神農有火師，黃帝有七輔，少暤有五鳥、五鳩、五雉、九扈，堯命四子而庶績熙，舜咨二十有二人而天下治，禹暨益、稷舉皋陶而聲教訖，湯舉伊尹、萊朱而不仁者遠，文王有疏附、奔奏、先後、禦侮而受天命，武王有亂臣十人而萬姓服。降至漢、唐以來，雖小康之世，未有不得一代之賢才而能成一代之治者也。然而自已然之迹而言之，則治世之所用者皆賢才，亂世之所用者皆非賢才。而自用舍之時而言之，則雖非治世，其所信用而委任之者，孰不以爲賢才；而爲其君者，亦豈欲棄賢取邪，安其危而利其菑，樂其所以亡哉？惟其所謂賢才者，非賢才而乃小人也。

蓋其無誠正之工、脩身之實，明不足以知人，剛不足以攬權，惟其意之所好，則輒以爲忠也賢也。而彼小人者雖仁義不足，而姦狡有餘，故得以其斗筲之才、巧令之態，伺其隙而中其欲。出言則似誠，任事則似忠，莫以入于左腹，固其根柢，積順生愛，積諮生信，賦近而汙遠，猶藏而勝薰，以致一小人進而衆君子退。其進也必引類樹黨，其退也必株連網打，卒至毒流生民，禍及國家，固其勢然也。而其君曾不覺悟，乃以爲"非屬此人，當誰任哉"，豈不悲乎？

昔唐德宗曰："盧杞,清忠强介。人言其姦邪,朕殊不覺。"李泌曰："若陛下覺之,豈有建中之亂?"李勉曰："天下皆知,而陛下獨不知,所以爲姦邪。"當是時,德宗方且以杞爲賢才,泌、勉之言,何足以悟其心乎?爲人君者,苟能舍其私意,公其觀聽,則君子、小人之分,宜若不至於若此之相反。而罔鑑于殷,同循其轍,終不免於以小人爲君子,而不知賢才之乃在於疏遠擯棄,不識何狀之中。故從古以來率皆枉舉直錯,智藏癏在,治日常少,亂日常多。此其故何哉?良由於不能如堯之知人官人,湯之立賢無方,武王之不泄邇不忘遠而然也。

夫不能知人,則何以能官人乎?不能無方,則何以能立賢乎?不能一遠邇,則何以能不泄不忘乎?不知人而官人,則所謂官人者,必非其人也;不能無方於立賢,則所謂立賢者,必非其賢也;不能不泄不忘,則邇者常邇而遠者常遠也。以此而望治,亦難矣。

皋陶之告舜曰："無曠庶官。天工,人其代之。"傅說之告高宗曰："旁招俊乂,列于庶位。"夫曠者,非曠位之謂也,不得代天工之人,則是謂之曠也;旁者,非一方之謂也,苟招之以一方,則不可謂之旁招也。此所以不但曰"庶官之無曠",而又必曰"天工之人代";不但曰"俊乂之列位",而又必曰"旁招"也。惟其能代天工也,故庶官以之而無曠;惟其旁招也,故俊乂以之而列于庶位。此所謂"爵惟其賢,罔及惡德",而其治之所以崇蕩郅隆,非後世之可幾及也。

顧今世級日下,人才渺然。雖不可擬議於堯、舜、三代之時，而理無殊於古今，才不借於異代，苟無方而旁招，則何患乎無人？特患不能無方而招之以一方耳。雖然，舜何爲哉？矢謨者，皐陶也。高宗亦何爲哉？欽承者，傅說也。人君之能得俊乂而無曠庶官者，非有賢臣之思日贊襄，對揚休命，則亦何由而托密契於風雲，躋至治於都俞也哉？

夫天之生才，初無貴賤之殊，亦無遠邇之別。而以人事君者，乃欲强以私意、小智，區分而取舍之，則竊恐天之意，不如是之偏狹也。天之意不如是，則天聰明，自我民聰明，天明畏，自我民明畏，達于上下，又何以代天而治民乎？

今我聖上宵旰憂勤，一念憧憧者，惟在於得人而任職。內而百官庶位，外而方伯守令，惟恐一人之不得其人，一職之或曠其職，凡所以勑厲而申戒者，靡不用極。至於大政之時，則每降絲綸，責之以終歸文具，諭之以毋謂例飭，丁寧懇惻之意，溢於辭表，可感豚魚。而其所以對揚者，反無仰體之實，徒循自來之套，公然以堂堂朝廷之公器，把作自己之私物，惟貨惟來，爲人擇官。不但貴賤、遠邇之區分，抑亦親疏、愛憎之殊異。銓衡之際，變錙銖於低仰；鑑別之間，幻妍媸於好惡。分排注擬，泛若按例，而亦自有其人焉；內外豐薄，暗分彼此，而摠不出其圈焉。一官之瓜期將近，則旁蹊曲逕，左右鑽刺，而畢竟得失在於緊歇；一任之徑遞有漸，則群起競走，先人預圖，而末梢成敗換於俄忽。勢能熱手，則擇肉而食；物可通神，則無脛而走。或私相結約，而忽有難違之分付，則每歎造物之多戲；或有爲作竄，而偶值他手之行政，則空資漁人之收功。進退專由於冷暖，則所謂上品無寒門，下品無勢族也；用舍不襯於功罪，則所謂著效附卑品，無績獲高叙也。

古則以兩及吾門爲可惜，而今則以不及吾門爲可惜；古則欲託邑子，終日不敢見，而今則以不聽其託爲仇怨；古則懷金欲餽，竟不敢出口，而今則惟恐其餽之不厚。以故閥閱之家則朝除暮遷，兜攬清要，人人凝豐貂而聳高蟬；孤寒之族則潦倒卑下，一斥不復，箇箇豐啼飢而暖號寒，遂致騰颺者長騰颺，沈滯者永沈滯。或有窮經蘊抱，而每多處巖穴虛老之歎；或有勤苦通籍，而不免抱紅牌餓死之患。此雖緣守拙而無求，亦足以積鬱而干和。非謂寒門之可用而勢族之不可用也，揆之以"旁招"、"無方"之義，不亦左乎？

蓋今銓注之法，無論高品下官，只以近來所舉擬者，循環其中，遞相填補，舍置餘外，更不舉論。苟如此而已焉，則一吏足矣，何難之有？且家世、地閥之稱，自古已然，而我國尤以是爲用人之方。 式至近日不論其人之賢不肖、才不才，而惟視某人之裔、某家之族，以之布列百僚，分授各邑。苟其賢與才，則固善矣；如其不然，則奈國事何？奈生民何？ 譬猶求大木者徒知求之於鄧林，而所得者乃是擁腫離奇、空中液瞞而已； 取良馬者徒知取之於冀北，而所得者惟是大耳短胠、攣腕薄蹄而已。 殊不知楩、柟、豫、章之材，多在於深山窮谷之中；追風、超景之蹄，猶存於鹽車白汗之間， 其不見笑於匠石、孫陽者幾希。 而梧檟所以見棄於賤場師，赤驥所以頓長纓而淚至地也。

昔程子謂韓維曰："持國居位，却不求人，使人倒來求己。只爲平日不求者不與，來求者與之。"朱子曰："除書未出，而其物色先定；姓名未顯，而中外已逆知其決非天下之第一流矣。"蓋用人不得其道之弊，誰昔然矣，而未有若今日之舉世盡入於膠漆盆中，無一人能自解脫者，豈不可爲之寒心乎哉？

今試論此弊，亦孰有不能知、不能言者？而秖緣人心已痼，習俗已成，滅天理於私意，蹈前轍於後車，雖以殿下至誠惻怛之意、祛文務實之敎，亦莫可奈何也。是故一經都政，輒騰物議，債帥·市曹之號、郭璠·李蹊之譏，千奇萬怪，一唱百和，街談巷論不勝藉藉。無所與於得失者，謾作笑話；有所欲而未得者，忿發唾罵。其所傳說，雖未必一一皆信，而要之偏私、濫雜、不公、不平則極矣，而決非治世之好消息也。

苟能知恬靜者必非躁競之類，謹拙者必非浮雜之輩，而於門閥煒赫之中擇其賢能，於疏遠窮賤之中拔其才德，因私逕而窺覦者，正色而斥退；守本分而冤屈者，旁探而甄叙，則雖今世囂囂之俗，好說人短，不好說人長，其拂鬱而層激，豈至於是乎？

或曰："今世豈有才德？不若世家、大族之猶爲習熟見聞於供職臨民之例也。"此言不幾於顯誣一世而暗濟己私乎？殿下如欲朝無邪逕，野無遺賢，賢者在位，能者在職，茅茹彙征，師師濟濟，則莫若先擇公正、廉介之人，以爲有司。有司得其人，則後世之賢才，雖不及於古所謂賢才，而亦豈無在內而能舉其職，在外而不虐其民者乎？朱子曰"某做時，揀得一箇好吏部", 兹豈非提綱挈領之至論妙訣耶? 此今日急務之二也。

至於"育多士"之說, 則所謂得賢才之道, 其本又不外乎多士之樂育。《詩》曰:"周王壽考, 遐不作人?"又曰:"思皇多士, 生此王國。王國克生, 維周之楨。濟濟多士, 文王以寧。"又曰:"肆成人有德, 小子有造; 古之人無斁, 譽髦斯士。"蓋當商之末世, 士氣之卑弱甚矣, 惟文王爲能變化鼓舞之。故言其待而興之效, 則詠其思皇克生, 爲國楨幹, 而文王有賴安之慶; 言其見於事之實, 則歎其成人、小子, 咸得成就, 而斯士有譽髦之美。韓愈亦曰:"菁菁者莪, 樂育材也。君子之長育人材, 若大陵之長養微草。"先儒有言曰:"多士本由文王教化陶範而後生也, 而文王之國又待多士以爲安焉。猶人勤於菑田, 反以自養; 樂於植材, 反以自庇。"由是觀之, 則人君所以樂育多士, 作成人材者, 其效乃至於斂時五福, 敷錫庶民, 各羞其行而邦其昌, 鳶飛魚躍, 有物物自得之妙; 鳳鳴梧葦, 致藹藹多吉之休。爲治之道, 豈有以加於此哉?

嗚呼! 古者師氏教國子以三德、三行, 保氏道國子以六藝、六儀, 樂正崇四術、立四教以造士, 春秋教以禮樂, 冬夏教以詩書之制, 尚矣無容議爲。而若董仲舒願興太學, 置明師, 以養天下之士, 少則習之學, 長則材諸位, 朱光庭請置太學明師以養人材者, 實爲切至之論, 後世之所宜法也。

夫士者, 國之元氣也。人無元氣, 則不可以爲人; 國非多士, 則不可以爲國。必也培養士習, 扶植士氣, 正其趨向,

勤其學業, 考其藝而進退之, 興其化而甄陶之, 然後方可謂
得其道矣。

今我聖上以崇儒重道之心, 行敷教育材之政, 十三年于
茲矣。學校之政不爲不修, 而儒術無蔚興之效; 教養之方不
爲不至, 而士風無丕變之期。 遊談於黌序之中而絶絃誦之
音, 輕薄於閭巷之間而寂講讀之聲。日夜所經營者, 只是科
名之拔身也; 生死所醉夢者, 只是榮塗之顯迹也。舉業固是
壞心術之資, 而其所以陷溺心術者, 又不但治舉業而已; 科
第固非盡人才之道, 而其所以詿誤人才者, 又非特由科第而
已。何者? 良以請囑、賄賂, 已作不可醫之病根故也。今之
士也所以日趨於汙下者, 不在乎他, 在乎科舉。臣請冒死而
悉陳之。

夫科舉者, 非古也。至漢文帝, 親策賢良、方正、能直
言、極諫之士而得鼂錯; 武帝又繼述之, 幸得董仲舒之醇
儒, 而猶且三策之。 其難愼如此, 而其用之也卒止於江都
相, 烏在其本意哉? 其後又令郡國徵吏民明當世之務、習
先聖之術者, 縣次續食, 令與計偕, 甚盛舉也。而乃有公孫
弘之策, 有司置之下等, 而武帝以其言之容悅也, 故擢爲第
一, 使之待詔金馬, 超遷爲丞相。已失求賢之道, 只是好名
之舉, 而其後若杜欽之白虎殿對策、蕭望之之射策甲科爲
郎, 遂爲以科取人之例。然漢之時, 去古未遠, 猶有孝廉、
茂材、獨行、異等之興舉, 故率多需世之彦。至其季世, 至
有詣公車, 不對策而退著政論者, 其用人行政可知也。

自唐以後, 專以科試取人, 雖高才博識, 皆不免騎驢歌

《鹿》。應舉覓官，決得失於一夫之目，而有在舉場十餘年，竟無知遇者；有銜淚渡灞，又爲考官所辱者；有物議囂然稱屈者；有持紙終日，不成一字者；有不對策而出，不復應進士舉者。科舉之不足以得人才，而反有害也有如是矣。

以我東言之，尤以是爲取人之方，蓋自麗朝雙冀以來科制漸備。雖隨弊立法，而無奈黃抗之、廉國寶、尹就輩之濫雜轉甚，終至有紅粉榜之譏，則科舉之弊極矣。

逮至我朝，立國規模敻越前古，禮樂文物彬彬郁郁。其於科舉之法，雖因循舊例，未有更張，而方其百度修舉、盛化流行之時，爲士者無不飭躬修業，以爲幼學壯行之本；有司者無不精白公明，以爲網羅賢俊之資。人到于今傳稱以爲美談。而夫何挽近以來，人心、俗尚，月移而歲不同，輾轉層加，晦盲否痼，爲士者生平不讀，只事追逐而遊戲；有司者一片私意，不思守職而奉公。迹其平日，固已無可取之才與取才之心，而每當設科之時，爲士者妄生非理之慾，有司者喜得逞私之便，以利相餂，有如互市。暗標授受，惟意作奸，廳傔、庭卒皆作耳目，甲名乙入便成規例。慮其誤中，則錄納句頭；難於攔入，則場外書呈。用某字，刮某處，備盡巧妙；丸以蠟，繫以石，窮極詭秘，眉眼融通，書札狼藉。監察、禁亂所之設法，非不嚴矣，而只是備故事而已；史官、備邊郎之摘奸，非不密矣，而亦是布例飭而已。又或不但備故事、布例飭，反更爲之匿其人、通其情。以故場門之懸法，見之者曰"是前例也"；圍內之列枷，過之者曰"此文具也"。間或有捉枷隨從、挾冊等數人，姑以爲塞責之資，而亦不過是疲劣者流耳，何嘗敢犯所畏與所親哉？ 然隨從、挾册，比諸諸般弄奸，猶爲薄物細故，而乃獨見捉，其亦冤矣。

　　然則今之所謂法者，皆是應文備數；而所謂奉法者，皆是飾例循私而已。 是故只觀其科之主試何人，而可以預知其榜；但見其人之親密何處，而可以坐待其捷。甚至預題宿構，先寫試紙；私結下輩，換易秘封，巧計千百後出愈奇，設場之後、出榜之前，無非呈券、受札之時，而較計緊歇，變換立落。無論大小科，行私之中，又有分排，皆依陞學之例，故或有"全一榜無一公道"之說，或有"一榜中僅有一二人得參"之說，有口皆傳，無遠不及。而方且得得焉自以爲能，人亦恬不爲怪，古之所謂科賊，今之所謂才能；古之所謂殃及，今之所謂例套。如此則何必糊名？又何必設場？且以場屋言之，一人操券，十人隨從，皆是鸇戾、無賴之輩，故蹂躪之患、亂場之變，無所不至。揆以世道，寧不寒心？

　　夫科目之法，不過設場聚士，出題收券，考定其立落，而又程式以拘之，時刻以限之。藉使十分高眼、十分公心，考得十分精審，黜陟高下，不差錙銖，固非登賢俊、致君民之術。而況利欲萬端，詐僞百出，緣法而爲巧，憑公而濟私？

　　科期在近，則凡以儒爲名者，晝夜奔走，或鑽刺蹊逕，或誘脅文筆，惟以圖占爲事；其當爲試官者，左右接應，或約結姻親，或延攬貨財，惟以售私爲能。苟無此路，百無一得，故人心之巧詐日增，世道之危險歲加，有勢有錢者，以借述巨擘爲高致；有文有筆者，以售才射利爲妙術。中間行媒者，有文儈、都家之稱；外場代入者，有優劣論價之例。高者互相慕效，而又互相猜謗；下者各自沮喪，而又各自濫想，殆同頹波之難障、奔車之莫遏，豈不痛哉？

行私之外，又有取早之弊。蓋主試者厭於始終之細閱，只就暗標早呈者擢之，而晚呈者則都置之落軸。故爲士者，自私習之時，不顧其文之工拙，惟以燭刻急構爲主，人皆以一日做幾多首者爲實才，己亦自誇其敏速。而無文筆者，預備速製、速寫之手，及其入場，忙忙寫出，競欲先人，甚至以數三人合作一篇，以數三人合寫一張，必期第一二軸。而不然則自以爲不善修人事。其父兄與他人，亦不問其文之如何，惟問其呈之早晚以占得失，如此而才安得自盡，文安得爲文？

昔宋仁宗試士，以"卮言日出"爲題，因舉子頃刻進券，命停科十年。歐陽脩與王禹玉、范景仁等六人爲考官，鎖院五十日，長篇險韻相唱和。其視今日之霎時輟場，一二日出榜，敎導之得失、氣象之舒促，果何如也？

今日登科者，卽他日主試者，則所見所尙，本自習熟，其取之也，固必有濫竽遺珠之歎，而況濟之以一段私意，則又安得不失人才乎？前科旣如此，後科復如此，眞箇有才識、有蘊抱者，終身不得一厠於其間。故每一經科，醜悖奇怪之說，不勝紛紜，令人掩耳。設科取人之意，豈竟使然哉？

不但大科爲然，小科亦然；不但京試爲然；鄕試亦然。蓋當式年及增廣，則外方皆差送試官，於是外方有錢財者，

先期戾洛，圖差試官於政官，至有買試官之語。而試官既差
之後，凡其親戚、連姻、知舊之請及以財自通者日夜填咽，
各有定價。間或有稍知自好，不肯隨衆，則必群嘲衆嗔曰：
"爾何固滯也？舉世皆然，爾獨何人？爾雖自正，其如見賣
於他試官何哉？畢竟得談則均，孰肯爲爾清脫？不如同流
合汙，與之分利。"以故科榜出處醜聲輒彰，而人皆看作常
事。不但看作常事，其行私最甚者則當科而必先擬試望，考
績而必以公居最，此無他，以如此輩爲試官，然後可以隨處
而無不如意也。

夫導之以公正，尚恐不能獎一而聳百，懲一而勵百，況
導之以私邪，則是推波而助瀾也。勸懲之政，既若是相反，
故自以爲只此可以長享利竄，不羨方伯、守令，曾不顧忌於
局外之公論，乃反傲然自處以廉公，而蕩然無復羞愧、悔悟
之萌，其亦可哀也已！

且不但製述爲然，明經亦然。號爲治經，而實不勤讀，
臨科奔走，預約帖括。爲試官者先有分排，顯加扶抑，於其
所扶，則雖瘡疣百出，而帖耳闒眼；於其所抑，則雖若決江
河，而強詰勒降。呼冤雖不足恤，天道寧不可畏？

惟其如是也，故爲製工者相語曰："何以文爲？多錢則
大小科可以唾手。"爲經工者相謂曰："何以讀爲？有財則七
大文是爲妙方。生斯世也，惟患貨殖之不能，不患才具之不
足。"於是以富厚爲實才，以勤苦爲徒勞，人皆解體，俗成惰
棄。以此觀之，人心世道，可謂極盡無餘地，而非細故小憂
也。

不但文科爲然，武科亦然。代射、代講與夫以不射爲射、以不中爲中諸般弄奸及武技雖高講柒必抑之弊，難以悉舉。且當稱慶廣取之時，寬其規矩，使不難於入格，又自下弄巧，甚至虎榜掛名纔易一醉。故武科之數，多則近萬，少不下千，窮鄕傭、牧鮮有不得，而一國之中遊食者過半。他日占得大將、閫帥者，自有其人，而其能通宣傳之薦，廁西班之列，入備宿衛，出典州郡者，亦無多焉。其餘則皆只是受紅紙，稱先達而已。軍額之漸縮，名分之益淆，職由於斯。蓋無論彼此，以科爲名，則其紊亂乖戾，莫近日若而又莫可捄藥，臣未知如之何則可也。

嗚呼！天下萬事，旣有其弊，則必當痛革而疾更之。不然則弊而益弊，終至於難言之境矣。《易》曰：「窮則變，變則通，通則久。」朱子曰：「知如此是病，則不如此是藥。」古人有言曰：「通其變，天下無弊法；執其方，天下無善敎。」今之科弊，與其存科名而無益有害，無寧罷科擧而去名就實。今若革罷科擧而專用薦選，則彼不足以去民畝就吏祿者，初無倖望，而在國家用才之道，亦不患無其人矣。

或以爲：「薦選，亦有奔競、私邪之弊。」然明白指名，猶勝於暗地之弄巧；門調戶選，猶愈於猥沓之徼幸，而可用者皆用，不可用者無錯雜之路矣。在古而不失於鄕擧里選之法，在今而無缺乎需國治民之道，因其蔭仕之俗，省其場屋之弊，此所謂通古宜今、因俗省事之道也。

今玆之弊，如病已痼而尙有醫之之道，知之而不欲醫則已，如欲醫而已之，則計無善於此者。而今日之事，率皆膠故而印例，必若以爲"三代以上之制，有難猝復；漢、唐以後之規，不可遽革"，則亦豈無抑可以爲次者乎？

每當有科之時，則預令京外各選其才可以應擧者，錄名許赴，而一或容私，罪其薦主，嚴立科條，毋使攔入。則多士必當整齊，隨從不敢闖雜，而無文筆者，不得仰人而僥倖；有才學者，庶可專意而呈券，此足以杜初頭濫雜之弊。而及其大小科榜出之後，則又行面試之法，著爲成憲。其不能成篇者，不必用停擧、充軍之律，只拔去榜中，則其庸懶自廢者，固不足惜；其有慷慨奮發篤業更赴者，亦所可取。如此則士子有刻厲進修之美，場屋無狹窄蹂躪之歎。彼無才者雖賞之，初不入場，而決科者擧有光色，私詐者自當沮縮，此亦遵故法而非有欠於待士之道也。

斯可爲存法救弊之術，而亦惟在乎明法敕罰，畫一擧行，不以貴勢而撓奪，不以年久而弛縱，始終如一，彼此惟均而已。苟法一撓，則反爲文具中文具，而初不如仍舊貫之爲愈也。

然而就其中，最有決不可不急先革罷者，陞補、學製是已。噫！陞學之弊，可勝言哉？士習之日漸乖悖，育材之不得其方，專在於玆。

蓋陞學者，本出於勸獎興起之意，而惟其有初試一條路，且權在於大司成與學教授，而其設行之期又無限定，一歲之中惟其所欲，故其奔競尤甚。自童卯古風之時，已有聞見之稔熟；及其勝冠，曾不留意於讀做，而所蓄銳馳心者，只是鑽刺於敎授及泮長，百蹊千逕以通其情，謂之公誦。及其入場也，懸題之後，則奔迸四出，以借述於能者，呈券之際，則瞬目搖手，翹頸跂足，咕囁於吏隸，窺覘於窓壁，或書納首句，或傳通囑札，鄙瑣駭愕之舉，無所不至，令人騂顏。及夫累抄垂畢，畫數相埒，則晨夜狂奔，不但自己之送言，又覓他人之瑕疵，做出白地，公肆構陷，變怪之事，又無所不有。當此之時，莫有徐其行、步正其眸子者，若是者其可曰士乎？

今日陞學之士，其名位、事業之期於他日者，皆不可量。政宜謹飭勤修以圖遠大，而今其所見所行，乃如彼相反，此如嬰兒之受病於胞胎，草木之被傷於萌芽，雖或生長，終不免於尪羸卷曲，豈不惜哉？

且主試者則於其行私之中，別有一榜之分排，欲黜則畫雖多，必抑而屈之，非以其文之劣於他也；欲升則畫雖少，必超而進之，亦非以其文之優於他也。是故計畫之際，則預知某也之當為某等、某也之當在落科，又預知某也之當取升補、某也之當得合製，而畢竟入格者，不出於意中之分排，亦不出於方外之傳說。然則初試之為初試，已定於未出榜之前，試與不試一也。而其必設場而考取，直是因前例，假外面而已，豈不如兒戲之可笑？而自有科舉以來，安有如許科舉乎？

況近來皆不遵每朔每抄與各學四等之法，荏苒終歲，必待飭教，然後始行於歲末。故輒不免連日或間日設場，虐雪饕風通宵露坐。哿矣富人，哀彼寒餓，是故貧士之多年赴升庠者，未有不嬰終身之疾者。然則所謂升學，乃是傷風敗俗之具、積瘁促壽之資，此臣所謂決不可不急先革罷者也。

若又以爲流來古規，有難猝罷，則有一焉。仍其舊而月課之，取其優等而賞之，不復付之於解額，如程子改試爲課之意，則不害爲勸獎聳動之術，而鄙悖忮克之習，未必至此之極，庶可爲一分厲廉恥、抑躁競之端矣。

今欲正士習，育人材，而不改絃易轍，則士習終不可正，人材終不可育，而眞箇讀書之士，終不可復得。古所謂不調甚者，必解而更張之者，此之謂也。何憚而不爲？何拘而不能？直一轉移間事耳。此今日急務之三也。

至於"子庶民"之說，則君民之相須，自是至理，不待多言。而就其至切而言之，則莫如父母之於子。故《書》曰："元后作民父母。"又曰："如保赤子。"又曰："子惠困窮。"《詩》曰："樂只君子，民之父母。"《大學》曰："民之所好好之，民之所惡惡之，此之謂民之父母。"《中庸》曰："子庶民則百姓勸。"夫父母之於子，爲之就利避害，取安去危，慮其飢寒，憂其疾病，其懇至之心、惻怛之意，未嘗頃刻而忘于懷。人君之於民也亦然，孟子曰"得其民有道，得其心，斯得民矣。得其心有道，所欲與之聚之，所惡勿施爾也"，此是父母爲子之誠心。而鼂錯之言亦曰"人情莫不欲壽，三王生之而不傷；人情莫不欲富，三王厚之而不困；人情莫不欲安，三王扶之而不危；人情莫不欲逸，三王節其力而不盡"，而先儒以爲"非惟壽、富、安逸之遂其志，用舍、從違，無不合其公願"。此三王之治，所以卓乎不可及；而三王之民，所以皞皞如日遷善而不知爲之者也。 苟或忽於本固邦寧、可近不可下之義，而損下益上，不免於率獸食人，使斯民飢而死，則惡在其為民父母也？

夫海內至廣也，兆民至眾也。惟天生民有欲，無主乃亂，惟天生聰明時乂，苟君不能子以愛之，民不能父母以親之，則君何以辟四方，民何以錫保極哉？況民者，至弱而不可勝，至愚而不可欺。若魚焉，見網則驚奔；若蟻焉，遇羶則聚慕。難一者，民情也；易散者，民心也。惟為民父母者，不視之以民而視之以子，以恤愛惻隱之意撫之，以忠信誠慤之心懷之，不違其所欲，不行其所惡，蓋之如天，容之如地，疾痛苛癢，無細不知，抑搔按摩，無遠不及。使以時而不奪，遂其利而不爭，凜乎若朽索之馭六馬，溫乎若陽春之澤庶物。然後民亦尊之如父，親之如母，有命則子趨，有役則子來，有難則又如子弟之衛父兄。真所謂“四海之內，瞻仰畏愛，如親父母”，天下雖廣而一其心焉，萬姓雖眾而同其懷焉。古昔聖王所以享國久長、澤流萬世者，用此道也。

後世惟不知此義也，故以為“我是君也，彼乃民也。君者，出令以使民者也；民者，出粟米麻絲，竭股肱之力以事其上，而否則誅者也”。法令以驅之，刑罰以威之，法令極而民風哀，刑罰濫而民命殘，天下始熬然若焦而君亦無所行其令矣。若是乎君之不可不子其民也。

惟我殿下撫熙洽之運，膺艱大之投，燕蠖之中，孜孜一念，未嘗不在乎民。凡所以撫字而懷保之者，無所不用其極。惟恐實心、實惠之不得下究，而匹夫匹婦之不獲其所，不啻如慈母之保赤子。故歲首則綸音以勸農，水火則遣使而慰恤，方伯、守令則愼擇而臨遣，凶年、饑歲則發帑而停糴，皆所以爲民也。而今之方伯、守令，果皆能體殿下爲民之心，行殿下子民之政乎？

昔宋孝宗卽位，詔求直言。朱子上封事曰："四海之利病，繫於斯民之戚休；斯民之戚休，繫乎守令之賢否。然而監司者，守令之綱也；朝廷者，監司之本也。欲斯民之皆得其所，本原之地亦在乎朝廷而已。陛下以爲今日之監司姦贓狼藉肆虐以病民者，誰則非宰執之親舊、賓客乎？然則某事之利爲民之休，某事之病爲民之戚，陛下雖欲聞之，亦誰與奉承而致諸民哉？"

臣嘗讀之，以爲"守令得其人而後，生民可以蒙至治之澤；監司得其人而後，列邑可以責治民之績。而監司、守令之得人，又在乎銓選之公平"。此固探本之論、必然之理，而姑以監司、守令而論之。

以言乎守令，則古所謂內重外輕者，今爲外重而內輕。雖以玉署、銀臺、宰列之榮貴，無不以圖得外任爲事，其志將以豐衣食而廣產業也。則其圖得也，固已只懷肥己之策，計較揀擇於某邑一年所得之幾何，而有勢者薄不爲冷殘，幸得者不敢望雄腴。吏部之擬之也亦以此，而及其臨民也，乃以一邑爲己囊橐，暗弄權詐，巧作名色，行掊克之政，則刮地皮，猶患不足；開賂遺之門，則充谿壑，如恐不及。賣鄉薦任，而官屬長事遞易；飜弄那移，而穀簿幾盡虛錄。驅催鶉衣鵠腹之脂膏骨髓，而輦載以輸權幸之門；棄絕貧族窮交之情理恩義，而巧密以通幽陰之逕。不法之事，蕩無忌憚; 無前之例, 自謂妙方, 誅剝徵斂無有藝極, 占田治第無有限量。

人之無告, 則酷虐無所不至; 勢有所壓, 則註誤有所不恤。聽訟則以延拖不決爲主, 當事則以規避捱過爲例。衒能要名, 而外似幹辦之才; 憑公營私, 而貌飾恪謹之行。及其私欲飽滿, 鑽研有效, 則又可以束裝問塗, 而望他積以爲己資矣。能如是者, 人以爲有才能可任事, 而陞雄州超顯職, 不然則銓家置之於棄物, 一世笑之爲庸愚。是不但無所懲其惡, 乃反獎而導之, 百里分憂之意, 果如此而已? 蓋生民之倒懸, 莫甚於今時, 而就其難支之最大而尤甚者言之。軍政則武科及自稱班裔者外, 又有圖出史庫帖、郎廳帖等諸般謀頉者, 不可勝數。且勢家之墓下、廊下近處及緣蹊受囑者, 舉皆蠲免, 則黃口之簽丁, 白骨之徵布, 勢所必然, 而不勝其苦, 逃移京中者, 又相續於道。故族徵、里徵, 日事橫侵, 間或有保家作農者, 亦無以自存, 故十家九空, 戶口日縮, 而軍籍殆盡是虛名。脫有緩急, 將何所恃?

田政則紊亂尤甚, 守土之臣, 徒憑所任輩之言, 於是乎所任輩恣行已私, 無所顧憚。九等之法、三稅之徵, 惟意幻弄; 養戶之患、換名之弊, 不一而足。苟其勢與賂也, 則以實爲災, 不然則以陳爲墾, 只自冤號, 安有聽理? 糶糴則本邑各倉外, 又有京倉及各軍門、各衙門等名目, 又有他邑移轉、某處拯米、某年停退、某年未收等各樣名色, 蝟集趲督, 轉輸之弊、添加之費、情債之操縱、色落之濫橫, 無非斲膏、椎髓之苦。且吏屬之逋欠、豪族之拒納, 最是痼弊,

而皆看作例事，惟小民是侵是虐。冬糴之時，皮穀則除芒簸
秕，粒米則鑿觔圓白，期於十分精實。其中逃、故、丐、病
者，族隣收徵，必取足而後已。而至春開倉，則悉是空殼與
腐糲，一斛僅五六斗，此乃吏輩之換弄，而爲官長者，皆委
之鄉任，初不看檢。其有才幹者，或以米作錢而給錢受米，
或傾庫飜動而換名取贏，勒授濫取，鞭扑枷囚，以爲牟利之
資。而貪猾之吏校，又因緣憑藉，百端侵漁。彼無告之民，
雖空杼柚而竭餠罌，何以堪其溝壑之命哉？其外訟獄之非
理、舛誤，使役之違奪、偏重，閭巷則吞聲疾嘆，吏輩則吐
氣踊躍，叫呼嚷突，鷄犬不寧。以此論之，守令之有不如無，
不待智者而可知也。

以言乎監司，則觀風察俗已矣無望，厲民封已便成一
套。虐煢獨則不遺餘力，畏高明則惟恐或後，下車而吏報失
珠，聽訟而人思伐棠。春秋巡歷，則治道供膳，衆民愁怨，
只爲偏、裨輩張氣誅求之地；冬夏殿最，則雪嶺墨池，毀譽
顛倒，每作傍觀者竊笑暗罵之資。任藩臬旬宣之責者，豈容
如是？

蓋巡歷者，古刺史、太守之行部也，將以觀風謠，察民
隱，詳縣邑之得失，決獄訟之難平者也。在古猶有若召公之
恐傷民事而不入邑中，韓延壽之恐無益重爲煩而不肯行縣
者，其不欲以行部傷民如此。而近所謂巡歷，則其爲民弊，
有不可勝言。蓋當巡歷之時，農務政殷，民失一日之力，則
有終年之飢，此聖人所以曰“使民以時”，曰“不奪農時”，以爲
王政之第一先務。而乃以治道之役，集遠近之民，使之離田

疇, 舍耕耘, 而齎糧費, 執器械, 長在於道路之間, 忍死於
箠楚之下, 盰盰然熟視其田畝之荒廢, 而不敢出一聲, 此是
王政之所不忍。

而且以供億之節言之, 不遠千里, 貿易京洛, 珍羞妙
饌, 務以適口而勝人; 錦帳綺席, 悉欲便身而悅眼。一或愆
期, 勞費倍筵, 罄盡一邑之力, 而又或迂回於山水之遊賞,
流連於妓樂之宴飲, 則列邑支待之苦, 民間聚斂之煩, 有難
以言語形容。故一經巡歷, 如逢亂離, 而又必以治道之不
善, 飲食之不適, 鞭棍狼藉, 囚繫相望, 其害安歸? 歸於殘
民。哀彼殘民, 何以聊生?

臣聞道路之言, 則年前有一監司巡歷之路, 招聚衆民,
詢訪弊瘼, 則中有一人出而對曰:"無他弊矣。只有一大弊,
使道巡歷是也。吾民之春不得耕, 秋不得斂, 顚於溝壑, 散
之四方, 職此之由。此弊除, 則更無弊矣。"此所謂疾吏之
風、悲痛之辭, 而民情大可見也。語其弊, 則至於如此; 而
語其益, 則未聞施一惠, 除一瘼, 決一訟, 小慰士民之望,
可謂無毫髮之益而有難言之害也。然則革罷巡歷, 然後生
民之命可保也。

殿最者, 三載考績, 黜陟幽明之遺意也。而今也則吐剛
茹柔, 愛膝憎淵, 已成一副當規模。而所謂廉探者, 皆偏、
裨、下吏之以賂請欺弄, 故雄州巨牧, 無非龔、黃、召、
杜; 殘邑冷官, 無非昏憒、貪虐。欲爲之褒, 妄自極意; 欲
加之罪, 何患無辭? 以故在勢者有所恃而益無所忌憚, 孤弱
者有所畏而不能行其意, 均之罹其害而中其毒者, 民也。率

是道而因循無改，則事之所謂利，民之所謂休，將何時而舉？事之所謂病，民之所謂戚，將何時而除乎？

且以今番西警而言之，潢池盜弄。蓋緣於不勝貪虐之政，則鼠竊狗偷，本不足平。而及夫王師之出征也，屢降絲綸，原情曲恕，禁暴止殺，惻怛之旨、勤懇之音，孰不感涕？而乃反有棄城降賊者，有擁兵玩寇者，其罪已不容誅。而松林、多福之戰，雖云克捷，亦多橫罹，暨乎破定州也，舉一城無少長皆斬，是豈仰體我聖上好生之德？而亦豈不上干天和乎？《書》曰：“殲厥渠魁，脅從罔治。舊染汙俗，咸與維新。”夫既曰“從”，則雖云脅從，從為罪矣；既曰“染”，則雖云舊染，染亦罪矣，而聖人猶且置之於罔治維新之科。後世若唐之誅止其魁，釋其下人，稱為盛德事者，豈非原恕憫恤之無所不至乎？昔曹彬克金陵，而不戮一人；曹翰破江州，而忿其久不下，屠戮無遺。後人至以其子孫之榮悴，謂之報應，則濫殺之戒，若是其至。而今之好殺者，直以為快忿張功之資，豈不舛於理乎？

蓋今民間之百千萬弊，殆難更僕以數，而莫不由於方伯、守令之不得其人。今若旁求而愼擇，公聽而竝觀，久其任以責其成，舉其善而懲其惡，剛亦不吐，柔亦不茹，惟盡心於為國為民，而無有一毫私意於其間，則遐遠之民，均被實惠；而寬大之恩，不但為掛墻壁之具而已。惟此庶可為矯捄之道，而特患終不能若是耳。此今日急務之四也。

凡此四條，皆不可緩，而若其本原之地則又有在。朱子曰：“陛下之一心正，則六事無不正，一有人心私欲以介乎其間，則雖欲傭精勞力以求正夫六事者，亦將徒爲文具，而天下之事，愈至於不可爲矣。故所謂天下之大本者，又急務之最急而尤不可以少緩。"此言正爲今日道也。

嗚呼！萬川之月處處皆圓，千紙之印箇箇皆同，以其本之有在，而其所及者皆自此而推之耳。今殿下之心一正，則夫四條者，皆將次第修擧，而天下萬事，無一不出於正矣。苟不先正其本，而徒規規齪齪於事爲之末，則是猶曲其表而求其影之直，汨其源而欲其流之淸也。天下寧有是理哉？然誠正之工，又不過在乎"敬"之一字。蓋"敬"者，所以存養其體，省察其用，乃體道之要也。是故程、朱之所以爲教千言萬語，不出乎敬。戒懼、愼獨只是敬，存天理遏人欲只是敬，推而至於中和位育亦只是敬，此所以爲徹上徹下，成始成終者也。苟能常存此敬，無須臾之有間、毫釐之或差，則意自然誠，心自然正矣。此非臣所爲之言，乃有所受之也。惟殿下懋哉！

今或以爲"目今朝野升平，四方無虞，苟能無失舊章，粗守前例，隨風因俗，以度時日，則區區弊端，自當隨毀隨補，何足爲深憂？不宜更爲庸人所擾，以致無事中有事"，臣則竊以爲不然。天下之事，非艱難多事之可憂而姑息委靡之可畏。政使如唐、虞之至治，尙不忘"儆戒無虞，罔違罔咈"之猷、"傲慢惰墮，日奏罔功"之戒。況今日雖若未有目前之急，而風俗之頹敗，生民之困悴，未有甚於此時。若非大奮勵、大振作以新一世之耳目，而姑且狃安遲疑以幸時日之無事，則竊恐弊中生弊，百爲懈弛，終必無着手之地矣。苟其有百害無一益之事，則安可以舊例而固守之乎？ 至於正本原、勅時幾之道，則安可以陳談而泛置之乎？

蓋格致·誠正·脩齊·治平之序、人心道心·精一執中之訓，聖賢相傳，布在方策，自古及今，人皆知之，人皆言之，初無新奇可喜，有似常談死法。而朱子謂：「常談之中自有妙理，死法之中自有活法。」然則天下之至理、人君之治道，舍此而更有何說哉？《易》曰：「正其本，萬事理；差之毫釐，繆以千里。」伏願殿下深留聖意，毋忽焉。

嗚呼！ 古人有言曰：「應天以實，不以文。」所謂實者，何也？以實心行實政，施實惠於民也。苟使但曰「敬天之怒，畏天之威，則天之大，奉天之公」，而或不無一毫文具備例底意思，則人無所不至。惟天不容僞，人之應之也以文，則天之應之也，亦不以實矣。是故成湯以實心自責，故能致數千里大雨；太戊以實心修德，故祥桑枯；景公以實心三言，故熒惑徙。 若非眞箇實心， 則豈若是影響、桴鼓之捷哉？昔宋臣張栻告孝宗曰：「不可以蒼蒼者爲天。一念纔是，是上帝觀監；一念不是，是上帝震怒。」蓋其陟降厥士，日監在玆者，有如是矣。夫天之視聽，皆自我民，則民之心卽天之心也，民心悅則天意得矣。今殿下誠能以實心仁民，則亦一天也，豈必以高高在上者爲天乎？苟或不然，則雖日下減膳之命，人進應旨之疏，亦不免乎文具備例矣，烏足以弭災而致治乎？

凡今之日就於委靡頹墮者， 專由於因循玩愒， 苟且彌縫，則矯救之道，惟在乎至公無私，惕厲奮發。張綱紀而克行彰善癉惡之政, 鼓風俗而咸趨眞實篤厚之域, 以至於黎民於變, 天心悅豫, 則怨何由生而災何由起乎?

然究其所以致此之本, 則亦在夫殿下之明善誠身而反以求之於心耳。 聖心誠無不正, 則必能振綱擧紀, 移風易俗, 向所謂頹弊之患, 不期矯而自矯矣; 聖心誠無不正, 則必能任賢使能, 隨才收用, 向所謂偏私之風, 不期變而自變矣; 聖心誠無不正, 則必能樂育多士, 作成人材, 以興廉恥禮讓之俗矣; 聖心誠無不正, 則必能選任監司, 愼簡守令, 以成熙皥嵬蕩之化矣。 愁鬱之色, 可化爲歡笑; 怨讟之聲, 可變爲歌頌, 洋洋乎溢和氣於天地之間, 而凡天下犯倫滅義、 背公徇私之類, 擧皆革面而化心矣。 至此而所謂弊者無可言, 而所謂治者眞可致; 所謂災者無由生, 而所謂祥者皆畢至。 豈不休美乎哉?

方今殿下盡求言之誠, 恢來諫之量, 凡天下忠言·嘉謨、崇論·谹議, 日陳於前, 不患不足。 而翕受敷施, 率作興事, 言可採則採之, 事可行則行之, 如臣之素無學識、愚迷庸憒者, 豈容復有所言於其間, 而亦何能有補於萬分之一哉? 然而臣旣有漆室中私憂, 隱度而陰拱嘿默, 終不效區區之一言, 則是臣上而負殿下, 內而負臣心也。 故敢冒鈇鉞之誅, 略效芹曝之誠, 若其言不知裁, 妄觸時諱, 則宜不免於不知不覺之中, 而其實則皆出於愛君憂國之一片赤心也。伏惟聖慈憐其愚忠, 赦其萬死, 而擇其中焉。 臣無任瞻天望聖, 戰慄俟罪之至。 謹昧死以聞。

答曰：省疏具悉。所陳俱爲切實，當留念矣。

余年已七十有二矣。雖端居一室，未嘗與世干涉，而自然有睹聞之及於耳目者，人心世道，可謂日異而時不同，每不禁仰屋竊歎。適值遇災求言，遂乃草成一疏，上以勉聖學，下以論時弊，縷縷殆至累萬言。冀以一徹於黈纊之下，而爲喉院所阻，凡三呈乃登聞。其翌暮，始承批，褒之以“切實”，諭之以“留念”，感惶之極，不覺涕隕。既而得聞外論之一二，則頗多抉摘譏笑。

其曰“太細瑣非告君體”者，是惡其形容他情態而聞之於上也。苟如斯言，則除非咎、益、伊、傳訓戒之簡，卽賈誼之疏，方朔之三千牘，朱子之封事，皆不免此譏也。其曰“必不可行而强言之”者，是以時俗之見而駭振舉之論也。苟如斯言，則自聖賢以下，何嘗必其言之行而後言之耶？惟其可行則言之而已，今以其不行而欲議其强言之失則過矣。其曰“何不以買紙之錢，買薪以救寒”者，是以計較利害之心，肆輕薄笑侮之習也。此則歸之於迂闊猶可也。至於以“希望陞擢”，相揶廠，則是以己之心，度人之心，而其亦淺之爲知我矣。

蓋疏中之言時俗處，多痛快描畫，咄咄逼人，見之者舉皆自覺若傷己者然。故內懷惡怒之意，外發嘲嗤之語。甚矣，此世之不可爲，而余之平日見輕於人也！然在世則無奈何，而在我則惟自反而已。聊書於後，以識余迂愚。

聞余疏後, 泮長卽設陞學

余旣上此疏, 雖其言之不能行, 而一世之人, 苟有一分羞惡之心, 縱不能悔悟悛改, 宜不免反顧愧。而乃反笑之以太迂闊, 歸之以不足觀, 甚可歎也。彼銓曹、試官、監司、守令, 蔽錮已深, 習俗已成, 固難責之以道理。而至於陞學, 則是何等權勢、何等科名可以不顧人言勇往直前者, 而彈墨未乾, 猛臂旋攘, 汲汲遑遑, 如恐不及。今日明日, 衝冒風雪, 覓納句頭, 旁通蹊逕, 拆窺秘封, 較計畫數, 扶抑之習, 分排之擧, 甚於前日, 殆似層激, 此何廉恥? 此何道理? 吾言之不足有無, 固可自反, 而彼其之必欲遂非, 誠未可曉。

閑居筆談

致位貴顯者, 鮮有完福, 率不免鰥獨之歎, 歷數朝著, 可知也。彼出則高牙大纛, 入則要津市門, 族飫弓旌, 戶擁珂馬。自貧賤者視之, 非不赫然尊貴矣, 而要之皆外物也。一朝捐館, 則不但"生存華屋, 零落山丘"之悲, 禍急則或犯罪滅絕, 殃遲則或連世求螟, 生而哭子孫、女婦之慘, 死而無血屬承繼之托。昔之煇赫者, 今焉寂寞; 俄之絢練者, 忽然凄凉。雖謂之三千大罪天下窮民可也, 人皆謂"缺界無圓事", 是固然矣。吾則以爲積善積惡, 殃慶自各以其類至, 此蓋作不善降百殃之驗也。 彼皆出外而浚民膏血以自肥，處內而越視國事以自營。在銓地，則只用姻族、黨類與貨賂、囑托，而以公器爲私物。爲試官，則惟視關節、物色及錢財、貴勢，而蔑公義，恣己欲。聽訟則不問曲直，而以賄與請爲立落；待人則不論齒德，而以勢與利爲親疏。微有所爭，則疾之如仇讎；小不如己，則視之如奴隸。旣吝而驕，又侈且橫，敢所不敢，忍所不忍，積冤透骨，衆怒蓄鏑，雖其地勢之可以惟意所欲，豈無天理之終必降監孔昭？《書》曰："天道福善禍淫。"《傳》曰："多行無禮，必自及。"以此觀之，其乞哀於昏夜，肆虐於白日，自謂得意而橫行者，殊不知天聽若雷，神目如電，賊其愛而斲其後，斷其腸而孤其魂。多見其可哀也。

客有過余者曰："今之人心世道，可謂無餘地矣。斯民也三代之民也，何爲其然也？"曰："敎化不明，故人不若其恒性，四端滅，七情蕩，惟私慾之從，駸駸然遂成長夜，無足異也。"曰："使孔子復起，其有挽回之道乎？"曰："孔子不得位者也。安能挽回？"曰："得位則何如？"曰："由反手也。心無偏黨，則天下之心，擧皆無之矣；心無機巧，則天下之心，擧皆無之矣。大公至正，如天地日月之無私邪；好惡賞罰，如明鏡平衡之無差違。則夫所謂惻隱、羞惡、辭讓、是非，固人人所固有也，向之陷溺者復全，向之昏昧者復明，熙熙如皥皥如，日遷善而不自知矣。"曰："然則終如斯而已乎？"曰："聖人有言曰'吾亦末如之何也已矣'，雖聖人亦如之何哉？ 不能兼濟天下，則獨善其身而已矣。”

或謂余曰：“子之不求人知，無求於世可也。八裘屢空，不亦難乎？”曰：“是吾自取也。夫孽自作則難逭，辱自致則難免。吾少而不能學稼，長而不能貨殖，以至於老。又性狷才拙，貌寢辭訥，不諧於俗，不明於事，人賤之，衆棄之。然而其志則嘐嘐然曰‘古之人’，不欲交匪人，不欲取非義，不開口論世間事，不向人效乞兒口氣，凡今世一切鄙瑣奔走之風，若將浼焉，塊坐終年，只作黃卷中蠹蟫，此真餓死法也。且吾雖微，亦有命焉，窮亦命也，飢亦命也，死亦命也，吾於命何哉？”曰：“子既通籍，不可以爲貧少屈節乎？”曰：“吾之通籍乃爲貧也。既爲貧，寧欲甘貧而不仕乎？蓋西子矉則益妍，醜女效之，則富閉門，貧挈妻。與其效人而失身，曷若守吾之本色？夫子曰：‘富而可求也，雖執鞭之事，吾亦爲之，如不可求，從吾所好。’吾有所受之也。”曰：“貧雖可忍，死亦可忍乎？”曰：“在我者可爲則爲之，在人者不爲而使之爲乎？況在天者有不可如何者乎？死固難忍，過於忍，則死而已矣。”

或曰：“丈夫生斯世，既立朝矣，可爲則爲，可言則言，利害、禍福固不計也。”曰：“事求可，功求成，知其必無益，則有弗爲也；知其必不行，則有弗言也。是故孔子轍環天下，孟子歷聘齊、梁，蓋汲汲於行其道，而知其必無益、必不行，則亦去之，故未嘗終三年淹。況下聖人萬萬而空以身試

不測之禍乎?"曰:"方今上有聖明, 容諫之德, 從善之美, 度
越百王, 此正可爲可言之時也。 世人未嘗有愛君、憂國之
誠, 徒懷嫌諱、顧瞻之意, 故或多抱憤慨而繞壁, 懷忠讜而
括囊。君子畏天命而悲人窮, 豈忍隨時俗之態?"曰:"孔子
能使楚昭王興師迎之, 魯哀公問政, 而不能止季桓子受齊
女樂;孟子能使梁惠王願安承教, 齊宣王請嘗試之, 而不能
禁臧倉沮魯侯。聖人且然, 況凡人乎? 且子觀今之世, 使聖
人復起, 其將强其所不聽而玷之, 是其所不行而爭之歟?"
"然則何以?"曰:"生乎今之世, 反古之道, 災及其身也。且
試問之: 今能使綱紀張而風俗變乎? 禮義行而廉恥厲乎?
公正而無偏私乎? 眞實而無僞詐乎? 君子進而小人退乎?
嘉言用而讒說斥乎? 色目無標榜之患, 而權勢無傾軋之習
乎? 巖穴無遺逸之歎, 而朝著絶濫冒之輩乎? 守宰懲貪虐
之風, 而小民無徵斂之困乎? 庠序有教導之美, 而多士有作
成之效乎?"

曰:"不能。"曰:"今之人能見人之直言正論, 以爲出於
胸中之忠憤公平, 而羞己之爲, 又思所以如之乎? 見人之出
謀發慮, 以爲事理之當然, 而舍己之私以從之乎? 樂善服義
而不媢嫉以違之乎? 同寅叶恭而不吹覓以排之乎? 同黨者
不詭隨而曲媚乎? 異論者不構隙而伺影乎? 忌之者不造言
而興訛乎? 聽之者不推波而助瀾乎? 得於野而不以玉爲
石、以石爲玉乎? 觀於物而不以白爲黑、以黑爲白乎? 狗
當門, 而不迎噬好客, 不吠奸盜乎? 貓能獵, 而不任鼠縱橫,
見鷄必扼乎?"曰:"未可保也。"曰:"今有數仞之墙, 高上而

不厚下，孤立而闕多年。又不繕修而覆蓋，爲風雨所剝蝕、蟲鼠所穿破，岌岌乎有顛覆之勢。而一朝遇淫霖、疾飇，漸見頹碎，人皆睨而過之，而乃以弱力獨手，身任撐拄，則不惟不能支吾，必且不免爲巖墻之鬼，而人必笑以爲愚，子爲之乎？"曰："是井有人而從之也。其誰爲之？"曰："然則子何以責吾？"或不能難。

孔子生知之聖也，而猶且問禮於老子，問官於郯子，學琴於師襄；顏子亞聖也，而猶且以多問於寡，以能問於不能，其好學無常師也如此。今人稍能涉獵書史，則輒妄自尊大，是己非人。見一奇文，則自以爲高世之學；記一難字，則自以爲出人之見。偶識一字音之世所誤讀，則笑其無識而不知己亦誤讀之無數；偶覓一僻句之人所不解，則嗤其固陋而不知己亦不解之幾何。或恥於問人而姑且含糊以掩迹，或衒於懵眼而惟事誇張以掠名，如此之輩蓋滔滔也。嘗觀《韻府群玉》，有曰："蜀有魶魚，善緣木，聲如兒啼。孟子不聞此。"明人《五雜組》又曰："今嶺南有鯢魚四足，常緣木上。鮎魚亦能登竹杪，以口銜葉。"有若孟子寡聞而誤言，渠獨博識而摘發者然，此最可笑。設或有緣木之魚，不過魚中之一怪物，豈遂以此而不可曰"緣木求魚"，以譬必不得之事乎？蓋魚之在水而不在木，常理也，其有緣木者，乃無理中或有者也。孟子雖聞此，不爲失喻也；人之讀之者雖聞此，亦必不以爲疑也。今若據此而曰"緣木而魚可求"，則其果成說乎？昔有火鼠、氷蠶之說，今曰"鼠不可生於火，蠶不可養於氷", 則亦將譏其不聞火鼠、氷蠶乎? 世之以管窺蠡測之見妄論他人者, 皆是類也。 其弊終必至於寶燕石而謂和璞可棄, 貴山雞而詆鳳凰非瑞。自識者視之, 豈不深可惜而大可歎乎?

古無書院之名, 至唐玄宗, 置麗正書院, 延禮文儒, 發輝典籍。後李渤與兄涉, 隱廬山, 養白鹿, 遂爲洞名。南唐建學館, 以李道爲洞主, 掌教授。宋知江州周述, 以學徒數千百, 乞賜九經, 詔國子監給之。眞宗時, 應天民曹誠, 廣舍百五十楹, 聚書千餘卷, 賜名應天府書院。後朱子守南康, 得白鹿書院廢基, 慨然興之, 有白鹿洞規。是時天下謂嵩陽、嶽麓、睢陽、白鹿爲"四書院"。而松山之鵝湖, 以龔氏之畜鵝而名; 衡州之石鼓, 以李寬之創、宋若水之廣而名; 潭州之城南, 以張南軒講學之地而名; 湘西之嶽麓, 以朱洞之創、周式之長而名。 其餘若龍興之東湖、瑞州之西澗, 皆書院之有名者也。 如嶽麓雖有詔賜院名及中秘書之舉, 而要皆爲群居講習之所, 未嘗有祠享、請額之事。 書院設置之本意, 不過如斯而已。我東自周愼齋白雲以後, 書院之名漸盛, 在儒士爲講學之處, 在國家爲教養之道。 故如退溪先生, 每樂爲之說而勸成之不暇, 蓋亦朱子之意也。 當此之時, 士子得藏修之樂, 風俗有矜式之效, 豈不誠昭代之美事? 而世級遞降, 淳風漸澆, 不但爲儒林肄業而已, 必假先賢俎豆之舉。 或以道德, 或以勳業, 或以節義, 或以文章, 凡於杖屨之鄉及遊覽之所、經過之處, 無不建置書院。 故一人所享殆遍州縣，一邑所建亦至多數。或自上賜額，或私自標號，或獨享，或配至五六，又有影堂鄉、賢祠之稱，磊落相望，非不盛且偉矣。而所可歎者，其所以務此者，未必專出於尊慕先賢之心、講習遺經之意，而或多憑藉所重，恣行私慾，武斷鄉曲，侵虐小民，作爲酒食遊戲之場，轉成傾軋爭閧之習。又其所謂院生，各有定額，而軍丁逋逃之類，舉皆投入，賄賂請囑紛紜橫行，看作淵藪，厥數無限。守宰、方伯，莫敢誰何；朝廷禁令，亦不行焉，故軍政之闕乏、名分之頹敗、民生之困苦日以益甚。當初興學之美意，竟歸傷俗之弊風，寧不痛惜？今欲矯之，則就其疊設者而悉罷撤之，覈其額外生而盡汰歸之，擇拙修勤業者，使之居，而其有無所事而黨伐恣肆者，嚴加法焉，則庶乎其可也。而習俗已成，莫可捄正，奈何奈何？

答膺孫書

汝書言"求聖言於方冊"，又曰"非靜難守"，此外復何爲哉？勉之哉。科期在秋，舉業亦不可不念也。須勿汩沒於俗事，常常回頭喚醒，是所望也。月初差祭，見典祀廳壁上，有詩曰："身是吾身口是吾，行身開口摠由吾。如何將此吾身口，輕動妄言反害吾？"不知誰作，而吾亦曾聞者也。看來甚覺自警，今錄以示汝，汝亦佩服無忘可也。

李忠臣澄玉遺事序

人能決其死爲難，而死得其所爲尤難；有其勇爲難，而勇能以義爲尤難。是故孔子曰："殺身成仁。"孟子曰："舍生取義。"苟能殺身而得其所，舍生而全其勇，則仁與義不外是矣。能仁與義，又何加焉？我端宗朝忠臣咸吉道都節制使李公諱澄玉，是其人乎。公梁山人也，始公之震也，有圓寂山之異，生有至行，事母盡誠，孝子之門，固忠臣之本也。公好勇善射，世宗朝守富州，南襲島倭，北平野人，威振華夷。於是節度使金宗瑞薦以自代。及光廟癸酉，密遣朴好問代之，公行一日曰："節度，國之重任。今匿聲來代之，何如哉？"還趨摔殺之，奪其符，移檄野人，欲請命天朝復上王。行至鍾城，府使鄭種等伏人板上，乘其宿斯右臂，公驚起奪其劒，赤身飛出，左手所擊殺數百人，遂死之，其子亦隨而死。是時光廟嘉死義諸人，特敎曰："今世之亂臣，後世之忠臣。"命籍于《東鶴寺招魂記》，肅廟朝《莊陵誌》具載其事。正宗朝又命設壇配之，每寒食致祭，而同列於十六義士，並稱於六臣大節。斯可謂死得其所，勇能舍生，而庶幾乎仁與義矣，於公又何憾焉？嗟乎！當公起事之時，以一身自任天下綱常之重，固以一死自期，而曾亡幾何，竟副其志，豈非天欲成公之忠耶？今迹其事而想其人之勇之義，誠無愧於當時二百十四人之中。而以朝家樹風聲之義，旣已表揚而祠侑之矣，乃至今獨未有旌贈之典。雖其裔孫之零替，遂至因循，亦豈不爲尚論者之慷慨流涕於亡窮也哉？其後仍震煥哀其遺迹之著於公私文字者及受知於前後聖之實，踵余求弁，余感而書此，俾以請諸立言之君子。上之十三年昭陽作噩流月日。

鋤菜說

無名子獨行園中，見有種菜半畝，而衆草蕪穢，張王驕桀。迺就之，徐披而熟察，則其中未嘗無菜，而爲草所掩，不見天日，瘦弱黃萎，將漸消盡。無名子植杖而嘆曰：「噫！是嘉生也。胡爲至於此哉？彼蒭棷、菉葹無益於人，而孰使之苗且茂哉？吾之終歲不飽菜，專由於爾，其不可赦。」乃次第鋤拔淨盡而後已。菜雖間被觸躝，而存者猶有本色，傾者培之，屈者伸之，已而清風乍至，欣欣然舞其葉如有喜氣。於是意甚豁然，坐玩良久，喟爾曰：「向使菜之始生也，如此其廓如也，則其被雨露也均，其乘生意也遂，朝筐暮襏，助吾鼎俎，之惡草安得而凌之哉？且菜之困於衆草，豈菜之罪哉？不勝於衆草之侵駕也。草之能有無菜之心者，亦豈草之罪哉？不見鋤於怒生之時也。罪在於人，尙何草之可惡，菜之可哀也哉？雖然，往者已矣，今日之得免於荒園亦幸矣。彼一時也，此一時也，又何恨焉？古人有言曰：『蔓難圖也。』今任其蔓也，故卒有芟夷蘊崇之勞，而菜則已病矣。世之人！其毋待蔓也夫！」

客有談古事者，聊記之

奕世富貴之家，產業鉅萬，莊墅、臧獲徧國中，家僮千指，而主人劣弱，不能傳龜襲紫，惟不知飢寒而已。於是豪奴悍僕自相黨結，欺負其主。其主不能制，反畏而謟之，惴惴焉惟恐不得其歡心。故有言而不聽，有使而不遵，有禁而故犯，惟渠輩之所欲爲。凡家中用度，輒擅自出入而偷竊之，罪發則公共庇護而諉諸孱獨之輩，動被捶楚，皆敢怒而不敢言，又媚附之以幸其不見疾。村隣之有求請者，咸奔湊之，而所愛則無不得，所憎則不惟不可得，又構陷而告於主，親好者雖有罪，必解脫之。其出行鄉邑也，藉勢使氣，侵虐劫掠無所不至，而一聞某宅之奴，則吞聲不敢抗。秋而監穫，則盡取以自肥，而其入于主者十不一二，人亦不敢言。權歸於已，而所以用權者，皆狐假虎威也。遠方有老奴聞而痛之，乃裹足謁其主而泣告曰："國有一國之紀綱，家有一家之紀綱。紀綱不立，威權下移，則國必亡，家亦然。今試觀主家爻象，果何如哉？"因歷指奴輩之尤無良若干事而條陳之。"願厲精洗心，總紀綱，覈功罪，其恣肆怙終者黜之，擇謹厚忠實者，任之以事，則庶可以保有世業，而在內在外之奴屬，亦可以各保其生矣。"主不能用，諸奴共怒而目之，不復容接，老奴飢困行乞而去。

有人家江干，見賣生黿者，以錢售而舍之，圉圉然。乃置之淺水中，投以餘飯，數日則潑潑入于江。每食時，則輒出水邊曝顋，主人飼之如前數年，益肥大盈車，遂不復出。又五六年，忽一黃帽郎來謁，曰：「我是向者之黿也。蒙主人恩，欲報無階。今能變化爲人，而主人將有大禍，故來告使避之耳。」主人曰：「恩不足道，但爾能爲人甚善。吾以人而不知禍之將至，爾能來告，是爾有恩於吾也。若之何避之？」曰：「今三日內，必有大水，此村盡爲魚龍之窟，故將舟楫來迎。請急撤家上舟。」主人乃以妻子及家產可移者，移之舟中，其三日之夜，果大雨翻盆凡三晝夜，回顧舊居，則茫茫大海。黿人棹舟出沒於洪濤之中。有一狐漂而迎之，爲乞憐狀，黿人以棹引而上之；又一蛇漂而迎，亦引而上。俄有一人抱一木而呼不已，黿人若不聞也。主人遽曰：「救彼。」黿人曰：「人不如獸虫。」主人責曰：「爾何出此言也？彼狐與蛇尚救之，況於人而可坐視其死乎？」黿人不得已，曰：「諾。」乃接而登之。其人跪于前，曰：「某在死地而公救之，此再生之恩也。無以報，願爲奴終身服事。」主人曰：「見人之危而拯之常也。何德之有？」已而泊于岸，狐及蛇皆跳而走，人獨守不去，乃與之構茇舍止歇。凡有事，其人皆盡誠自任，晝夜不息。日月既久，情誼親密，以心相許，雖兄弟不如也。一日狐來跪而還走，復顧而立，如是者屢若相招然。主人異之，因隨而去，至一處，狐以足爬地而目視。人乃掘之，得大銀甕者三，還與其人乘夜輸致，以置田、宅、臧獲，儼成一富翁。其人乘間言，曰：「我本欲尋故鄉問家室，爲公家事草創，不敢言去。今頭緒已成，請得數日之暇。」主人曰：「曩者吾固勸之去，君不肯，吾亦不忍離。今君有言，惟君之爲。」其人泣謝而去，後十日復還，幹事如故。一日夜半，附耳曰："向者獲銀之事，惟公與我知之。今往彼，已有人知之，甚可怪也。"相與驚異。居亡何，有人來言曰："聞君得吾銀，可如數還之。"仍出示其所記，曰："某年月日，埋銀三甕於某地，甕各幾斤。"主人心以爲："此是狐報恩之物也。豈以有主之物指示而反狼狽我乎？"乃語之曰："君之自記，有誰知之？吾之得來，有誰見之？"其人曰："文迹既明，毋多談，速還我。不者速汝于獄。"怒而去，以券訴于官。官逮而囚之，拷掠甚酷，盡鬻所買及舊有家產以償，而不能滿其數，督之愈力。自分瘐死，仰天歎曰："使吾不獲銀，豈有此禍？夫'財'者'災'也，'貨'者'禍'也，'仕'者'死'也，'宦'者'患'也。世之人以財貨而取災禍，以仕宦而罹死亡之患者，固其理然也。吾見無名之財而取之，其縶也宜哉！"忽有蛇冉冉而前，口吐一青丸而去。取視之，瑩澈異常。因自念"前者得狐之報而不能還埋，致此奇禍，悔之無及。今又得蛇之報，無乃趣吾之死耶？"，欲棄去，且收之。時上適患眼眚，醫言"空青可療"，於是重募求之，而猝不可得。此人曰："蛇所銜者必是也。"乃謂獄吏曰："我有空青，願獻之。"吏以告太守，太守使進之，此人曰："我必自獻于上。若脅之，寧死空青不可得。"太守不得已啓聞，有旨召見，乃進之，一試即效，賞以千金萬戶。上聞以銀見囚，曰："此必其時同輸銀者，爲之謀也。"命執其兩人，還其銀，以見利背恩及強奪人物，竝杖而竄之。

噫！狐之妖、蛇之毒，而有德必報。人而不如，又欲害之，非其忘恩，慾使之也。亶其神矣夫！

有鄉人作農而可以兼年，殖錢而可以適用，視屢空者有間，而不足以富稱也。然性好外飾，務勝人，因而驕侈成習，飲食則非燒酒不對，非好飯、異饌不進，非西草不吸，衣服則非細軟、華美不近，器用則非唐、倭物不取。故有所貿，則必擇極品，不計價；有所之，則必鮮裝怒馬。主人之待之也，異於他客，奴隸輩望之若仙，惟識者知其不久遠也。貧家子見而慕之，欲一如其所爲，顧無錢，乃求乞不問親疏，債貸不拘遠近，猶不足以繼之。於是意欲漸長，肆行非理，尋蹊逕而請囑，結黨友而恣橫，凡欺騙劫偸之事，無所不爲，竟陷于刑憲，覆其家。

摠之，自幼小時，其父母戲愛之太恩，衣食之太勤，惟長大是望。失學遊浪，癡獃驕恣，初無一片識見，而惟心意之所嗜厭，耳目之所好惡，以至於此也。噫！彼富貴傾國者，苟其窮心極欲，則未或不亡，況薄有錢穀者乎？況孱子而效之者乎？此理甚明，人所易曉，而世之人能不蹈其轍者，十不一二。吁！其可哀也已。

江干女年四十餘，以賣酒爲業，其狀則登徒亦唾，其釀則邯鄲可圍。然在商客繫舟之所，故酒易售，產頗饒。且多慾，輒以不義，鉤人之財，或醉人而偸其物，或增券而責其償。人皆畏而愼之。有一富商有事于京，舍於其家，而知其所爲也，故未嘗留券而飲，寄錢而出。居數月竣事，收錢橐之，行有日矣，女乃與其夫謀所以攘之。一日夫佯出，商與衆客宿於外，夜喉乾，就廚中取水。女出曰："客奚爲夜入？"商

214　無名子集

對以故，女忽大呼，曰："客欲劫我！"其夫應聲躍入，急呼眾人共縛之，曰："朝日且詣官。"商雖欲分疏，無可證明。其夫又潛囑隣人，曰："此人雖犯罪，主客之間，亦所不忍。可俟無人，解而逸之遠走，無敢更來。"隣人如其言。商得脫而去，自以爲幸賴隣人得免於死，而不知其墮於術中也。主人乃携其錢橐及雜物而入，夫妻相賀以爲妙計厚福。衆客相與忿歎不已，曰："天下寧有是哉？其女固無可欲，其人亦無可疑，而公然嚇逐，白奪其財，此乃不義之物也。且如此奸賊之家，胡可久淹？吾輩多年勤勞，未必得此，不如取而共分之。"留數日，俟其夫出，夜牛潛入，取之而走。女寤則錢已亡而客室空矣，乃反三日哭，且辱罵以爲"客盜吾錢，人心叵測"。

噫！眼明於錢，計生於慾。誣其人而攘其財，自以爲得計，笑彼之愚，而曾不知傍人之議其後，反爲所笑。悖入悖出，固其理也。世之人有不如商者乎？又有不如賣酒女者乎？天道可畏，毋喜一時之欺人，毋幸目前之橫財。

歎老謠

細語不聞，謂聾也可；
小字莫辨，非瞽而那？
坐偏立僂，髮禿齒墮，
頭目暈眩，神精牿鎖。

若墜烟霧，輒騰痰火，
當言忽忘，能履亦跛。
呼甲爲乙，欲右曰左，
家人誚譏，親知嘲簸。
氣旣不充，志從而惰，
束閣詩書，嗒然喪我。
縱歎腹枵，猶恥頤朶，
北窓風臥，南簷暄坐。
事物不嬰，身心俱妥，
而今而後，庶免於禍。

謝世辭

童蒙求我，匪我之求，
我無可求，誰復從遊？
我欲求人，而人皆羞，
自知也明，知人亦周，
不如閉戶，以拙自修。
李門爭登，杜村獨幽，
裴賓成市，謝酌無儔。
階滿綠錢，溪寂夜舟，
庭草知春，籬菊報秋。
仲蔚蓬蒿，空搔白頭，

袁安大雪，孰揩青眸？
門無剝啄，詩寫幽愁，
水喧如怒，山圍似囚，
鄉原不憾，何殘且休？
迎送已絕，歲月自遒，
底處刺毛，於我雲浮。
有義有命，何怨何尤？
只是難遣，漆室之憂。

答膺孫書

奴來見書，書云不健，可知痎瘧尚未痊可，憐憫曷已。汝父
來後，亦以此病，再罹不差，憂慮實深。吾別無疾痛，但頹
惰轉甚耳。汝以失夏工，停科行云，甚善。吾嘗惡夫今之所
謂士也。不勤科業，不顧家事，鮮衣履，飾外貌，日事出入
浮浪。暨乎科時，則奔走飄揚，如醉如狂，不量綿力，不計
急債，廣張器具，招呼朋類，氣勢生風，如有所挾，不知人
之傍笑。至其入場，則雖所謂隨人成篇者，反不如全仰人者
之猶有倖望，此最可哀。汝能超然於此輩，吾於是喜汝之有
守也。然比諸向人喉下，望其餘唾者，雖若有間，而只以此
便自謂高致，遂無刻厲進修之意，則是自畫自棄，而終不免
於以如此人，強作如此語而已矣，甚不可也。汝鈍且懶，又
不能不汩於家事，此其所以至今無成也。天下事苟立志，則

無不到。汝若恥不若人，讀書飭躬，念茲在茲，則鈍可化爲敏，懶可化爲勤，宂瑣應接，亦不足以撓奪之矣。能如是也，彼區區者功令文字，直餘事耳。吾之所望，豈但在於科業而已乎？毋謂我言耄，勉之勉之。

答眉孫書

奴來得書，知瘧已瘳，家內擧安，深喜。此處雖如昨，乃爺所患，似離不離。亦不大段，但本病是大可憂憫者也。汝書看來，不覺失驚。所見何錯誤至此耶？夫志者，心之所之也。天下萬事，莫不隨其心之所之而以之爲準的。射者志於鵠，然後可以持決拾；釣者志於魚，然後可以施綸餌。舟之指南指北，先決其志，而捩柂開頭，乃可爲也；馬之適燕適越，先定其志，而銜轡鞭鐙，乃可設也。夫子曰：“吾十有五而志于學。”夫以生知之聖，何事乎志？而惟其有此志也，故立而不惑，而至於從心所欲。況以蒙學，而不先立志，則更何以著手用工乎？蓋汝所謂讀書、窮理者，皆從立志上做去。安有讀書、窮理而後，志自立而不失乎？志不立，則口讀尙不能勤，況窮理乎？必待讀書、窮理而責志之自立，則是無讀書之日，無窮理之時矣。心無定向，悠泛度日，而自以爲“我將讀書、窮理，以待志之自立”云爾，則天下寧有是理？先後路逕，顚倒謬戾，外似大談而內實暴棄也。吾於是知汝之終不能立志以成就也。只可歎《廣陵散》於今絶矣，亦復奈何？

且汝言"無人可從游，豈有長進之望"，夫以文會友，以友輔仁，此朋友所以居五倫之一也。而若汝者雖居暗室，俛焉日有孳孳，則有餘友矣。汝既無其志，則雖有嚴師、畏友羅列左右，何益之有？能不追逐於拍肩執袂者，則亦云幸矣。此後吾不復有望於汝，良欲無言。

教孫《史略》初卷，間多不可準信者，記之以備後考

天皇、地皇、人皇，蓋以開子，闢丑，生寅而強立其號耳。然曾氏所記，有未可曉。邵子以一元，分十二會，一會爲一萬八百年，則何以曰各一萬八千歲乎？又何以有十二人、十一人、九人之異乎？其以木德王、火德王，又何以知之乎？註云："木德、火德治天下，凡旂、服、牲、用，皆尚青色、赤色。"此尤可笑。其時有何旂、服、牲、用之各異其尚乎？《爾雅》"太歲在寅曰攝提格"，而十干、十二支，皆有別號，此所謂古甲子也。天皇之時，下距造書契之世，不知幾萬年，則果已有古甲子之名而歲起攝提乎？黃帝畫野分州之前，未聞有九州之名，則何以曰分長九州？而既曰"書契以前年代、國都不可考"，則又何以知兄弟之分長凡一百五十世乎？以《經世書》言之，自寅會至午會，該四萬五千餘年，則何以於人皇之下，謂之四萬五千六百年乎？此皆荒雜、謬戾之甚者也。若但曰天皇、地皇、人皇，各一萬八百年，以標子、丑、寅三會，則庶乎其可也。

○"燧人氏始鑽燧，教人火食"，至神農氏始教耕，則燧人之世，必非稼穡、粥飯之時，而不過是食木實、茹毛、飲血，則恐亦未至於燔黍、捭豚矣。所謂教火食，只是得木實、禽獸，則以火灼爛而食之如今深山獵者之爲也。烏有烹飪之可言乎？註以火食，謂之"烹炊而食"，此以後世之見而未及察也。

○"九年之水"，洪水也。以鯀九載弗績，故謂之九年之水。然鯀弗績，然後禹代之，又曰"居外八年"，然則十七年也。何以曰"九年"也？愚意九年，以弗績之前滔天之時而言之也。禹雖八年告功，其代之也，固已有旣修底績之驗，則所謂八年，特言其居外之久也。但此曰"堯立七十二年，有九年之水，使鯀治之，九載弗績"，以文勢言之，似七十二年之後乃有九年之水，而鯀又九載弗績也。此叙事之不審也。當曰："有洪水爲災，使鯀治之，九載弗績也。"

○以堯、禹爲黃帝五世孫，以舜爲黃帝九世孫，禹去顓頊才三世，舜去顓頊遽七世。史斷以爲不合事情，馬遷之誤，曾氏仍之，是矣。但又曰："堯奚爲以二女下嫁五從姪，而安於同姓之無別乎？"此則恐過矣。上世固異於後世氏、族之各分，同姓之必別，則豈可以此而決其必不然乎？

○於夏之亡，曰："桀走鳴條而死。"註云："在安邑西。"於湯之興，曰："伐桀放之南巢。"註云："廬江六縣，有居巢城，今無爲州巢縣。桀奔於此，因以放之。"此說亦矛盾。夫南巢之說，固載於仲虺之誥；而鳴條之說不見於經。若疑鳴條之或名南巢，則地處迥異；若謂放之南巢，又走鳴條，則涉於臆料。曾氏奚爲分兩處異說也?

○紂始爲象箸，箕子歎曰："彼爲象箸，必不盛以土簋，將爲玉杯。玉杯、象箸，必不羹藜藿，衣短褐，而舍茅茨之下，則錦衣九重，高臺廣室。"夫紂，淫虐貪侈之君也。桀之時已爲瓊宮瑤臺、肉山脯林、酒池糟堤，則曾謂以紂之無道，而猶尚盛土簋、羹藜藿、衣短褐、舍茅茨乎? 今其爲言，有若因象箸而始知其必不土簋，將爲玉杯，因玉杯而又知其必不藜藿、短褐、茅茨，而又有錦衣、九重、高臺、廣室之慮者何也? 夫以鹿臺、鉅橋、沙丘苑臺、酒池肉林、宮中九市、長夜之飲、銅柱之刑，而因一象箸，預憂他日無窮之漸云爾，則其誰曰信然? 人文一開，俗以世降，唐堯茅茨土鉶之風，猶特稱以儉德，則歷虞、夏、殷千有餘年，必不一遵而無變，況紂之浮於桀乎? 或曰："鹿臺等事乃嬖妲己以後，而象箸則其初年事也。且桀爲奢淫，湯能反之；紂復有漸，故箕子歎之，何足疑乎?"此說恐未然。藉使妲己之前紂之惡不如是之甚，旣曰"資辯捷疾，手格猛獸，智足以拒諫，言足以飾非"，則其規橅、氣象，豈肯師堯之儉，述湯之德，身處逆旅之宿，口食監門之養，而不爲桀之所爲乎? 且"必不"云者，以今之未然而謂後之將然也。箕子云云，決無是理。眞所謂盡信書，不如無書也。

○以武王爲后稷十六世孫，亦如堯、舜、禹之世代，皆不足信。

○"師尙父"，註言"其可師可尙可父也"。夫旣曰"呂尙"，又曰"立爲師"，而父音甫，則師尙父之義明矣。況詩云"維師尙父"而諺解亦甚通曉，則於此註之如此，何也？

○《論語》、《孟子》註皆曰"管仲名，夷吾"，而此曰"仲字，夷吾"，亦謬矣。

○"刎頸之交"，謂結爲死生之交，雖爲之刎頸，亦不辭也。註云："刎，割其頸，合爲一人。"未知此何語也。可謂當句內不成說矣。

○"公孫龍能爲堅白同異之辨"，註云："龍著《守白論》，堅白，蓋卽守白，言堅執其說而守之也。龍之辨將合異以屬同，故曰'同異'。"此亦似差。公孫龍嘗與孔穿會平原君家，論白馬之非馬。曰："堅、白、石三可乎？"曰："不可。"曰："一可乎？"曰："可。"故莊周亦曰"惠子以堅白鳴"，蓋以堅、白、石三者爲一，而其問答有曰同、曰異之辨也。如此看之，則極平順易曉，何必曰堅守其白而同其異乎？

○"愛一嚬一笑"註："嚬亦笑也。"按韻書：顰，眉蹙；矉，嚬全。然則嚬與顰、矉同義也。且嚬亦笑，則何爲分而言之乎？註之疏謬如此。

科說 十二

科擧之用情行私

近來科擧之用情行私，無所不至，而猶欲遮人耳目矣。今則試官之受囑，擧子之奔競，文筆之衒售，吏僚之舞弄，公行衆中，略無諱避。如此不已，適足爲壞世道、亂國法之資，相與爲兒戲、優劇而已。然而上不禁斷，下不論劾，拆榜之初，人人只相耳語而目笑，可爲長太息也。今秋增廣，聞入場者所傳，則場外之書入，殆過三分之二，而公肆往來，意氣橫行，句頭之錄納，囑札之傳入，皆於萬目所睹，爭相紛沓。大科則儒生自入譯書之所，書其券；試官分付譯書之吏，擇書某券，故不依收券之次序，惟視某字之第幾，以之了當，以之排榜。且呈券之時，大聲曰"我之呈在於某字第幾張"，使試官聽之，或向試官高鋪其券以示之。其他奇怪之狀，不可勝記，此何貌樣？今有溱、洧褰裳之女，初欲掩欺於昏夜期會，卒乃淫藝於白晝衆中，見金夫而不躬，忘羞恥而自得，人之見之者，亦不惟不以爲怪，乃反慕而效之。今之科擧何以異於是？高麗之紅粉榜，惟取勢家，而試所之蕩然無法，則似不至此之淆亂。使識者聞之，豈應擧之時乎？

今之科法

今之科法，皆依倣舊例，就行私邪，若不革罷，則無可奈何。而至於監試、初試之照訖講及增廣、式年大科之譯書，尤極無謂。蓋當初立法之意甚嚴備。監試、初試則不可使不讀《小學》者濫入，故先期考講，錄名成冊，印帖頒給，使各佩入。大科則收券割封，使吏譯書，然後考定優劣，俾不得以紙面容私。豈不誠謹密？而挽近以來應監試者，有初不入講者，有使人代出者，有使吏出空名帖，一人無數取得者。雖應講者，有初不開口而錄者，有不辨字音而通者，紛沓爭先，塡咽連日。試官、士子俱爲徒勞，帖紙、筆墨皆是浪費。而及其入場之時、出榜之後，未嘗以此憑準，天下安有如許可笑事乎？赴大科者，以文字爲標，以券次爲識，奚必以紙面弄奸？渠自譯書，吏又擇書，奚必以譯書取考？吏勞姑舍，國費無限，而巧妙者外多不得一經試眼，又安有如許孟浪事乎？是皆無毫末之益，而反有難言之害。今執塗人而問之，執在朝在野而問之，孰不以爲流弊、文具最宜亟去？而未聞廟堂以此一番陳達而罷之，何也？或曰："此是四百年流來故規，不可輕議。"是有不然者。在昔監試之裨篇及內打印，豈非良法美意？而以其無益有弊，建白罷之，何嘗以古規而强行之耶？今獨於照訖、譯書而必欲依倣遵守者，未知何意也。善爲治者，隨時捄弊，損益沿革，惟其當而已。若名以古規，永遵謬弊，則病不必醫藥，屋不必修葺，天下萬事更無變通之道，而聖人作《易》之義爲無用矣。豈不大可寒心？

試官

試官，監試、初試三人，外方則一人，監司又差送守令中二人，亦爲三人。覆試五人，大科初試四人，皆有監察。大科覆試七人，又有監試官兩司二人。試愈重則官愈多，蓋欲其兼會心眼，旣公且詳，惟恐或偏於一人之見，或失於一人之私，法意有在。而近來則不擇公心與文眼，專取勢家子弟與衒泥附熱者，故同會一座，各徇其私，殆同共賈而分利。一或有不如其意，則忿戾鬪鬧，角勝而後已。又或有甲取而乙不可，則必懷狠以沮乙之所欲取；乙取而甲徇之，則必懷惠以助甲之所欲求。若一人欲取而衆論不可，則或顯示辭色，或吐實哀乞，終若不聽，則又恐有妨於自己之行私，強而從之。心目各自著急，何暇更顧文之優劣哉？且所同則固可以相濟，而所異則亦有以相換，故一所試官之子弟，必擢於二所；二所試官之子弟，必捷於一所。俗謂之“換手”，是何異於自科其子弟乎？畢竟無一公取，其公然呈券者皆被黜落。以故無論中外，上試則惟恐見賣於參副，參副則惟恐見奪於上試，互相猜測，競施巧慧，畦畛陰森，變怪百出，是豈科試哉？直一貨市耳。以此言之，多差試官，反不如專委一人，私則只濟一人之欲，公則可免他人之欺。而已成俗套，孰能改正？且以賂請狼藉，最被指目者，每作試官，蓋以此輩媚貴勢之術，多在於此；而貴勢家每榜聯擢，無以儒生老者，惟在於此也。彼稍存公心者，安得與於試官之望哉？悲夫！

科場之不嚴

正宗朝，最嚴科場，每當試取之時，必遣近侍及宣傳官，暗行雜於儒生中，以譏其出入，察其關通。而猶各循其私，不復問所畏、所親；其所謂執捉者，只是若干疲殘者挾冊、隨從等末節而已。此已可笑。今則大臣只遣備邊郎，而聞多士所傳，則“初不入場，但坐於場外而還去”云，如此則遣之何爲？今場尤蕩然。監試時，進士之有文筆者，皆爲人外場，亦有入場者。且不但句頭之書納，書札之狼藉而已，酒、糖之賈橫行場中云，如此則設場亦何爲？ 且勢家隨從輩，爭先占接於懸題板下，奪攘鬥鬩，破傘傷人之弊，自前有之，而今番則至於擊刺殺數三人，可謂無前之變。而試官不問，監察不禁，法官不執，朝廷不論，今世雖曰無法，胡至此極？ 只設科之名，膠守古規，而設科之法則更無餘存。未知設科取人之名，足以正士習，明國法，無待於區區古法耶？

監試

監試時，有一進士以外場之無難，不約下輩，自場外授試券於場內儒生，下輩捉呈，不得已移刑曹，刑曹亦不之罪而送之。 又一外場直入欲呈，儒生輩捉呈試所，試官命奪取其券。其人仰面，曰：“此吾之券也，請還之。”試官曰：“苦哉。”卽令還給，曰：“今番外場，誅之則不可勝誅，不如任其所爲。”又一試官見試券自外入來，使其傔奪之。其人怒謂其傔曰：“汝若出場外，則我必泥汝之骨。”其傔乃伏於諸試官之前，曰：“乞活小人之命。”試官使之出去。其傔猶懼，乘夜走匿於其官之家數日，知其無事，乃敢出。又衛將所吏卒輩，濁亂試場，而三人適被捉移捕廳，一人直招外場者之名，二人則抵死不告，蓋勢家之尤者也。 乃幷與所告而不問，只罪其三卒。以故有一外場券入來，則一場人皆相指以爲“彼又入矣”，仍大笑。人皆曰“自今外場不難，雖或見捉，亦無慮”云，此後則似無入場製呈者矣。棘圍與禁亂所，俱極不緊，可笑。

取早之害

取早之害，不但文體壞盡，實爲人命所關。每於科時，曉當開門，則自今朝，各人募有勇力者，持傘席、負場門以待，鬧沓隘塞，脅息忍死。及門開，則如水壅而潰，爭先奔入，互相蹂躙，死者比比。至其占接，則必欲據懸題板下，爭地以戰，至於相殺。此無他，取早之致也。且以科文言之，今之士也皆曰：“文雖陋戾，早呈然後乃可謂觀科，不早則雖珠玉奚爲？”自私習之時，不顧文之如何，惟以急急構成爲主如古人七步、三步、擊鉢、刻燭之爲。無其才而彊爲之，豈成說乎？且預爲各文下方幾句幾行，不問某題，使皆可用，先寫於出題之前。或得預題，則人未見題已先寫完，莫非取早爲痼疾而然也。揚以斷之，則非士子之罪，乃試官之罪也。爲試官者苟能無早無晚，惟文是取，則豈有此弊乎？

近來科作皆不成樣

近來科作皆不成樣，其勢固然。間有稍勝者，必其逢著於袖中稿者也。故科儒皆不勤苦讀做，惟以廣求能文者之私稿爲事，以圖僥倖。私稿亦無所考，則又不得不偸瞻於他接之背後，掇拾於親知之筆頭，爲呈券之計。而亦未必不得，此其所以啓虛懲、無恥之心也。且他文猶可以臨急了當，至於策問，則尤非不讀書、不著工者所可猝辦，故在前則觀策科者絶罕。而一自科擧濫雜之式甚，人人皆以呈券爲主，以竊人之文爲能事，實不知盧·中頭之爲何樣、設·救弊之爲

何物, 而鳩取場中, 段段充續, 豈可謂之成篇? 而試官亦不
知者也, 如此之類或有得參。故皆曰："是無傷也。太上有逕
於試官, 其次有數於天, 何關於文?"彼以策名者皆落; 而如
此呈券者, 反獲高中, 誰能苦心屈首以攻業哉? 良可歎笑。
今科後, 偶見科作, 則策魁之文, 非但全不著題, 滿紙奇怪
而已。 中頭、末端則似爲救弊張本, 而至其救弊則忽作他
說, 兩處所言俱不襯當於捄弊, 而本末橫決, 首尾乖戾。自
有策體以來, 所未嘗見者也。此必搜覓東人稿, 見近似之題
目, 而謄出虛、中頭, 其下則東偸西乞, 不識何狀而湊成汩
董一篇也。豈不令人代羞乎? 又見賦科作, 則題曰"其功倍
於《小學》而無用", 而乃以《大學》做去, 無一語及於《小學》,
此又何也? 文之工拙姑舍是, 不知中頭·救弊之相應、《小
學》·《大學》之不同者, 雖置之榜末且不可, 況壯元乎? 初
試且不可, 況生進之首乎? 受試考之命, 坐多士之上, 享應
辦之供, 執朱筆之權, 寧使之只行私而不視文乎? 攫金者不
見人, 亦無足怪也。所可歎者, 以如此之文, 而擢爲壯元,
謄諸科作, 播示於人, 不但傳笑四方, 貽譏後世而已。此後
科儒皆將曰："救弊尚不知照應, 《小學》尚不知何書, 而且
爲一榜之魁, 文之可否果何與乎? 雖塗抹老鴉, 苟有緊逕,
可以決科。" 其棄文字於笆籬邊, 而專用心於郭墦李蹊也,
如頹波之不可復遏, 豈非今日試官之罪乎?

今之科擧, 直是以虛名爲戲劇耳

今之科擧, 直是以虛名爲戲劇耳。譬如小兒輩以塵爲飯, 以

塗爲羹，曰鼎曰器，謂餅謂糖，或作飲啖之狀，或爲買賣之
樣。見之者孰不失笑乎？今科監、會旣入場，試官令懸索於
庭，呼名越之，蓋欲覈攔入。而及其盡點，餘者尙多，則宜
若盤詰，而遂置不問。然則初命越索者，何也？是以防攔入
之名而爲戲也。又不問外場之見捉者，而使卒呼之曰"今番
多外場，須勿爲之"，是以禁外場之名而爲戲也。何所事於
午前而必出題於過午？是使之乘夜無所不爲而姑以此戲之
也。考之則必取早，而呼於場曰"須善修人事，毋徒欲早呈"，
人誰信之？是使之以虛言相欺，聽之而聊以此戲之也。又先
受試紙，打印於上封或中封，此亦戲示禁外場之名。而場中
之約外場者，出送書題之時，書送上打、中打字，則依此打
入，而印則取之於監察，轉相借用。此則弄奸中之疊弄奸，
而試官實使之也。然則監察亦爲借印於外場者，而戲送之
試所也。又如當入二所者，旣經學禮講而見試官，望欲隨入
一所，則給四百文於四館所，書吏移錄於一所入門冊。國典
元無以病不赴、嫌不赴而陳試許赴，則法不當以陳試更赴，
而今則或請囑於禮堂，或給錢於吏輩，肆然赴試。如遐方人
之以一初試，終身赴會試者，此爲吏輩喫錢而戲爲入門錄名
冊也。諸如此類違法、弄奸之術，不可勝數，亦不可勝知。
然則多官於考試，棘圍於設場，入門官、禁亂官、監察官，
懸題也，收券也，割封也，譯書也，朱筆以考定高下，出榜
以第次甲乙，皆戲也。何以異於小兒輩之塵飯塗羹乎？

春秋到記科

春秋到記科, 自上遣承旨, 收取食堂到記設行。故雖生進, 或未及參於到記, 則不敢入, 況幼學乎? 近來則幼學攔入者相半, 皆爲借述、借筆也。臨軒親試, 威顏咫尺, 而乃敢若是放恣, 其無忌憚可知。以故入場之後, 幼學相呼以"某進士", 曰:"君則爲何榜進士耶?"又語進士曰:"我則當入, 君則以幼學, 胡爲入哉?"相與譃笑, 見者皆哂之。識者之欲廢科不亦宜乎?

面試

今科時, 掌令<u>车達兼</u>上疏言科弊, 請遵<u>英廟</u>朝舊制, 行面試。上令廟堂稟處, 廟堂亦極陳科弊, 至謂"必亡乃已", 請依臺言。上允之。人皆以爲雖行面試, 適足爲吏卒輩益得錢之資。及小大科榜出之後, 大臣無更請, 上亦無更教, 而仍遂如前寥寥。 此奸鄉猾吏之所不敢行之於其守令者而忍爲之, 人多竊笑隱憂, 而朝廷之間更無一言。此必大臣謾爲空言, 以圖虛名, 而不知竟使上之允之, 而亦歸於無實。如是而能爲國乎?

今人更無是非之心、羞惡之端

今世之人, 只是一慾塊耳, 更無是非之心、羞惡之端。上自大官下至小民, 各自行其私意, 不顧廉恥, 不有法紀。日夜所經營者, "何以利吾身"、"何以利吾家"而已。 是故人之恒言, 皆曰:"但得官得錢則好矣。人雖謂之怪漢、賊漢, 亦何關乎?"他人之物，一入手中，則便不還之；法外之事，一生歹心，則必欲遂之。世道至此，更有何言？試以科舉一事言之。世之有文筆者，無不以衒售於富貴家爲事，舍却自己科事，惟擇與錢多者，冒入外場，無所不爲。富貴家之圖占科榜者，無不以搜覓文筆爲事，餂誘鉗脅，賺奪欺騙，必欲不費多錢而橫得好手，如買田購物者之多般籠絡，漸次減削而終亦背之，畢竟怨怒罵絶，有所不恤。其居間行媒者，又奔走兩邊，綢繆合成，及其出錢必取四分之一，殆有甚於駔儈之賣技。爲試官者，無不以肆行私邪爲能事，之其所親愛、所畏事、所賂請而擢取，更不顧其文之如何。以之各充所欲，競誇其能，世皆嗤點，而揚揚然有自多之色。彼吏卒輩之無賴者，又何誅焉？然則一設科，而試官也、文筆巨擘也、勢家也、文儈也、吏卒也、試官之姻族也、外場之主人也，舉蒙其利，國恩之所被者廣矣。"不言所利，而能以美利利天下"，其是之謂歟？

科舉之弊，至於色目之分排而極矣

科舉之弊，至於色目之分排而極矣。我國偏論之源流，其說甚長，姑不暇論，而近來所謂色目有四焉：曰老論也，少論也，南人也，小北也。老論世執國命，盤據權要，而自英廟朝蕩平之後參用少論。故老、少論互相頡頏，凡清要華膴之職，竝居而迭高，內而三公、列卿、銓曹、文任，外而方伯、守令常相半，而南人、小北則擯不與焉。特以故家、大族，不欲全棄，每當都政時，或擬望而亦不過守令中各一人、臺通中各一人、蔭官·初入仕中各一人而已，而玉堂圈錄，亦各予一人。然而南人則率多以嶺南充數，在京者闕如也。是故雖或有勤苦通藉者，苟非東郭墦間，則終身不得一臺通、一殘邑，竟餓而死，其勢固然也。乃至於儒生之科，亦用此術，每年陞學初試，必各付一人，無論泮長之爲老爲少，已成俗套。至於增廣、式年，亦循其例。南、小之自處而自期也亦如此，不敢望非分，而小北之數甚少，南人之數極多，以極多之人，欲望一二之窠，其勢不得不互相妒嫉，謀己擠人，每於館錄、臺通、守令、初仕之當出也，其躁競醜惡之擧，無所不至。至於科時，無論陞學、大·小科，儒生皆若狂。儒生之鑽刺於試官，試官之去取於儒生，忒甚於老、少論，皆分排色目之致也。夫仕路固是銓官爲人擇官之資，而至若科擧，則宜若不至於如此。而外似擇才，內實尋人；佯爲考文，意在逞私。濁亂全榜，極其所欲，而一匙嗟來，俾免全闕，以爲可無向隅之歎，足作羈縻之術。而其幸參者，亦非以其文之足上於一色中也，乃桃李蹊中疾足者耳。且一場之中萬數之券，獨南、小之文，纔有一二張，可以入格，而科科如此，天下安有如許之理哉？蓋今試官之徇私滅公，最是膏肓之根祟，而取早也分排也，又其別症之難醫者也。然而取早則猶必爲之辭曰："取晚則文之第二三手皆得參，不若取早之可得初手。"此固遁辭之不足辨者。而至於分排，則行私之中又深一節，而巧惡無比，用意尤酷。商量四色於一榜之數，最多取老論，其次取少論，其餘一二人予南、小。譬如設方丈於堂上，相與醉飽，而投與殘盂、餘餅於堂下丐兒，則其中眼明手快者一二人，攫取而去，其餘皆無聊背泣，可憐可笑。然則舉一榜，無一不知爲某人之券矣。何必設場而勞多士，費國財；拆封而遮人眼，作戲劇乎？今若不設科而依此法用人，則實爲除煩就簡、去文取實之道，而可用者無不用，不可參者初無裹糧、繭足、貿紙、冒危之弊矣。然而一科字則終欲膠故而印例，信乎假虛名、籠愚民之術，不但狙公之賦芧矣。

余之爲此說，非不極知其空言無補，祗招惡怒，而要使後之人知今日之風習、爻象焉耳。

誓瘖，申前說，更加鞭辟

孰使而遭誶詬？孰使而逢讁摧？
而以而而得此，胡不反而空自哀？
而有而口，而閉而開，
閉卽無忤，開便成災。
而旣知開口有悔，胡不念悔將復來？
而旣知閉口无咎，胡不能牢鎖牙頰？
而旣知節飲食之戒，胡獨於愼言語而忽哉？
而有言人有責，而無言物無猜，
聞所聞見所見，口不道念亦灰。
當而口之欲開，胡不惕思而彊裁？

及而心之或怠, 胡不刮垢而拭埃?

而欲飲瘖藥, 日日須傾三百杯;

而欲錐刺舌, 日日須忍三百回。

苟而心之能堅, 孰驅而而頻催?

爰銘肺而誓死, 俾墨卿而告靈臺。

與韓大司成致應書

居在一城, 而音容杳茫, 反不如曩在嶺外時。黃鵠、壤蟲之
別, 安得不然, 而自不禁想望之懷也。酒者日寒殊甚, 台候
伏惟對時萬重。惓衰病杜蟄, 與世相忘。故每欲一書替候,
而亦未之果, 甚愧不敏。聞台今居皐比, 將行課試云, 柏悅
之餘, 繼之以相愛之憂也。顧今所謂科舉, 皆識者所竊歎,
而至於陞庠, 尤有甚焉。竊想左酬右應之不勝其煩, 而以愚
見爲執事計, 太上不當, 若必不得已當之, 則毋論彼此, 切
勿勞精於取舍, 只觀其文之如何。大公至正, 無有一毫容意
於其間, 則雖有落者之謗, 無愧於吾心, 亦自有公論, 未必
不爲得計。 而不然則雖較量緊歇, 善爲分排, 我既不能無
歉, 人亦易以執言, 當此之時, 雖悔靡及。況台之居此位,
挽近之所未有也。尤不宜強效隣家之矉, 遂踵前車之轍也。
且斯世之弊風陋習, 莫有能超然自拔者久矣。今若以衡心、
鏡眼, 屹然作頹波之砥柱, 則豈非丈夫之一快事而昭代之好
消息耶? 迂拙之語, 似不至於交淺言深, 故聊以此爲獻, 幸

勿笑其耄而深思。如有不然，覆教之又幸矣。不備。

老人昏耄，不知時俗，妄爲此書。其答云："非以執守之不固，誠有力量之不逮。"又曰："當以至意，銘心書紳。"此言自相矛盾，外似伏善而內實欲隨俗也。苟能眞箇銘書，何更爲退託之辭？蓋此事正患執守之不固耳。旣非不固，則又安有力量之逮不逮乎？夫力量也者，謂經綸、事業之運諸方寸而措之施爲也。今此課試之考定，只有公私二字而已。苟其執守之在於公，則斯可以了之，何待乎力量？且較計甲乙之緊歇，分排彼此之多寡，量其畫數之幾何，弄其抑揚之手段，則其心算之奇巧，精神之微妙，儘有無限力量，有非眞率者所可能。而若夫平易坦蕩，只觀紙上之文，無一毫礙滯於胸中，則一隻眼足以辨之，何用力量爲哉？此所謂遁辭，殊可歎咄。

又聞此書出後，人皆笑之，至有語兒子曰"何不諫止"云。甚矣，其悖妄也。事親當不義則諫，有大過則諫。此爲不義耶？大過耶？天下之義理無窮，未知如此之書則義當諫止，而私囑之語則又當贊成耶？且淆薄輕佻之俗，雖好笑人，笑有爲笑，笑何事以爲非也，則是狂國之人，反以不狂謂狂也。以爲空言無補也，則自古聖賢以下，非不知無補而爲空言也。以爲此言之出於吾非其人也，則固不以人廢其言也。今世小有異俗之正論，則必群嘲而共嗤，是何異於優人之以儒爲戲，小兒之以長老爲笑乎？古人有言曰："獲嘲於侏儒者，不以爲辱。"吾且甘受之而已矣。

○有人於此，教讀禮於娼家，勉拜佛於屠兒，則必皆曰"有是哉迂也"。吾之書得無類是耶？吾亦非不知也，然其在愛人以德之道，有不容知而不言，坐視狼狽，故試加提撕矣。彼乃聽我藐藐，竟不能自脫於膠漆之盆，屢遭罵辱，厚被譏議，良可歎惜。吾言不幸而中，今而後庶能知悔否？

井上閑話 十一

世上爲爲事

"世上爲爲事，爲爲不盡爲。爲爲人去後，來者復爲爲。"不知誰所作。泛看似俚俗，而語意含蓄，形容眞切。說得往者去、來者續之至理，最可詠味。

理之不差

"孫子捉魚貫以索，過吾堂下入渠家。須臾厥父持羹進，然後方知理不差。"亦不知誰作，而形容人情、物態。蓋雖祖子孫之間，其差等如此，彼薄於所厚、厚於所薄者，亦獨何心哉？

近世宋家婦人詩

近世有宋家婦人有詩曰："出世初爲季氏史，三家共逐昭公死。惟天與聖終難測，欲見公山又南子。"又曰："商國亡時異於夏，王孫抱器士叩馬。周武若同堯、舜心，定立箕子讓天下。"又曰："《商書》科斗易僞差，放字誰知敎字訛？千古謬傳難改正，亂臣賊子後來多。"讀之令人凜然起敬。第一詩，有子路不悅之意；第二詩，有義士非之之心；至於第三詩，則又別出新意，扶得萬世綱常。想其人品甚高，義理極嚴。雖聖人所爲，亦若有不滿底意，明出處之大節，揭君臣之大義，杜後世之口實，若其詞藻之美，特餘事耳。閨房中乃有如此識見、如此學問，豈不奇且異哉？然《商書》中，只曰"營于桐宮"，曰"王徂桐宮"，初無"放"字；至孟子，始有"放桐"之文。未知此詩何所據而以爲《商書》科斗之訛耶？蓋營桐徂桐，有似於放，故或曰"放"焉。孟子因之而又曰"無伊尹之志則篡也"，其所以爲天下後世慮，懼亂臣賊子之心者至矣。而此詩則又欲竝與"放"字而拔本塞源，固不恤於《書》與《孟子》之同異也。

欠聲討大目

王子安《益州夫子廟碑》，不立作《春秋》一節；杜子美哀張九齡詩，不言論祿山事，俱失畫意。齊威公伐楚，不問僭王之罪；晉廢賈后，不舉弑楊后之罪；李密數煬帝十罪，不及弑逆之惡；駱賓王檄武曌，不言淫亂之醜。皆欠聲討大目，使人不快。惟漢高數羽十罪，最爲明快，但以"負約王我於漢"爲第一罪，失輕重之序，又與第十"爲政不平，主約不信"
意疊。蓋其初無學識，專欲報私怨，故於此首發，又斷斷不
已。其餘皆假大義，以明其爲賊耳。

魏吳起，殘忍薄行人也

魏吳起，殘忍薄行人也，而"在德不在險"、"舟中皆敵國"一
語，雖遠過吳起者，亦不能道。唐杜佑平生治行無缺，而晚
年以妾爲夫人，雖遠不及杜佑者，亦不爲此。是故聖人不以
人廢其言，不以人信其行。

稱病

古人亦有稱病，而要皆不欲見、不欲就而爲之說。自聖賢已
然，無不各有其義，而亦未嘗有歷陳細錄如向醫人求藥者之
爲也。今人於其所厭避，則輒上疏言病，而滿紙張皇備說危
惡之證、醜穢之狀、奄奄然若不保頃刻。人之見之者，皆
曰："今明內，必有卒逝單子矣。"及其不獲辭，或移他職，則
彈冠策駟，揚揚行呼唱於道路。是故雖爲粥流衣落之態，而
君上曾不以是而驚慮，他人皆笑例談之支離，果何益乎？適
足爲眞病者之冤累耳。然而此習成風，無一疏不然，多見其
不誠也。漢郎顗曰："今三公寢疾自逸；被策文，得賜錢，卽
復起，何疾之易而愈之速？"古亦然，今何足責？

雜書

昔人多有雜書以傳後牖俗。其於風雨·寒暖之徵、豐凶·旱

潦之兆與凡世間物事，皆有預占先見之方，作爲韻語，輒成歌詩，言其應驗之孔昭，有若燭照而數計。此必經歷已熟，符合不差，故著爲後來之蓍龜，而積成叢雜，類多矛盾。蓋嘗以是而憑驗，竟無一言之徵信，心竊訝惑，求其說而不得。既不可盡歸之於駕虛張誕，誣天欺人，則空言無實，茲曷故焉？豈天度、時運，有古今之殊而然耶？抑別有參差不合之故耶？要之，如此等書，無益於事爲，有害於誑惑，束閣無妨矣。

陰陽之術

《史記》謂："陰陽之術衆忌諱，使人拘而多所畏。"則拘忌之說古亦有之，而亦不過師旅、營繕、葬遷等大事耳。然而人異術，術多門，吉凶無常。故漢武聚占家問吉日，五行家曰"可"，堪輿家曰"不可"，建除家曰"不吉"，叢辰家曰"大凶"，天人家曰"小吉"，太乙家曰"大吉"，曆家曰"小凶"，則果何適從？《漢書》云："張倉、周伯陰陽二十一家。拘者爲之，則牽於拘忌，泥於小數，舍人事而任鬼神。"《後漢書》云："吳雄喪母，營人所不封土者，葬其中，不問時日。巫言族滅，而三世廷尉。趙興不恤諱忌，每入官舍，移穿改築，故犯妖禁。家人益豐熾，三葉廷尉。陳伯敬行路聞凶，解駕留止；還觸歸忌，寄宿鄉亭，而不過孝廉，坐法見誅。"王正以六甲窮日不出兵，鄧禹因理兵勒衆，獲劉均。晉穆帝納后，欲用九月，九月爲忌月。王彪之曰"禮無忌月"，王洽曰"有忌月，則當復有忌歲"。武康令賀循，禁民拘忌歲月，停喪不葬。符堅南伐，石越曰："今歲鎮星守斗牛，福德在吳，未可伐。"堅曰："武王伐紂，逆歲犯星。"劉裕將拜南蠻校尉，遇四廢日。佐史請遷日，裕曰："吾初不擇日。"北魏武帝甲子日討賀驎曰："紂以甲子亡，武王不以甲子興乎？"唐張公謹卒，有司奏辰日不可哭，太宗曰："君臣猶父子。"出次哭之。宋仁宗將修東華門，太歲在東，不可犯。帝曰："東家西乃西家東，西家東乃東家西。太歲果何在？興工勿忌。"漢明帝時，公車以反支日，不受章奏，帝曰："民廢農桑遠來，復拘以禁忌乎？"唐李愬討蔡軍，吏請避往亡日。愬曰："賊以往亡，謂吾不來，正可伐也。"遂捷。宋武帝攻慕容超，諸將請忌往亡日。帝曰："我往彼亡，吉孰大焉？"遂平廣固。

此皆古人之定論，歷歷可按。而世降俗末，拘忌益衆，搖手觸禁，轉喉犯諱。傳學互效，人理都廢，惑之甚者也。試以見聞之所及言之。凡今之人，無論事之輕重大小，莫不以俗忌爲行止進退，一動一作，一與一受，有若不得自由者然。甚至廢葬祭、停弔哭，奉行謹畏，甚於父母之言、聖賢之訓。丈夫皆然，婦女尤甚，寢食之際、針線之間，皆有占徵，瑣細邪妄，不勝其煩，日用事爲，俱有相掣。因而以此藉口，濟其私意者亦多，如痘疫、產故，則錢財等物，有入而不出；婚未有子，則幣函、衣袱，不借於婁族。此則欲不出不借而爲之說也。痘疫則廢祭，狗猪牛馬產則廢祭，甚則近處有痘疫，廊外有人畜產而皆廢祭。此則誠不在祭而爲之說也。然而人不敢以不出不借怨而非之者，非但習俗之已痼，誠恐其偶或因此巧湊而取咎怨也。又有尤可駭者，俗

忌有"正月初卯日，不納外人"之說。嘗聞一村漢有父異鄉而
居，卯日夜半，來到門前，時值酷寒。其漢迎謂曰："今日不
可納自外來人，可少留於外，俟天明入來也。"其父忍凍露
坐，竟死。拘忌之弊一至此哉？試以出行一事言之，除却三
敗日、三八日、伏斷日、不宜出行日，則吉日鮮矣。一言
以蔽之，曰："拘忌之說，皆誕妄也。"人家若專尚此等說，則
必至於斁倫理、敗事爲、招禍殃，而終亦必亡而已矣。

雜術

非聖人之道，而別爲一端，謂之異端；非儒術，而別爲一術，
謂之雜術。雜術雖異於異端，而其爲非正道則一也。然而謂
之異端，則爲吾道者斥之；謂之雜術，則爲儒術者必加待
之，悅慕尊奉，殆若神明，其故何也？異端而不斥，則得罪
於吾儒，故不遺餘力，而雜術則以爲不足爲害於吾道，而容
有是理也，又各以其欲之所在，而求之於茫昧疑揣之間，故
其惑尤甚。

然古則爲雜術者，業專而精，心一而明。又或有不求知
於世，而處則斂迹，遊則晦名，淡然無私欲。故類多奇妙神
異之名於世而傳於後。今也則不然，無常業而志於欺世盜
名、售術肥己者，各以其意之所欲爲者，略見方書，以資口
舌，不復專心致志，尋求蘊奧。無所依俙髣髴於糟粕，而輒
揚言於世曰："我爲某術，非俗流也。"人情好新，聞而悅之，
競相傳播，以爲異人，曰"今世之倉、扁也"、"愼、竈也"、
"行、詵也"、"唐、許也"、"管、郭也"、"葫蘆生也"、"東方

朔也"。聽者以爲眞有是人復出，千世吉凶，可坐而致也。在城傾城，在國傾國，波奔雲會，以承顏接辭爲大幸。而其言偶然百有一合於已往，則遂信將來之必驗；迕庭而矛盾，則反爲之掩匿覆蓋。又從而微示暗漏，以導其言之中，而語人曰"果神人也"。一絲、半菽，惜分於親戚；而重稛、豐饋，不吝於此輩。彼賺虛名而爲生涯者，遂乃諂富貴而傲貧弱，自以爲操造化，透玄冥，能生死禍福人，而以卑賤化尊貴，以傭丐積錢穀。世人之爲此輩則厚矣，而所以自爲則亦愚且妄矣。

最有可畏者，說相也，談命也，卜筮也。皆逆道未然之事，以爲巧發奇中、挑惑虛妄之資，故爲陰秘之謀者，必締結而聽信焉。鞫獄一起，則此輩未或不與於其間。爲吾儒持身心者，其可以親近之乎？且禍人家者，莫大於風水之說。爲其說者以爲："人家吉凶禍福，無大無小，舉不外於此。"世之惑之者，率多信之如蓍龜，窆新喪、動舊墳，惟其言是從，棄其先塋，徧求吉地，輿尸潛謀偸埋於人所必禁之處。其計以爲"懦劣者可以誘脅，訟爭者可以遷延"，而或遇剛狠者，則必私自掘出，多有投轉於不測之壑。而不知傷痛悛悔，反冀近來守令之輒使還葬其穴，自以爲得計。不然則又顧而之他，長作偸葬之客，白骨飄零，受辱無限，是皆葬師之罪也。山理之有無，姑舍是，設如風水之言"寅葬卯發"，爲人子者，忍爲是乎？旣非人理，則亦非天理也。獲罪於天理而乃欲求福於地理，則縱得天下福地，吾恐其必無驗而反有禍也。此理甚明，人可易曉，而爲慾所蔽，滔滔皆是。然則惑之者之罪也。彼葬師之欺人以爲衣食者，又何誅焉？

雜戲技

世所謂雜戲技，不一。其名曰"圍棋"也、"象戲"也、"雙陸"也、"骨牌"也、"柶戲"也、"從政圖"也、"投牋"也，其餘瑣細不可勝數。而古書所載"彈棋"、"格五"、"梟盧"之屬，今無傳焉，皆棄常業，事遊嬉，無所猷爲，消遣歲月之具也。而又有賭勝賺錢之利，故蕩子、亡賴輩皆趨騖之，喪心性，弊精神，忘死生，可勝歎哉？孔子曰："飽食終日，無所用心，難矣哉。不有博弈乎？爲之猶賢乎已。"爲博弈者或以是藉口，而聖人之言，所以甚言無所用心者之反不如博弈之猶有所爲也。豈眞以博弈爲賢乎已而勸之也哉？孟子以"惰其四支"、"博弈飲酒"、"好貨財"、"從耳目之欲"、"好勇鬭狠"爲五不孝。博弈雖居其一，而實兼此五者，其勢固然也。陶侃取佐吏酒器、蒲博之具，投之江曰："此牧豬奴戲耳。摴蒱，老子入胡所作；圍棋，堯、舜以教愚子；博弈，紂所造。諸君國器，何以爲此？"《北史》曰："周武帝造象戲。"此皆言雜戲之所由始也。

司馬遷曰："博弈，惡業也。"又曰："人謂爰盎曰：'劇孟博徒，將軍何自通之？'"晉祖納好弈棋曰："我忘憂耳。"王隱曰："禹惜寸陰，何必圍棋然後忘憂？"唐令狐綯薦李遠爲杭州，宣宗曰："遠詩曰'長日惟消一局棋'，可治郡耶？"謝混婿殷叡好摴蒱，人曰："謝氏累世財産，充殷君一朝戲債。"甄琛舉秀才，常弈棋通夜，令奴執燭，睡則加杖。奴曰："郎君若讀書, 執燭不敢辭。博弈是何事?"丁謂嗜弈, 問李畋以虛心之法, 對曰:"願弼諧之外, 勿於棋子役心, 虛己牟矣。"呂公著不喜人博, 曰:"勝則傷仁, 負則傷儉。"林逋曰:"棋以不著爲高。"韋曜《博弈論》曰:"不務經術, 好習博弈, 窮日盡明, 繼以脂燭。臨局交爭, 太牢之饌, 韶、夏之樂, 不暇存也。伎非六藝, 用非經國。"法遠曰:"十九路, 迷誤幾多人?"此皆言其無益有害也。

至若阮籍, 其母將死, 與人圍棋如故。袁彦道居艱, 變服絶叫擲帽, 得罪名教, 而反自誇其放達豪快。李道古以棋博, 遊公卿門角賭, 僞不勝, 厚償之, 便佞如此, 而反以得名, 巧宦自得。雜技之誤人, 一至於此, 而古人之論, 何嘗以此爲無妨耶? 試以棋博一事而言之。方其風急西南, 劌心焦神, 碧落之蛛絲遠遊, 枯枝之蝸甲欲化, 則人有言而不聞, 客入戶而不見, 家有急而不知, 其一而苦也如此。苟移之於几案上, 則豈有難解之文、不窮之理乎? 然而爲此不爲彼, 甘其浪費, 樂其虛度, 可謂昧輕重而忘利害矣。世之業嗜此者, 自詑手談、坐隱, 標作高情雅致。乃以王質爛柯於石室, 姑婦對枰於深溪, 巴邛四叟象戲於橘中, 盧山鶴觀聞聲於松水, 隱然自托於仙隱。假使眞有是也, 彼遊戲物外者, 容或無怪。生斯世也, 抛却許多事業, 送了好箇光陰, 而曰"此乃仙技也", 豈不可笑? 縱使如嚴子卿、馬浮明之號爲棋聖, 亦何足尚乎?

又有甚於博弈而毒天下之民者, 所謂投牋是也。不知始作俑者誰也, 而凡今之世, 無論貴賤貧富、京鄉遠近, 舉皆若狂，嘯聚綢繆，罔晝夜頷頷，惑溺則醇醪、豔鬢不足比也，賭勝則一擲百萬不足多也。父母泣止而不聽，國禁申嚴而不戢，朋友責之，反被怒絕；妻子諫之，反肆呵叱。縱使獲贏，得不補失；及其輸也，即地督奪。官錢、國穀，猶可以忍過，而此債則不可負也；喪葬婚祭，猶不足經心，而此錢則不可久也。 於是鬻其田宅，賣其冠佩，褫其衣服而不足，乃盜其家之物，又不足則爲穿窬，爲欺攘，無所不至。名棄於世而不知悔，刑加於身而不知恥，身爲乞兒之樣，貌作奇鬼之形，而猶不能悛棄舊習，見投牋，則癡笑而躍入。蓋天下敗亡之資，莫加於此；而蠱惑人心，亦莫甚於此矣。夫愛其身，矜其名，惜其財，私其家，人之常情也，而乃甘爲促壽喪名、蕩財碎家之歸，何其反常？一二人猶可怪，舉一世無不然，何也？

怪力亂神

《山海經》曰：“東海度朔山，大桃樹蟠屈三千里，東北有鬼門，萬鬼出入。”《風俗通》曰：“神茶、鬱壘兄弟，於度朔桃樹下閱百鬼。”《國語》曰：“土之怪曰羵羊，木石怪曰夔蝄蜽，水之怪曰龍罔象。”《論衡》曰：“顓頊三子無行，一居江水爲瘧鬼，一居古木爲魍魎，一居區隅之間，疫病人。”莊周曰：“水有罔象，丘有峷，山有夔，野有方皇，澤有委蛇，詍詍爲病。”然則凡諸蒙鴻巤岌，杳倏恍惚，若嘯若啼，疑有而無者，不一其名，有萬其狀，不但人死之爲鬼而已也。蓋其無形可見，無迹可尋，而風馬尻輪，變化莫測，未知在梁乎？

在堂乎？在旁笑乎？在道挪揄乎？在燈下爭光乎？蓬頭於廁上乎？扇手於窓外乎？失養而餒乎？強死而冤乎？固已蒼茫然疑於幽昧冥漠之間，而俗又謂鬼之於人，以其好惡，能生死之，禍福之，故其恐懼而尊奉也，加於事親祀先。而婦女之性，易動於如此之說，舍人事而一聽於神，祈禱以冀其降福，禳祓以幸其消災，疾病則不問於醫而訪巫覡，事爲則不循於理而詢瞽朦，惟其言是信是從。乃以各色諸鬼，爲堂室以妥之，製衣裳以象之，叢雜更迭，招聚祠侑，或坎缶婆娑，或甒餅鼎飯。怳若見其風，肅然而來如雲。彼巫也，揣知其入於玄中，輒曰"神怒鬼祟"以恐之，則雖傾家以與之，不吝也。丈夫禁止，則萬方以欺之；正人曉諭，則權辭以外之。妖言怪說，不離於口；左道邪方，不絕於念。畢竟人鬼雜糅，災殃層疊，亡滅其家而後已。其故不難知也。有人於此，日散酒食於人，則貧窮者、乞丐者，將日盈其門。至於鬼神，何獨不然？遠之則自遠，事之則必集，集而不已，必至侵陵，人其安乎？滔滔無識之流，不悟邪妄之足以亡其家，而心一惑溺，惟恐不及，前後相望，莫之或懲。雖其自取，亦可哀也。是故聖人不語怪力亂神。

文稿　册十二

井上閑話 五十一【下又有十九條】

宦侍

成廟朝，一宦侍爲覲親，受由往西邑，所過皆優饋媚悅。及至其家，邑吏告其倅曰："今此宦侍，上所親信，故列邑守令，莫不趨風。況本邑乎？宜別致厚意。"倅曰："宦官往來，豈可私自交結乎？汝旣有言，可略加例問。"其宦大銜之。及歸，上問："本倅何以待之？"對曰："厚待豐饋，出於望外。"後政官擬職於其人，上輒斬點，多年枳廢。一日講筵，語及君子、小人。上曰："今世亦有小人矣。"大臣曰："不審殿下所謂。"上以此事，語之曰："此人以內官之近侍，欲媚之。豈非小人乎？"大臣退而探知其實，後登筵奏之。上卽命斬其宦。仁廟朝，徐挺然爲司僕正入直，忽見別監與一宦侍來，牽出御乘馬，徐問其故，曰："此內侍蒙錫馬之典，故給之。"徐曰："不告於入直官，而以汝意牽去，何也？"命還於廄，擇最劣馬與之。一日上遊玩後苑，其宦與其同類，私語以爲"曩吾受錫馬之恩，往于司僕，則入直正徐某，以上等御乘馬與之。吾賣得三百金"，使上微聞之。上召問其詳，後遂斬點於徐。大臣乘間，奏曰："徐挺然素著剛直，而近久廢棄。敢請其故。"上語以此事。大臣探其實而告之，上命誅其宦。

　　盖此兩宦，揣知明主之意，反語讒間，前後一套。而不知明鏡竟無所遺照，作孽終不可倖逭，小人之腹，類如是矣。然而若非兩朝察邇之盛德、聖讒之夬斷，豈若此乎？猗歟盛哉！當此之時，譖愬何由而售，邪逕何由而開，正士何歎於冤屈，而公論何患於壅閼乎？是眞所謂"於戲不忘"，而四百年維持鞏固，夫豈偶然而已哉？

李忠武舜臣橐鞬

李忠武舜臣初爲權管，有橐鞬甚美。柳西厓使人借之，忠武不可曰："此借之云乎？納之云乎？"西厓聞而異之，始有擢用之意。以今俗言之，忠武必欲納此而得親，西厓必恨怒而斥絶矣。

趙豐原顯命耳掩

趙豐原顯命爲領相時，寧邊府使饋遺宰相以耳掩，而他物亦甚厚。豐原幷與他物而却之。後赴備局坐，見諸宰相皆戴新耳掩，曰："公等耳掩好矣。是寧邊所遺乎？"皆曰："然。"豐原曰："吾則不受矣。"諸人乃皆還之，寧邊遂不調。

此事距今未遠。而今則惟恨外邑饋遺之不豐，豐則超遷，否則擯棄。以此而爲肥己之資、媚貴之具、騰宦之計者，剝割之政，何所不至？其自爲謀則得矣。古人云："生民膏血，安用許多？"爲宰相者，盍亦念玆？

湖南崔正言

英廟朝，吏判李秉常於賀班，見一人衣冠弊破了鳥。使吏往問爲誰，乃湖南崔正言某云。李心憐其以侍從若是貧也。後值行政，適有龍岡之闕，乃以崔首擬除之。崔在旅店聞之，召執吏責之，曰："侍從非有罪左謫，而無端外補，是何政格? 速爲我呈遞。汝判書事駭然如此，而能爲政官乎?"吏奔告于李，李卽肩輿往見，曰:"我憐子窶甚，除外任，不意怒我呈遞，是我之過也。"摧謝不已。崔曰:"公旣失政體，我不得不遞耳。"李嗟歎而去，遂延譽朝著，選玉堂。

此事今纔百年，而觀今人心，惟利是耽，雖以玉署、銀臺、卿宰之貴且富，而一念經營，只欲圖腴邑，旁蹊曲逕，無所不爲。聞崔之風，能無赧乎? 崔固不可得，使今之政官見崔之貧，則侮薄之而已，必無除官之理。聞崔之言，則必曰:"我憐渠而授好邑，不知德我反怒之。爲人如此，安能作腴倅而免飢死乎?"人之聞之者，亦皆笑以爲怪物，肯復躬訪而謝過，延譽而選淸乎?

黃喜貽書交河倅，請買田

有記國初故事云:"世宗朝，司諫院啓曰: 領議政黃喜貽書交河倅，請買田。不宜在百僚之上。"而諫官不以此而得罪，黃相亦不失爲名相。若今世則臺臣必遠竄，大臣必讐視矣。

弘文校理之子

有弘文校理之子，笞居士致斃。監司將償命，而適發巡行。時有山林二人，殺人者之子，意監司之必歷見也，哀乞于一人，則答曰:"我當善爲說辭，期於無事。"其人喜而退。又告于一人，則曰:"我山野病蟄之人。監司之歷見，固未可必。雖或見之，事係請囑，有難發說，恐孤厚託。"其人悶然而退。監司果歷于前一人，其人伏于窓外聽之。通宵穩話，初不發此等說。其人以爲："許之者猶如此。拒之者尚何望哉？"然情理急切，第當竊聽。及其更歷後一人也，又耳於外。數語後，主人曰："聞'某邑有殺獄'云。信否？"監司曰："致命之痕昭然。不可恕矣。"曰："不然。子之聽獄，何其執也？夫今之士大夫，猶古之鄉士、遂人也。其在邑里，固與官長無異，況弘文校理之子，笞一居士，偶致其死，而可償其命乎？"監司初甚難之，竟唯唯而去。其人不勝感泣，入見曰："向者仰託事，竟何如？"曰："此事果係請囑，故不得發說。孤負勤託，實切愧歎。"其人大賢之而退。監司果減其死，前一人乃自以爲功。其二人者之相去何如哉？

古人遇事敢言

古人遇事敢言，不惟其性之剛直，亦上之所使也。聽言而察其心之公私，循理而忘其人之貴賤，可以採用則採用之，可以擢拔則擢拔之，可以優容則優容之，如漢文帝之爲，則凡有一得之見者，孰不願效其愚忠？而後世則不然，外使不諱，而觸諱則怒之；陽示嘉納，而迹疏則棄之。甚則疑其黨私，指爲嘗試，大則誅戮竄逐，小則擯斥廢錮，孰肯置{敕/韭}粉於度外，而輕其身於九重之淵驪龍之頷哉？以故父子相戒，朋友交勉，瘖默成風，婾惰爲習。惟以無得罪於巨室，無露名於一世，歷幾郡，超幾資，爲高大門閭之策。其自爲謀則得矣，如世道何？如生民何？

古人疏箚

古人欲上疏箚，輒奮筆攄意，或犯顏或論人，而未嘗爲人所勸沮。或有人不知而獨爲者，或有衆共止而不聽者，故公直之言，則其文可讀；阿私之論，則爲人所譏。國之治亂、世之隆替繫焉，故人君必以開言路爲急先務，此天地之常經、古今之通義也。一自黨論岐貳之後，世無公議，人有肺腸，只懷利慾，不識義理，以親疏爲好惡，以彼此爲愛憎。欲媚于貴勢，則隨其向背，以爲扶抑而甘作鷹犬；欲護其黨與，則恣其誣飾，以爲樹立而巧肆鬼蜮。或陰受嗾嗾，而陽借搏擊之名；或不辨魚魯，而妄生希覬之慾。以故人聞有一疏，則未見其文，未知何語，而輒曰："是誰之使，豈渠能辦？"此雖由於擧世皆然，而若或有眞出公心，成於己手，則豈不冤乎？世道至此，無乃是亦天運耶？

世無公言

世無公言，毀譽、虛實，皆顚錯謬戾。其所謂是是非非者，若非徇愛憎，則乃是因炎涼耳。有事於此，其是非不翅黑白之易辨，而人之是非之者，每非是而是非。有心知其實而不欲別白者，有厚薄彼此而故爲左右者，有中無所主而徒信人口者，有固守先入而不復究覈者。互傳交應，襲謬增訛，此皆非眞驗形迹而斷制義理也。　不過因其所好惡親疏而曲爲之說，沒其頭顱而理其枝葉，黜其明正而拚其誣讕，是終落於非，而非竟歸於是。雖欲明其眞是非，亦有我寡其口衆之欺矣。不但人事之美惡爲然，至於物之眞僞、文之瑜瑕，莫

不皆然。燕石寶於夜光，學究高於鴻藻，苟不遇西域賈胡與
上官婉兒，則烏能免刖足之冤、傖父之稱哉。吾未知天運
失其度而陰陽幻其慘舒，地道違其經而涇、渭易其清濁，故
人事亦隨而舉失其本色耶？

厲之能報

伯有殺帶殺段，魏其、灌夫共守殺武安，關羽殺呂蒙，王凌
殺司馬懿，刁叶殺王敦，姜岵殺桑維翰，此可謂厲之能報。
而未聞張巡爲厲鬼以殺賊，王良娣爲貓扼武后喉，何也？彼
枉害人者，將畏而懲之耶？抑恃而肆之耶？未可知也。

雜術之惑

中國人每事不如我國之鹵莽，至於雜術，亦多巧發奇中，故
我國人多推數而來。以近世所聞言之，尹趾完則曰"無足可
觀"，李在簡則曰"官止果川"，李勉恒則曰"官至金吾，旣濟未
濟"。尹入閣後，脚病而脫，正直有可觀。在簡官至判書而以
罪竄，行至果川而死。勉恒爲金吾郎，押時偉荐棘濟州，仍
染癘而死。以初頭言之，則尹豈可曰"無足可觀"，李之"官止
果川"云者，亦豈非相左，而至於"旣濟未濟"，則尤何可以解
得乎？及其後來皆驗，然後人皆謂奇妙，此如謠言、讖記之
始昧終符也。推己之數，已則不知何說，而身後使人謂奇妙
者，可謂甚無謂矣。夫此等事，有可以避凶趨吉，則猶之可
也。而如此者，未死之前，長在疑晦之中，有何益乎？且數
已前定，則知亦何爲？眞所謂惑之甚者也。

齊字之韻

李敬養爲國子長，設陞補，出詩題曰"恨不得攝齊游、夏間"而押"齊"字。諸生問曰："齊字，以何韻賦之乎？"李曰："齊字之韻，更何問乎？當以'齊'韻押之矣。"諸生始以"支"、"佳"爲疑而問之，試官之言旣如此，遂以'齊'字韻押之，今考其科作可驗。通津倅金光白當釋菜，令儒生寫祝文，至牲幣、醴齊，以"齊"字讀之，大駭曰："此字音，當以'齋'字讀之。儒生眞無識哉。"時笑以爲"攝齊大司成"、"醴齋太守"，盖徒知"齊"之爲齊整之"齊"，而不知衣下縫之義則當音"粢"；徒知祭之有"齋"，而不知和齊之義則當音"劑"。天下無不對也。然金固武人無足怪，而國子先生寧不羞乎？噫！人可以不學哉？

楊州松山村女

近世有一村女才學非常，爲人之妾，居楊州松山。其觀瀑詩曰："寒團雪席回掀壁，朗碎明珠轉入溪。"其他皆類此，雖號爲能詩者，亦難遽及，天之降才之不擇地也如此。又有一室女及一寡婦，各以一句詩求對，若有能對者，卽欲許身云。室女之詩曰"山花倒水魚爲蝶"，而求對則以"香"字對"蝶"字；寡婦之詩曰"柳綠桃紅春二色"，而求對則以"聲"字對"色"字，而竟無能對者云。二詩皆屬自己，才則才矣，其意近淫，不足道也。

古之爲文章者

古之爲文章者，既有天才，又有篤工，時世且高，故如彼其盛也。今人既無其才，又無其工，時世且遞降而欲匹之。譬如女子雖大聲裂喉，必不及男子，其終嗄而已矣；兒童雖委身極力，必不勝壯者，其終仆而已矣。今考已然之迹可驗。《三百篇》爲詩之祖，而變風、變雅，已不及於正風、正雅。降而漢、魏有漢、魏之體，唐有唐之體，而唐又有初、盛、中、晚之別，宋有宋體，明有明體，皆有下而無高。《尙書》爲文之祖，而自《典》、《謨》至《費》、《秦》，其高下等漸何如也？漢之賈、董、馬、班，唐之韓、柳，宋之歐、蘇，明之王、李，各自爲一代之雄，而其體亦隨時而變。此蓋天地自然之運，而非人所可强也。今夫花於一春之間，自蓓蕾吐綻，至於爛熳離披，又至於衰萎飄落。其形色氣象，漸次不同，理與勢固然也。今人之氣力、才調，遠不逮於古人，而欲效古人之作，雖嘔心瀝血，若非蹈襲葫蘆，必至刻畫唐突，甚則杜撰生硬，不近理不成語。縱使香人口而瞠俗眼，如盛飾婢子終不似夫人模樣也。 蓋詩欲陶寫詠歎，比興諷戒，言有盡而意無窮；文欲通暢明正，撫實去誕，辭無礙而理有餘。故所謂色、響、調、格，皆自此而生；所謂紀律、波瀾，皆自此而起，是則在其才與工。而至於時世，則一日之間，尙有朝暮之異；一元之中，豈無古今之殊乎？故爲詩文者，但當隨其才而勉之，不可强其所不及。不及而强之，則未有不爲壽陵餘子之學步而匍匐也。或難之，曰：「然則今不必學古，而惟鄙俚之是取乎？」曰：「豈謂是也？病夫世之稍有名字者，輒揚眉自高曰‘我爲唐爲漢’，不知者從而推之。吾獨怪其胡不曰‘我爲《周南》、《召南》、《堯典》、《舜典》’，而下就漢、唐乎？夫子曰：‘辭達而已矣。’豈欺我哉？”

夫子答問孝

夫子答問孝曰：“生事之以禮，死葬之以禮，祭之以禮。”禮之一字，將許多事生、事死底道理，包得盡了，非聖人，不能如此說出。然葬、祭之以禮，皆從生事中出來。生事之不以禮者，安能以禮葬、祭乎？今各就其事而略言之。其生也，無違拂，無欺捐，無專行止，無貽危辱，雖不是而不見，雖甚賤而亦敬。若夫飲食之忠養，衣服之以時，疾病之醫藥，特末節耳。其喪也，附身附棺，誠慎勿悔，而無以貧效富。其葬也，無爲觀美，無犯人山，無廣占闊遠，無無故遷移，惟思體魄之安厝而歸土。其祭也，稱家有無，雖一飯、一羹，務致精潔，無苟豐，豐則易不精；無致晚，晚則多不靜。但齋心洞屬，以盡如在之誠，斯亦可謂以禮矣。今之所謂事親則異於是。好惡向背，不從親之志而從己之志；動止事爲，不以親之欲而以己之欲。奉若尊嚴，而心則以無聞知侮之；養若誠勤，而實則以田舍翁待之。別其處所而罕在於側，營其私隱而不使之知，身致富貴，則儼然有自重之態；有才能文，則傲然有自大之色。如此則雖日用三牲，猶爲不孝也。至於犬馬，皆能有養，不敬，何以別乎？及其死也，衣衾、棺椁，強欲踰己之力；朝夕哭泣，不肯以身而行。將欲營葬，則舍其先塋，旁求地師，曾不念體魄之安，只欲得發福之地。謂他日之富貴在於此山，則雖人所必禁之處，輒生偷埋之計，多遭掘轉之患。猶不知懲，又顧之他，乃至久遠祖墳，亦皆屢遷。此雖地師誑惑之致，苟有一半分爲親之心，忍如是耶？祭則既不能稱其有無，又不能潔齋盡誠，專爲觀瞻及餕餘之豐分，非理妄求，東西欺騙，少有忌諱，輒又停廢。如此之祭，祭之何爲？於其生也，不能事之以禮，而獨於喪、葬及祭，有若盡其誠意，備事求乞，多出債貸，爲一時之侈濫。至若小、大祥，則雖懸罄之室，必欲殺牛造果，以侈見聞。及其歲月流易，窮困益甚，錢息倍蓰，無以備償，則一督再督，慢罵醜辱幷及逝者。當此之時，爲親之意安在？古人云：“推生事死，推人事神。”又云：“未能事生，安能事死？”此蓋由於事生，專爲人之眼，故事死亦專爲人之眼。遂至於愛其親之念，不如外物恥不若人之念；安其親之心，不如得地以求後福之心。滔滔流弊，痼成俗習，而莫之非也，反皆效之。未知終如此而已耶？抑有一變至道之時耶？

五過之疵

《呂刑》曰：“五過之疵，惟官、惟反、惟內、惟貨、惟來，其罪惟均，其審克之。”官，威勢也；反，報德、怨也；內，女謁也；貨，賄賂也；來，干請也。五者之中，威勢與賄賂爲甚，而賄賂又尤甚於威勢。故又曰：“典獄，非訖于威，惟訖于富。”此言其訖于富之最難也。穆王轍迹於天下，故能周知物情，曲盡世態如此。三代之時尚然，後世何論？蓋天下之疵，無出於五者，若無此五疵，則垂拱而天下治矣。今之聽訟者，只以五者爲方寸之低仰，不待索言，而不特訟獄爲然，科與宦皆然。科人、官人者，威勢則畏之，賄賂則愛之，女謁則牽於偏私，干請則拘於顏面，德則思所以酬之，怨則思所以極之。故試官、政官之出，人輒曰"勢家可使之也"、"富人可貨之也"、"某某是姑姨姊妹女姪也"、"某某是姻親·黨友也"、"某某有舊恩有世誼"、"某某有宿怨有貳論"、"今科某得某失，某爲壯元，某爲探花"、"今政某爲清要，某爲守宰、某當擯棄"，至於"某爲某邑，某遷某職，某通望，某初仕"，無不鑿鑿相符。又不但科與宦，凡親疏向背、是非毀譽，罔不由是五者。五者之外，更有那箇義理，甚麼公論也哉？豈天之所以生斯民、囿斯世者，固如此付卑，而聖人特設敎以道之齊之，如淸問下民，乃命三后耶？然則聖不復起之日，泯泯棼棼，各逐其欲，亦理之常也。何慨之有？

當宁癸酉式年科

當宁癸酉式年科，退行於甲戌春。先期差送各道試官，以柳榮五爲黃海都事。十餘日，備局草記以爲："榮五乃明經出身也。掌試一道之任，不可以明經出身爲之。請改差而推考不審之政官。"上允之。蓋古則未嘗以明經擬差。近來則不擇能文，惟以徇囑、阿私爲事，公然以秉筆掄才之任，把作討食斂錢之資，每不免苟充濫廁。求之者旣不自量，與之者亦不難愼，以致腥聞盈耳，醜聲載路，而殿最必謂秉公，政注亦復超擢。此固靡靡之習俗，而旣成近例，今日政官，有何超俗之見，能行不世之事乎？不正其本而責其末，其亦迂矣。夫明經之不得掌試云者，以其無製述之工也。今之所謂製述文官，幾盡是借作及第，但習日用之札翰酬應，焉知科文之規式、蹊逕？反不如明經之猶能誦讀經書，則以明經而讓於此輩，寧不冤且可笑乎？是故掌試一出，率不免一世之嗤點，今若無論製述與明經，一一覈其文不文之實而進退之則可也。只以明經謂之不可，則明經中安知無堪爲試官者乎？且明經者苟能存得一分公心，則不猶愈於懵經不恥而徒以關節出榜乎？此必有人欲行私邪而不聽，故言于大臣，或榮五之和癖太甚而銅臭聞於遠也。不然則何爲不言於從前每科，而今又至於十餘日後，乃有此言耶？吾不知柳榮五是何如人，而一榮五不足惜，但恐明經、製述之名號，未足以遽決其可否也。

兩截人

豫讓於范、中行則行若狗彘，而於智伯則抗節致忠；裴矩於隋則佞，而於唐則忠；賈詡爲催、汜謀主以亂帝室，猶侯景之王偉，而入魏以功名終；魏徵爲李密記室參軍、竇建德起居舍人，猶馮道之朝唐暮晉，而事唐以忠直顯，此皆兩截人也。

以爲人主使然，則臣當不有其身，只隨其君用之之如何而變其操耶？賢主用之，則凡邪惡者，皆可化爲忠善耶？以爲後可以贖前，則士當不論其初頭出處，而只觀其末梢出場

耶？人皆可以自謂吾不遇故無所不爲，遇明主，乃爲名臣
耶？以人君言之，當不計佞者、忘君者、歷事者，而以爲爲
我用，則可化爲盡忠不貳耶？又何以逆知其人之必能頓革
其素行，而遽遇以國士耶？誂人之妻者，將取其許我者，而
望其爲我詈人耶？買人之馬者，將求其蹄齧死傷人者，而冀
其在我調馴耶？周武若用崇虎、費仲，則安知不爲周忠臣；
漢高若用丁公、曹無傷，則安知不爲漢烈士乎？然則如之
何其可也？曰：君當隨才而用之，見其不可爲，然後斥之；
臣當先正其出處，大節既失，則後雖有可觀，何足贖哉？

姓氏變改

姓者，所以統其祖考之所自出；氏者，所以別其子孫之所自
分，而因以考其世徵、其族焉。是故人莫不慕爲貴族，而姓
雖稀僻，不得易也；人莫不樂有賢祖，而祖雖幽、厲，不能
改也。殆同長短、妍媸之一定於天生，非若貧富、貴賤之
可容於人力。而後世多可駭可笑之事，棄其姓而以非其姓
爲姓，諱其祖而以非其祖爲祖，外其族而以非其族爲族。滅
絕天理，壞亂人倫，自以爲榮，而不知反爲難洗之辱；自以
爲智，而不知反爲難醫之愚。若此不已，人之得全厥初者鮮
矣。

司馬遷世紀，以二帝、三王、秦、漢，俱祖黃帝，而其
傳歷世代，顚錯謬戾，寔爲誣史之祖。故後之史家，競相蹈
襲，恣爲矯飾，而慕名無識之類，率多追認遠祖，改易姓名。
如三阿王呂光，尊呂望爲始祖不遷之廟。唐自皋陶以下，皆

追撰名爵，　至曰"上御大夫周生老聃"、"五代郭崇韜拜子儀墓"者，不勝紛紛。而至若夷狄自恥鄙陋，常有慕華之心，故其矯誣尤甚。《魏史》拓拔氏，"北人謂土爲'拓'，后爲'拔'"，又曰"拓天而生，拔地而長"。自可汗毛，傳十二代，曰貸、觀、樓、越、推寅、利、俟、肆、機、蓋、儈、隣，乃至詰汾。十二代，皆一字名，惟推寅爲二名，并史臣追撰也。侯景、李知誥，未審所出，令臣下追制其名位，而知誥曾祖以上，取義祖之先。朱溫以朱虎爲始祖。李嗣源、石敬瑭、劉知遠，俱沙陀人。嗣源卽邈佶烈，無姓氏，而其高祖以下，名皆雅馴。　敬瑭以衛石碏爲始祖，知遠以漢明帝子昞爲始祖。皆以己意立其祖、制其名，甚無謂也。蓋古人無難易姓。如陳完改"田"，鄭青冒"衛"，范雎改"張"，田千秋改"車"，疏皙改"束"，奚康改"稽"之類甚多，故譜傳亦皆無稽。張九齡、張說，以親重之故而通譜。黃庭堅、黃渥，旣失譜而復以兄弟合宗。杜正倫求與城南杜同譜而不許。孔至撰《百家疑例》，而以張說近世新族刬去。說子坦怒曰："天下族姓，何預若事，而妄紛紛耶？"晉摯虞撰《族姓昭穆》十卷，而司徒劾之。或以遙遙華胄而爲求官之階，或以販鬻松檟而有賣婚之譏。族於居而"北郭"、"東門"，隨時爲稱；氏於志而"三烏"、"五鹿"，因事成號。此蓋古今通患也。

　我國禮義成俗，庶無此弊，而近世以來，漸多詐僞，至於氏族譜牒，率皆失實。貧窮無行者，常以修譜收族爲名，而巧弄變幻，不一其端。以庶孽而不安本分，自恥其名者，皆去"庶"字。僻姓、孤族不得與閥閱者及來歷不明者，亦皆繼書於無後者之後，賄賂狼藉，謀計狡惡。有母而無母，有嫡而無嫡，無後而有後，無祖而有祖，雜錯濁亂，為世譏笑。是雖自喜舍其舊而新是圖，誣千載而欺一世，其如亂倫紀而乖名分，何哉？

商鞅作法

商鞅作法，舍人無驗者坐之。及亡抵客舍不得入，歎曰："為法自弊，一至此哉？"劉毅敗，夜投牛牧佛寺，寺僧拒之曰："昔亡師容桓蔚，為劉衛軍所殺。今不敢容異人。"盧多遜流崖州，逆旅老嫗曰："盧相令我子為某事，以不從其意，盡室南竄，骨肉淪沒，老身流落山谷。盧相妬賢怙勢，行當南竄，未死間或可見之。"蘇轍謫雷州，僦民屋，章惇以彊奪民居，下州追究，以契券甚明乃止。及惇竄雷州，問舍于民，民曰："前蘇公來，為章丞相幾破我家。今不可。"丁謂譖寇準時，謂與馮拯在中書。初欲貶崖州，忽自疑曰："崖州再涉鯨波如何？"馮唯唯，乃擬雷州。謂之貶，馮遂擬崖州。好事者語曰："若遇雷州寇司戶，人生何處不相逢？"蔡確以《車蓋亭詩》當重謫，呂汲公以左相不敢言。范純仁乞薄確罪，不從。謂呂曰："此路荊棘，已七八十年。吾輩開之，恐不自免。"因乞罷政。

　　蓋天道神明，無往不復，如相酬然，若范公者可謂能知此理矣。然卒不免永州之行，其可畏哉？世人恃其寵位之盛，自以為能生死禍福人。一有論己及異己者，則輒置之死地，以快其意，不知己亦一朝得罪，又復不免。而千古一轍，前後相尋，可哀也已。

于什門與蘇武

魏于什門使燕，馮跋逼令，按其項不屈，跋怒留之。既久，衣冠弊壞，蟣蝨流溢，跋遺衣冠，不受。凡留燕二十一年，乃歸之，魏主策告宗廟，蓋以蘇武之歸使，以太牢謁茂陵爲比耳。曹芳之廢，范粲寢於所乘車，足不履地，不言三十六年，終於所寢之車，比之文文山爲尤難，殆古今一人。然後人徒知十九年秃節，而不知有于什門；徒知三年不下樓，而不知有范粲，何也？豈以所事有漢、宋與兩魏之別耶？人臣之爲其君抗節則一也，烏可論其所處之國與君乎？抑因此而又有可歎者。蘇武官屬，有已降及物故，隨武還者九人，即人人子卿。而常惠、徐聖、趙終根，皆拜中郎，六人史失其名，豈不惜哉？自古以來，或同其樹立，而有顯晦之異；或均其志事，而有升沈之殊；或冒僞者濫廁，而眞正者反湮沒；或庸碌者表揚，而高絶者反委棄。湮沒之不已而或誣衊焉，委棄之不足而或冤陷焉。英雄、俊傑，抱負而不展；高人、節士，隱淪而無聞者亦何限，而世代誰某，莫得而傳，又豈不尤可惜乎？彼《蒹葭》之“所謂伊人”，《白駒》之“其人如玉”，與夫笑叔孫之魯兩生，哭龔勝之楚老父，猶可依俙想像於方冊中影子，亦云幸矣。嗟乎悲夫！

古人不以私害公

梁冠軍將軍呂僧珍，其先販蔥爲業。兄子棄業求官，呂不許曰："汝有常分，豈可妄求？但當速歸蔥肆。"後周周行逢婿唐德求補吏，行逢曰："汝才不堪爲吏，吾不敢以法貸汝。"與之耕牛、農具而遣之。秦王猛托其子皮，以十具牛，爲治田之資。晉劉弘爲荊州刺史，詔以弘婿夏侯陟爲襄陽太守。弘曰："統天下者，宜與天下一心。若必姻親，然後可用，則荊州十郡，安得十女婿？"乃表皮初之勳，以補襄陽。古人不以私害公如此。

今則有子不教，而但美其衣食，驕其志氣。及其長也，雖癡不分菽麥，行不齒士類，文不辨魚魯，無論子·婿、姻·親，必爲之行囑使錢，以圖其科甲，通其宦路。外而腴邑雄藩，內而清要華膴，惟恐其屬歷之不遍，權勢之不隆。視古道，縱不知愧，逆天理，能無後災？

訓戒不可施於非其人

宋武帝藏微時耕具，示子孫，嘗於新洲伐荻，有衲布衫，臧皇后手作也。既貴，付會稽公主曰："後世驕奢，以此示之。"隋文帝賜太子勇菹醬一合，曰："汝上士時食也。若記前事，應知我意。"然而宋文帝見之有慚色，孝武帝見葛燈籠、麻蠅拂，曰："田舍翁得此，已爲過矣。"勇以驕奢，失寵廢。蓋其爲子孫之心，必欲見舊物而思昔時，處富貴而念貧賤，遵守遺風，無墜厥緒。而爲子孫者，鮮有體聽克念之心，反多謬誕侮厥之習，可知訓戒之不可施於非其人也。皇祖有訓，如太康之滅德，何哉？

漢高帝過魯，以太牢祀孔子

漢高帝過魯，以太牢祀孔子，其後帝王多幸魯祭孔子。魏文帝令魯修孔子舊廟，置百戶、吏卒守衛。晉武帝詔太學及魯國，四時備三牲，祀孔子。元魏祀孔子于中書省。梁武帝初立孔子廟，乃州縣夫子廟之權輿。唐武德中，釋奠於太學，以周公爲先聖，孔子配享。貞觀十年，房玄齡議停祭周公，以孔子爲先聖，顔子配享。開元二十七年，追諡孔子爲文宣王，釋奠用宮懸，贈弟子爲公、侯、伯。宋朱子竹林精舍成，率諸生，行舍菜禮于先聖、先師。每晨起，深衣、方履，拜先聖，此以義起者也。元武宗時，加號孔子爲大成至聖文宣王，而至今因之。夫既謂之先聖、先師，則所以尊聖者，至矣盡矣，故歷代因之而無異辭。至唐玄宗，乃追加王號，而元又以"大成至聖"四字加於其上，有若後世帝王之上徽號者然。豈必如是然後，乃爲尊聖之極至耶？朱子之所不言，而後世遽以是加之，何也？嘗見明人雜記："天地日月，皆有尊稱。"此無乃近之耶？且以元主所定遵行之，遂爲萬世不易之號，未見其可也。

崔浩行迹

崔浩始不信老、莊之書，以爲矯誣之說，又非毀佛法曰："何事此胡神？"殆若正直。及爲近習所毀，罷歸私第，乃師事道士。寇謙之受《科戒》及李譜文《圖籙眞經》云"輔佐北方太平眞君"。曰："聖王受命，必有天應。《河圖》、《洛書》，寄言於蟲獸之文，未若今日人神接對，手筆粲然。"勸魏主起天師道場，親受圖籙，即後世呂用之、林靈素輩所爲。後聽閔湛、郗標之言，悉書索虜先世事，立石衢路，自取滅宗之酷。迹其平生，反復無常，矯誣神人，諛悅其君，獲罪於天，故其沽直賈禍，亦天奪其魄也。《北史》乃以爲：「取其妻郭氏所誦佛典焚之，捐灰廁中。後得罪送城南，衛士溲其上，呼聲聞行路，人謂‘報應’。」此愚俗神異佛靈之說也。若以報應言之，浩之禍乃天理之報應，非佛靈之報應也。

忠臣諫君有五義

忠臣諫君有五義：一曰譎諫，二曰戇諫，三曰降諫，四曰直諫，五曰諷諫。夫子曰：「吾從其諷諫乎。」然則諫君之義可知也。古弼奏事，魏主方與劉樹棋，意不在弼。弼侍坐良久，忽起捽樹頭，搏耳毆背曰：「朝廷不治，實爾之罪。」魏主失容捨棋，即可其奏。弼詣公車待罪，魏主曰：「吾聞築社之役，蹇躄而築之，端冕而事之，神降之福。其冠履就職。」南唐太弟景遂，與宮僚宴集，張易有所規諫，景遂方與客傳玩玉杯，不之顧。易怒曰：「殿下重寶而輕士。」取玉杯抵地碎之。眾皆失色，景遂斂容謝之，待易益厚。古、張可謂直諫，而幸遇當時之容受，不然則必以大不敬誅矣。魏文侯起舞曰：「我言而無見違。」師經援琴撞侯，中旒潰之，曰：「堯、舜惟恐言而人不違，桀、紂惟恐言而人違之。臣撞桀、紂，非撞吾君。」文侯不補旒，懸琴城門以爲戒。晉平公出言不當，師曠舉琴撞之，跌衽宮壁。左右欲塗，公曰：「舍之。以此爲寡人失。」兩君受諫旌直之德則盛矣，而兩人者恐不可

以爲訓也。 夫君有過而臣諫之職耳。 是故自古有涕泣叩頭
者, 有折檻牽裾者, 皆發於忠, 出於誠, 期於感回而已。安
有直撞其君, 自謂撞桀、紂者乎? 桀、紂之時, 龍逢、比干
以諫死, 而未聞撞以諫之也。藉曰“不顧其身”, 先失事君之
禮, 何以諫君乎? 若杜蕡之揚觶, 呂誨之喻疾, 其庶幾。而
又有大者, 孟子曰: “人不足與適也, 政不足與間也。 惟大
人, 爲能格君心之非, 一正君而國定矣。”故三見齊王而不
言事, 此不諫之諫乎!

宋沈慶之

人之可恥者, 莫如先貞而後黷, 又莫如譏人而躬蹈。兼之者
宋沈慶之也。時何尚之致仕, 著鹿皮冠, 後復起。慶之曰:
“今日何不著鹿皮冠?” 後以始興公就第, 上使何尚之起之,
慶之笑曰: “沈公不效何公往而復返。”先有四宅, 一夕携子
孫、親戚, 徙居婁湖, 以四宅輸官, 優游無事, 非朝賀不出
門, 可謂畏愼之至。而八十之年, 再出於昏亂之世, 發柳元
景、顏師伯之謀, 誅夷江夏王義恭, 身亦不保, 安在其畏愼
也? 吾恐蒼頭公之狐皮帽, 未可笑人鹿皮冠也。無或命途如
此, 終有不得自由者耶? 世之被人一論, 便解官歸臥, 若將
終身, 畢竟又復作前日貌樣者甚多。若使此輩聞沈慶之事,
則亦必以爲可恥矣。

男女之慾

男女, 人之大慾所存。故苟其無別無禮, 則放蕩無行, 才秀

巧邪者，必至於淫泆而亂族，此聖人所以使之七歲不同席，而以無別、無義爲禽獸之道者也。　自古中冓之醜，紀傳所載。如聲孟子之慶克，燕文后之蘇秦，秦宣太后之義渠王，莊襄后之嫪毐，漢呂后之審食其，館陶公主之董偃，趙飛燕之赤鳳，竇太后之都鄉侯暢，晉賈南風之程據，秦苟太后之李威，齊何妃之楊珉，梁徐妃之暨季江，魏高后之楊白華，胡后之鄭儼，馮太后之李弈，北齊胡后之和士開，唐武后之薛懷義，韋后之武三思，楊太眞之安祿山，皆出於男女之慾、禽獸之道。　而至若《詩》之《墻茨》、《鶉奔》、《敝笱》、《新臺》等篇，傳史之晉辰嬴嬖於二君、楚平王取太子建妻、齊桓公姑姊妹不嫁者七人、漢惠帝張后、吳主休朱后、魏主丕納漢帝二女俱姊女、丕又悉取魏武宮人自侍、唐太宗納巢剌王妃、高宗立太宗才人武氏、玄宗納壽王妃之類，皆瀆亂倫紀，自上而始。　又如宋孝武、魏孝武、高洋、楊廣、朱溫之屬，尤不可道也，然而此皆男與女也。而最有不可知者，如魏文明馮后之幸宦者符承祖，孝文馮后之私宦者高菩薩，是何故也？又有不可知者，男色是也。安陵、龍陽、向魋、彌子瑕、鄧通、董賢、林仁遇、陳子高之屬，見於傳冊佞幸之篇，史不絕書。夫以人君之貴，御三千之後宮，且天下多美婦人，何必比于頑童，然後快於心乎？史謂："咸寧、太康之後，男寵大興，甚於女色。士大夫莫不尚之，海內傚效，至於夫婦離絕"沈約懺悔文云："淇水上宮，誠云無幾，分桃、斷袖，亦足稱多。"陶穀《清異錄》言："京師男子，舉體自貨，迎送恬然。"則知此風唐、宋已有之，吁可怪也。豈所謂天下萬事無所不有者耶？

怒生於愛

人莫知其子之惡，蓋溺愛而不明也。然或有以知其惡，則愛變而怒，其實怒生於愛也。人之於子，愛而不教，長其驕恣，及至惡不可御，痛傷其心則怒。故《書》曰："子弗祗服厥父事，大傷厥考心，于父不能字厥子，乃疾厥子。"疾者愛之反也，而愛者疾之本也。石虎太子邃與宣，相繼誅死。虎曰："吾欲以純灰三斛，自洗其腸。何得專生惡子？"劉太后疾篤，使呼廢帝子業。曰："病人間多鬼，那可往？"太后怒謂侍者："取刀來剖我腹。那得生寧馨兒？"此兩語意相類，殊痛切。然原其本，則愛有以致之也。何及矣？何益矣？

戲謔

孫皓常使侍臣嘲弄公卿。宋孝武狎侮群臣，常調戲，多鬚者謂"羊"，以王玄謨爲"老傖"，劉秀之爲"老慳"，顏伯爲"齹"。子業效之，常謂東海王禕爲"驢王"，後明帝以禕爲廬江王，蓋戲之也。夫詼諧戲謔，蕩子無賴輩所事，決非士君子之所宜爲也。凡人且然，況君而戲臣乎？宜其不永世也。今人與人交，以戲謔爲親好之資，拍肩執袂，嘲嗤詼諕，務爲鄙俚之語，相學僞騙之態。見長老則嗤之爲迂野，惟周顗之言戲穢雜，楊億之嘲誚狎侮，是則是傚，乃至相呼以子，互辱其母，不然則以爲不親也。以故端士日以疏擯踽涼，雜客日以橫行快樂，彼吳、宋之相戲，視此猶爲雅耳。噫！教化之不明，習俗之易染，乃至此乎？

謝朓之要譽

自古如周顗、常秩、陳叔易輩，捷徑於終南，小草於遠志者甚多，世謂先貞後黷。而皆只是不尋《遂初賦》，或爲元規所賣耳。若沈慶之之笑何尚之而反有甚焉者，固已可怪，而至如謝朓，尤不可曉。始蕭道成以朓有重名，必欲引參佐命，以言諷之而不從。及篡，朓以侍中，當解璽綬。朓曰：“齊自應有侍中。”乃引枕臥。傳詔使稱疾，朓曰“我無疾”，遂朝服步出東掖門，後仕齊爲尚書。及蕭衍將篡，徵朓爲軍諮祭酒，不應，忽輕舟詣闕，拜司徒。此眞所謂索價高者，而每一革命，輒始靳而終投，其心迹之巧詐，反不如馮道之猶爲無外飾也。蓋朓兄弟，專以容默苟全爲心，鬱林王廢，吏部尚書謝淪，方與客棋，聞變每下子，輒云“其當有意”，竟局還齋臥，終不聞外事。宣城王謀繼大統，朓以侍中，求出外爲吳興太守。指弟淪口曰：“此中唯宜飲酒。”遺酒數斛曰：“可力飲此，勿豫人事。”淪以長酣爲事。其只爲身謀，視君廢國亡，如越人之於秦人肥瘠如此。夫當危亂之時，則退若高臥；及事定之後，則進占好官，將焉用彼哉？世之負重名而釣虛譽，竊吹濫巾，假容纓情，不識不知，坐取縻爵者，其謝朓之傳法沙門歟。

古人重氏族

古人重氏族。氏以辨祖，族以別類，故宗法不亂，世系以明。

然有賜姓而變者，董父擾畜龍，舜賜姓曰"董"，氏曰"豢龍"，劉累學擾龍于豢龍氏，夏孔甲賜氏曰"御龍"。又有若項伯、婁敬之"劉"，徐世勣、安抱玉之"李"。有以官爲氏者，趙括之後，因馬服而爲"馬"；李陵之後，因丙殿而爲"丙"；越之後，食采於歐山之陽，而爲"歐陽氏"；倉庫吏之後，爲"倉氏"、"庫氏"之類也。有冒姓者，鄭季通衛媼生青而姓"衛"之類也。有不知姓而自定者，老子生於李樹下而指以爲姓，竟陵僧得兒於水濱，而自筮得"鴻漸于陸"，以"陸"爲姓之類也。有因事而改姓者，第五倫其先齊諸田徙園陵，以次第爲氏，葛氏居琅琊諸縣，因稱"諸葛氏"，周封高陽之後於邾，子孫去邑而氏"朱"。宋亡，宗室劉凝之奔魏，慕伍員復讎，改姓"員"，唐員半千其後也。木華，端木賜之後，避仇去端爲"木"。京房本姓李，因卜而改；眞德秀本姓愼，因嫌而改。范雎以逃竄而改"張"，田千秋以年老，乘小車入宮省而改"車"。馬宮本姓馬矢，束晳本姓疎，嵇康本姓奚，陶穀本姓唐，文彥博本姓敬。魏孝文以黃帝土德，萬物之元，改姓"元"，此類甚多。而至於梁鴻隱遯，改姓"連期"，無謂甚矣。如此則氏族何以明，而宗系何以不紊乎？ 自拓跋入中國，以索虜諸姓，重複奇僻，紛紜改易，遂亂華夏。至"宇文氏"，又以功次爲三十六姓及九十九姓，而士卒皆從其將，散亂無紀。天下之人，隨時爲某姓而已，而複姓則若"乞伏"、"禿髮"、"沮渠"、"赫連"、"尒朱"、"僕固"、"完顏"、"奇渥溫"之屬，見於史者，又不可勝紀。 而後世惟"長孫"、"叔孫"、"達奚"、"豆盧"、"尉遲"、"獨孤"、"屈突"、"宇文"、"慕容"、"紇干"、"拓跋"、"賀婁"、

“万俟”、“伊婁”、“似先”、“{足＋夾}跌”、“賀蘭”、“哥舒”，可辨其爲虜姓。三字姓多省字從簡，而“侯莫陳”、“可朱渾”二姓，至唐末猶存，大抵姓氏之亂極矣。我國雖無顯然改易之事，而文明太過，外飾已甚，近世以來，專事詐僞，稀僻之姓、荒陋之蹤，恥其不得與於顯族，率多暗地用巧，紊亂譜牒，換改父祖，以自附於聞裔。又若卑賤之流，或有不明其父而冒姓者，或有失離逃棄而謂他人父者，皆不可知其所自，則反不如古昔改姓者之猶可驗其本也。可勝歎哉？

古人命名，多不雅者

嘗見東人雜記，曰：“古人命名，多不雅者。醜、惡、疾、暴、破、敗，佞夫、妄人，不避隱疾。晉謝莊以風、月、山、水、景，取其旁名五子，誕矣。程殺鬼、孟噉鬼最兇强，趙鬼、馮魂最妖邪，司馬犬子、梅蟲兒最醜辱，楊文宗、姚文宗、韓顯宗、唐世宗、李元宗、李仁宗最觸犯，劉木、趙草最賤俗，梁飢、莫寒最困苦，乞伏孔子、楊孟子最冒濫，蠑螽、張豺、田狼、梁犢、靳豚、翟鼠、姚驢最卑陋。”此固然矣。抑在人不在名，或有名雅美而行不副者，豈不愧於名賤陋而行可取乎？然自古重命名，亦不可不愼也？今賤人之名，每多夷狄、禽獸、畜物、穢惡之屬，俗謂“如此則可壽”，士大夫亦或以此類爲小字，至於爲子孫者，難於諱避，被人嘲笑。此皆陋俗之妄也。人之壽夭，定於有生之初，豈有以名延命之理乎？必若以此而得壽，容或可爲，而名雖極其駁悖，亦不免於夭。宜可以鑑而每相襲，可怪也。

婦人之卓識高見

唐狄仁傑候姨母盧氏，表弟挾弓矢，携雉兔歸。仁傑曰："我幸爲相，請以弟補官。"盧曰："老身止一子，甘守貧賤，不欲事女主。"狄公大慚。魏苻承祖用事，姻親趨附。從母楊氏謂其母曰："姊雖有一時之榮，不若妹有無憂之樂。"與之衣不受，或受而埋之，與之奴僕，則曰"我家無食，不能飼也"。承祖遣車迎之，不肯起，抱置車上，大哭曰："爾欲殺我。"苻氏號爲"癡姨"。及承祖敗，獨免。若此兩婦人者，其卓識高見，眞不可及也。世之丈夫自謂知識過人者，舉皆蠹附權門，昏夜求媚，以圖進取。又爲子弟求官，惟恐不先於人，橫妒、巧讒，無所不爲。況姻親間，有可以攀援乎？雖自以爲得計，畢竟不免於禍。世之婦女，惟知富貴之可以因人而得，或有幽陰之逕，則百計媚悅，勸其夫與子，乘機暗售，無或見忤。苟其稍能自守，不肯爲向火之乞兒，則輒訕詈以爲"性好貧賤，終必餓死"。聞盧、楊之風，寧不愧乎？噫！知愧者亦鮮矣夫。

殺人以邀利者，率皆反受其殃

殺人以邀利者，率皆反受其殃。沈充旣敗，入故將吳儒家。儒誘納重壁中，笑謂曰："三千戶侯矣。"充曰："爾以義存我，我家必厚報；若以利殺我，汝族滅矣。"儒殺之。後充子勁，竟滅吳氏。爾朱兆入洛，城陽王徽以舊恩抵寇祖仁，齎金百斤、馬五十匹。祖仁利其財，殺徽詆兆。兆夢徽謂有金二百斤、馬百匹在祖仁家。兆徵其金、馬不滿數，懸首高樹，捶之至死。宋明帝既誅晉安王子勛，待世祖子孫如平日。建安王休仁言：「松滋侯兄弟尚在，非社稷計。」於是悉誅世祖二十八子，後帝誣休仁謀逆賜死。齊明帝時，始安王遙光勸帝盡除高、武子孫，後遙光謀亂，臺軍斬之。自古如此類甚多，可謂報復之不差。而又有卽其地受其禍者。元凶之變，張超之弒帝于合殿。及武陵王入討，超之走至合殿御床之所，爲軍士所殺。晉安王敗，陸超之端坐俟命，超之門生，希賞斬超之。及殯，門生助舉棺，棺墜折頸死。路巖譖楊收，賜死江陵。後巖賜死，乃收賜死之榻也。李荇以春州惡地，勸趙普貶盧多遜，未幾荇得罪貶春州死。楊彥洪勸朱溫殺李克用曰：「胡人急則乘馬，見乘馬者射之。」彥洪適乘馬在前，溫射之殪。天道之神明，若是其巧，而小人每貪目前之利，曾莫之懲，豈不悲乎？

女子之官職

天先乎地，君先乎臣，男先乎女，剛柔之義也。孔子曰：「婦人，伏於人也。無所敢自遂，及日乎閨門之內，事無擅爲，行無獨成。」是故自古有聖女、賢女、烈女、才女之稱，而聖帝、明王，未嘗有縻以官爵如朝臣者，誠以陰不可以抗於陽也。蓋女子之職，惟在於酒食、蠶織、門內之事而已。雖有智、勇、才、慧勝於男子者，但當輔佐君子，勸其不及，終不得輒與於男子之列。此聖人所以順男女之際，垂牝晨之戒也。及至亂政之世，乃或加以官職，侈其稱號，皆不可道也。漢成帝時，有披香博士淖方成；桓、靈時，始置女尚書；魏明帝因之，置女尚書六人；石虎時，有女尚書。而女侍中則元魏有元叉妻胡氏，齊有高岳母山氏、趙彦深母傅氏，高齊有陸令萱，南漢劉龑有盧瓊仙、黃瓊芝。女學士則陳後主有宮人袁大捨等，唐文宗有貝州宋氏五女若莘、若昭、若華、若倫、若憲。女博士則宋孝武有韓蘭英，女校書有薛濤，女進士有林妙玉。內將軍有唐韋后時賀婁氏。司綸綍者，唐上官婕妤；司史事者，漢曹大家。封侯者，女列侯、陰安侯、漢高丘嫂、鳴雌亭侯許負、魯侯底氏子奚涓母、臨光侯呂嬃、蕭何夫人鄷侯。女將軍晉王廞女貞烈將軍，顧深母孔氏軍司馬，唐衛州女侯氏、滑州女唐氏、青州女王氏果毅、陳女白頸鴉，爲契丹懷化將軍。女執國政者，齊陸太姬；主兵者，唐平陽公主、高凉洗氏。又有詐爲男子，有官位者，齊揚州議曹錄事婁逞、唐昭義軍兵馬使國子祭酒石氏、朔方兵馬使御史大夫孟氏、蜀司戶參軍黃崇嘏。此類甚多，婦女輩以此輒誇爲勝事，丈夫亦多歆豔，此豈可以爲訓乎？程子曰："羿、莽之篡，猶可說也；女媧、武曌之亂，不可說也。"朱子稱太姒之聖，而必本之於文王。觀此則其意可推而知也，曾謂以婦人與丈夫竝驅爭雄而可取之乎？

晦名而懼譽

漢北海王睦，聞中大夫稱其忠、孝、慈、仁、敬賢、樂士，

曰："子其危我哉。"魏北海王袞,見文學防輔表稱其美,大
驚懼曰："適增負累。"此皆宗班之能畏慎者。而凡世人率多
以人稱譽而危其身,故識者必晦名而懼譽,不然則鮮有不及
矣。蓋寬饒以犯許、史輩而得罪,鄭昌救之,曰："上無許、
史之屬,下無金、張之託。"此語益激宣帝之怒。蘇子瞻以名
太高,被朝廷之忌,張安道救之,曰："其實天下之奇才也。"
東坡見之吐舌,子由以爲正得張恕之力。古人畏名,良有以
也。彼矜己而傲人,喜譽而愎諫者,皆禍之媒。而方且飾僞
而售衒,有其實者尚可畏,況虛乎? 可謂愚也已矣。

韓魏公之愛人以德

東坡中制科。英宗卽欲授知制誥,韓魏公曰:"軾,遠大之
器。要在朝廷培養之,使天下莫不畏慕降伏,然後用之,則
無異辭。今驟用之,適足累之也。"乃授直史館。坡曰:"韓
公可謂愛人以德矣。" 以今世言之, 在韓公爲沮人宦路矣,
在蘇公必銜之而報之矣。

唐介爲御史, 論文彥博

唐介爲御史,論:"文彥博專權植黨,交結宮禁,知益州,日
以燈籠錦,媚貴妃致相位。今又以宣徽使,結張堯佐。請逐
之。"貴妃,堯佐姪女也。仁宗怒召二府,以疏示之。介面質
彥博,曰:"彥博宜自省。卽有之不可隱。"彥博拜謝不已。
詔送臺劾之,彥博獨留再拜,曰:"御史,言職也。願不加
罪。"遂貶介英州別駕,明日罷彥博相。後再相, 御史吳中

復請還介。彥博言：“介所言，亦中臣病而責太重。願如中復言召之。”若子方者，眞可謂言官；若潞公者，眞可謂宰相矣。能如是也，天下何患不治平乎？若今世則雖百唐介，必不敢爲此等言，遭言者雖引入而恨其罰太輕，嗾人構其罪，必欲置之於死。方其面質也，必掩諱分疏，盛氣忿詈，肯拜謝不已乎？其迸劾也，必極意鍛鍊，肯救之乎？其再相，而吳中復之請還也，必指吳爲黨而坫陷之，肯自引而薦用乎？

唐介之公議

張堯佐姪女有寵於仁宗，堯佐驟進，唐介上疏引楊國忠。又與包拯、吳奎等七人論列，上奪堯佐職，加介六品服，以旌敢言。未幾復除堯佐宣徽使，介又爭之。上曰：“除擬初出中書。”介遂言文彥博媚貴妃結堯佐，請逐彥博、相富弼，又言吳奎觀望挾奸。上怒急召二府，示以疏，介面質彥博。樞副梁適叱介下殿，介諍愈切，上大怒玉音厲。蔡襄曰：“介誠狂直，納諫人主美德。必望全貸。”遂貶英州別駕，明日罷彥博、出吳奎。遣中使護送介至貶所，戒毋令道死，又賜金，又畫其像于便殿。夫以一介孤忠，面折廷爭，不有貴妃之寵，不顧宰相之尊，犯雷霆之威，甘鼎鑊之戮。非素養於稟天之氣，憤激於滿腔之血，能如是乎？而仁宗以公正之心，臨清明之朝，雖甚怒而實嘉其忠直，雖薄貶而兼示其旌褒，前後恩榮，眷眷不已，此聖主也，其庶幾乎“有言逆于汝心，必求諸道”也。有君如此，有臣如此，私逕安得不絕？公議安得不伸？天下安得不太平乎？使介不遇仁宗，則言出口而族矣。假使不死，必竄遠惡地，不復還，又必疑富弼所指使而株連矣。又必以吳奎、梁適爲文黨，以蔡襄、吳中復爲唐黨而陞黜之，安有加服護送，賜金、畫像之異恩乎？

魏其、武安相毀

魏其、武安相毀，上令廷辨之。罷出，召御史大夫韓安國載，怒曰：“與長孺共一老禿翁。何爲首鼠兩端？”韓曰：“君何不自喜？魏其毀君，君當免冠、解印綬歸，曰：‘臣以肺腑，幸得待罪，固非其任。魏其言皆是。’上必多君有讓，不廢君。魏其必內愧，杜門齰舌自殺。今人毀君，君亦毀人，譬如賈豎、女子爭言。何其無大體也？”武安謝罪曰：“爭時急，不知出此。”晉王濬進見，每陳功伐。范通曰：“功則美矣，恨所以居美者未盡善也。公何不於旋斾日，角巾私第，口不言平吳事，有問，輒曰：‘聖主之德，群帥之力。老夫何力之有？’”曰：“不能遣諸胸中，是吾褊也。”韓、范之言固長者，而田、王之聞言卽謝，豈不賢乎？今人則行己、作事無狀，而遇人抨彈，則對章分疏，苟且張皇，而又吹覓反噬，如街兒之戟手互辱。有小勞則必虛張妄增，大言不慚，必欲居人上而攫厚賞，人或立異，戰若仇敵。假使有韓、范之言，必將曰：“我豈公然屈於人乎？爾必彼黨，欲游說我也。”怒而絕之，肯如田、王之摧謝乎？

古人多夙成

古人多夙成，今略以出世需國，見於傳記者而言之。蒲衣八歲爲舜師，皋子五歲爲禹佐，伯益五歲掌火。甘羅十二使趙爲秦上卿。閭丘邛十八道遮宣王願仕，曰："顓頊十二治天下，項橐七歲爲聖人師。"賈誼十八河南尹吳公舉之。李息八歲爲材官將軍。　王尊十三爲獄吏。　臧洪十五拜童子郎。謝廉、趙建十二通經拜童子郎。任延十二顯名太學，號"任聖童"。　蔡伯晞三歲應神童之薦，拜秘書。崔悛九歲應秀才之選。　摯瞻年未三十爲四郡太守。　王敦以爲萬石太早。裴楷、王戎二童，選吏部郎。王承七歲通《易》，十五對策。徐勉六歲爲文祈霽。　簡文面試，攬筆立成。　劉晏八歲獻頌稱"國瑞"，十歲爲秘書正字。李泌七歲答方圓動靜，張說賀得奇童。張童子十二明二經登科。裴復十四上時雨詩，代宗以爲能。楊億十一，太宗親試一賦、二詩，送中書再試，宰相表賀，拜秘書正字。　晏殊十二，眞宗面試詩賦，除秘書正字，令於龍圖閣讀書。李獻臣十二迎眞宗駕進頌，令赴秘閣讀書，賜進士及第。宋綬十五召試中書，眞宗奇其文，聽於秘閣讀書。賈黃中七歲爲神童及第。錢希白十七舉進士，御試三題日中而就。王拱辰、汪應辰，皆十八作大魁。楊於陵十九登進士第，再登博學宏詞科。明洪鍾以四歲舉，李東陽以五歲舉，皆入翰林。程敏政、楊一清，俱以八歲舉，而楊廷和以十二歲舉孝廉於鄉。此皆靈心、慧性，秀異拔特，如驊騮作駒，已有汗血之奇；豫章出地，自抱凌雲之氣，固非駑駘、樗櫟所可幾及也。及至衰亂之世，不問其才，官人以世，席寵根據，恩澤紈袴，孩童嗣職，傳龜襲紫。若董卓懷抱中子，皆封侯弄金紫；李穆子孫襁褓，悉拜儀同；李義府諸子孩抱者，竝列清貫。故退之有“簪笏自懷繃”之詩。宋時諫官論劉正夫子十歲列從官，曰：“尚從竹馬之遊，已造荷囊之列。”此《春秋》所以譏世卿、世大夫危亂國家，而眞箇夙成所以不名於世也。聞今年科自初試，多有十三四歲，殆似高麗紅粉榜貌樣云。噫！此其父兄之過也。不思教誨其子弟，反使躁競於科宦，年及弱冠，則憂歎其潦倒。生纔一紀，則希望其騰騖，裝出稚駿，視作花草，請囑錢貨，百計圖得。渠自誇其早達，世咸傳爲美談，此諺所謂“未學千字而僞造印”者也。 其爲門戶盛滿計則得矣， 如世道、國事何？可爲長太息也。

作史之法

作史之法，要在記其實而已。記實則人之善惡、事之是非、世之治亂，可按而知也。不然則黑白易幻，朱紫相混，後世之人，何由而驗當時之眞面目哉？孔子作《春秋》，其文則史，其義則取寓褒貶之旨，行天子之事於記實之中。苟非魯史之記實，安能如是？然則不過因其實記而筆削之耳，非於實記之外，別有權衡、繩墨也。後之濡筆螭坳者，縱不能學聖人微顯婉辨之法， 獨不可師魯史之記實乎？ 司馬遷稱良史材，而班彪論其“大弊傷道”，班固譏其“繆於聖人”。然班生亦不免受金之名， 而又有排死節、否正直之譏。雖曰“比良遷、董，兼麗卿、雲”，文中子謂“史之失，自遷、固始”，自

此以下，又何誅焉？楊雄作《法言》，蜀富人齎錢千萬，願載
於書，雄不許。陳壽撰《三國志》，謂丁儀子曰："覓千斛米
來，當爲尊公立佳傳。"丁不與而不立傳。孫盛作《晉陽秋》，
直書時事。桓溫謂盛子曰："枋頭誠爲失利，何至如尊君言？
若此史遂行，關君門戶事。"諸子號泣請爲百口計，盛大怒，
諸子竊改之。魏收修《魏書》，舉之使上天，抑之使入地。初
得陽休之助，曰："無以謝德，爲卿作佳傳。"納爾朱榮子金，
沒其惡，增其善，號爲"穢史"。吳兢撰《武后紀》，書宋璟激
張說，使證魏元忠事。說陰祈改數字，兢不許曰："若徇公
請，此史不爲直筆。"退之爲《順宗實錄》，議者閧然，竄定無
完篇。李翶奏："今善惡，取行狀、諡議，多虛美。請直載事
功。"賈緯爲史館修撰，爲褒貶，愛憎任情，議論高强，目"賈
鐵觜"。袁樞修列傳，章惇以同里求釋其事，樞曰："寧負鄉
人，不可負天下後世公議。"紹聖史官，專據安石日錄，變亂
是非。秦檜禁野史。以此觀之，所謂史者，皆受金求米，威
勢、顏情之所使耳。雖間有不許者，能有幾人，而竊改者、
竄定者，又不知其幾多，則其善惡、是非、治亂，何由而得
其實乎？余故曰："讀史者，苟以備故事、資博覽則可也，謂
之皆實則未也。"姑以親見於吾身者言之。余嘗與於正宗朝
實錄謄修之役，覽其記注本草及諸宰相所竄定者，蓋勢家則
專事鋪張，無不贊揚，雖閑漫不緊之語，亦皆悉書；孤寒者
則或全沒之，或略書之。然則其變幻增損，失其眞迹，可推
而知。余之登第而入侍也，恩敎眷眷，殆世之所無，而一竝
略之，他人則未嘗如此而乃盛稱之，舉一可反於三。又正宗

朝命刊行《太學銀杯詩集》，凡登極後應製優等及賜第者，皆令逐年錄之，以賜各人。受命之臣，請出內閣所藏《御製緣綍》、《日省錄》、《臨軒功令》、《臨軒題叢》、《育英姓彙》、《御考恩賜節目》、《太學應製》、《御考案諸書》，參伍裒輯。上可之。後歷考其書，乃大不然。於其所阿私，則大書屢書，繁而不殺，雖非居魁，皆拈出特表，其所謂膾炙之句，無甚異焉而刺刺不已；於其所不識，則略之拔之，至於決科筮仕，亦有偏取獨刪之異。試以辛亥一年言之。余之應製，累次居魁，每被褒賞，仍擢上第，而一不載之，亦不霑賜。夫數十年之間，每歲大小榜目，自有已然明白之迹，不可歸之於久遠無憑，又不可諉之於遺失忽忘。則雖欲增減存拔，似無可以容意於其間，而乖戾如此。未知此人於此，別欲用筆削、與奪之權，而非常情之所可測耶？此猶如此，況作史之筆下生意乎？

築墻之誡

古詩云："人生不滿百，常懷千歲憂。"可謂善形容也。夫人生百年云者，以人壽之極於百也，而能百年者有幾？大壽不過八九十，而或不免於夭折。假使能至於八九十，其間直須臾，達觀之則與朝菌蟪蛄等耳。然而常懷千萬歲之憂，常作千萬歲之備，可哀也。李德裕平泉莊，周回十里，蓄奇花、異草、珍松、怪石，　泉水像巫峽十二峯、洞庭九派。人題詩曰："隴右諸侯供語鳥，日南太守送名花。"嘗戒子孫曰："鬻平泉者，非吾子孫。以一樹、一石與人者，非佳子弟。”有醒酒石，醉卽踞之，五代時有監軍得之，蓮房、玉藻，僅有存者，至宋陶學士，徙置梨園別墅。噫！德裕之爲平泉莊也，窮極豪奢，求聚珍奇，以供耳目之玩，觀於一杯羹三萬可知也。乃欲傳之子孫，爲萬世基業，其志可謂遠矣。而曾未幾何，以一樹、一石不欲與人者，失於監軍，徙於陶學士，遺墟荒草，蕩然無復昔日之繁華，徒留平泉莊三字於後人之口，豈不可笑？然後之人，猶不能鑑於是，不知又有幾平泉於世間，可不謂之愚乎？ 平恩侯許伯入新第，丞相、將軍皆往賀。蓋寬饒仰屋歎曰：“富貴無常，忽則易人。此如傳舍，閱人多矣。”此言可爲富貴家座右箴也。郭汾陽治第，謂工人曰：“好築此墻，勿令不牢。”築者釋錘而對曰：“數十年來，京城達官家牆，皆某所築。今某死、某亡、某敗、某絶。人自改換，牆固無恙。”令公卽日請老。此與圬者王承福之言相類，昌黎所謂賢者也。後世如李沆之不治堂前藥欄，范仲淹之不治洛陽第，亦庶乎能知此義者歟。蓋世途多故，人事易變，雖明日事，尚不可必，況明日以後事乎？況爲子孫計乎？況子孫未必賢乎？余嘗於嶺外，遇金上舍龍翰。謂余曰：“吾少治擧業，數入京師。其始至也，過康莊見大宅、高門。門外車馬雲屯，門內奴卒奔走應對，問之則曰‘某相公宅也’、‘某判書宅也’。後一二年，復過之則乃闃寂荒涼。怪而問之，則或曰‘死而子孫鬻之也’，或曰‘竄逐也’，或曰‘罪廢下鄉也’。又有他處新貴家，而數年後亦然，蓋未有久而能如一者。而吾居巇陽已數世，尚保有舊業，耕鑿歌詠，乃知京師不可居也。”余笑曰：“此豈京師使之然哉？亦在乎其人焉爾。”今錄其言於此，以附築者、圬者之後。

唐長慶中有人震死

唐長慶中，有人震死，背上粉書“市中用小斗”。此如刑有罪，用判詞之類。天之用罰，若是其明白奇巧，則天亦勞矣，而人則庶知懲矣。獨怪夫今日市中，有用小斗及和水、和沙等許多奸僞，又勒翔市價，賺人掠財者，比比皆是。又大而言之，則凡天下欺人以利己，橫奪使銜冤者，百倍於此，而未聞有震死粉書之事。然則長慶人之獨罹，不亦冤乎？《說苑》云：“李淑卿舉孝廉，同舉者害之，誣李洴寡妹，妹與李皆自殺。後三年，霹靂誣者，置李家前。”古今天下，害人以肆白地之誣者亦何限，而不但不之震，乃富貴安逸有子孫，此又何也？蓋嘗論之，雷之擊人，謂其有心耶，則枯樹‧頑石、鳥獸‧畜產，亦有震者，彼皆何罪？謂其無心耶，則古今傳記，所震者皆凶惡淫盜之輩，未聞有正人君子死於霹靂者。以此觀之，似有知不妄擊，反復究之而卒不得其說。豈天不能一一照察，偶然有見而致怒耶？抑不能一一罰惡，姑以懲一而勵百耶？將聽所由之言，漏萬而掛一耶？寧所由輩遊戲人間，隨所遇以吐其氣、宣其威，而天不之知耶？抑不能徧震，而時或示威於樹石、畜類，使人不測耶？將如人間之用法，罪同而罰異耶？爲惡者無所懲，則爲善者亦無所勸，此善所以寥寥，而惡所以滔滔也。福善禍淫之理，果安在哉？伊川先生曰：“人作惡，有惡氣。與天地惡氣相搏，是以震死。"此於理似也，而作惡異甚，害及民國者，何嘗震死乎？若夫耕耘之夫婦，村巷之童稚，有何作惡，至於與惡氣相搏而或不免乎？蓋不幸而卒遇之者，乃其命也，非天之降罰也；惡人之幸而免者，亦其命也，非天之庸釋也。且古人有"所由"、"雷公"之稱，"乖龍逃捉"之說，或曰"狀如連鼓形，一人椎之"，或曰"似雌鷄肉翅，其響乃兩翅奮撲作聲"，至有狄仁傑、葉遷招救出夾樹之語。此雖涉於語怪，非君子所道，而程子之訓，亦有不可準者，何也？安得乘雲上天，親見霆，以破平生之疑也？

命數、時運

呂后出宮人賜諸王，竇姬家在清河，願如趙宦者。誤置代王籍中，後爲孝文后。初竇廣國家貧，爲人所略賣，入山作炭，寒臥岸下。岸崩百餘人盡壓死，獨小君得脫，卜曰"當侯"。及姊爲文帝后，果封侯。後漢周犨家貧，夫婦夜田，天帝問司命曰："此可富乎？"司命曰："命當貧。有張車子財可借與之。"後稍富，及期，夫婦輦賄以逃，宿車間。同宿婦人夜生子，曰："生車間，可名車子。"田者自此大貧，此人之命也。宋費孝先遊青城，過老人家，壞其竹床。費欲償直，見床下，書曰："此床某年月日造。某年月日爲費孝先所壞。"老人曰："成壞有數，子何償？"富弼守西京府，園中牡丹開。康節筮曰："此花凡若干朵。"數之果然。又曰："此花盡來日午時。"次日會客烹茶，馬逸相踶，花叢毀盡。此物之數也。微物尚皆有數，況人之命在於天乎？范文正守饒州，爲貧書

生，具紙、墨將打歐陽率更書薦福寺碑千本，使售京師，一
夕雷擊碑。人語曰：“時來風送滕王閣，運去雷轟薦福碑。”
是知命也、數也、時也、運也，非人力之所能爲也。孔子
“得之不得曰‘有命’”，孟子曰：“莫之爲而爲者，天也；莫之致
而至者，命也”，《詩》云“寔命不同”。君子脩身以俟命而已。
此義人皆能言，而滔滔者妄欲施智力、機巧於其間，此無
他，慾之所使也。其幸而得之者，自以爲己之機智，能爲人
所不能，竊竊然自得，得無見笑於知命者乎？

陶侃作魚梁吏

陶侃作魚梁吏，以鮓餉母湛氏。封還曰：“汝爲吏，以官物
餉，是增吾憂。”吳孟仁爲監池司馬，手捕魚，作鮓寄母。母
還之曰：“爲魚官寄鮓，非避嫌。”賢哉母也！其教之有素可
知，教而能遵又可知，其子亦可謂賢矣。夫鮓微物，非珍奇
之饌也，爲魚官而以鮓餉人，未爲不可，況奉親乎？然而必
還之者，蓋欲絕官物私餉之路也。此猶如此，況加於此者
乎？況錢財乎？丈夫猶難，婦人而能之，可不謂賢乎？唐崔
玄暐母盧氏，引姨兄辛玄馭之言，戒玄暐曰：“‘兒子從宦者，
有人來云貧乏不能存，此是好消息；若聞貲貨充足，衣馬輕
肥，此惡消息。’比見親表中仕宦者，將錢物上其父母，父母
但知喜悅，竟不問此物從何而來。必是祿俸餘資，誠亦善
事，如其非理所得，此與盜賊何別？縱無大咎，獨不內愧於
心？”玄暐遵奉教誡，以清謹稱，則其母子又皆賢矣。今人居
官者，皆貪暴掊克，輦載以肥己。而未聞其親之不悅，反有

無能之責。 未知以陶、孟、崔之母爲迂僻不能謀身而笑之
耶？ 抑以爲古人不可及，而寧隨廣產業之俗習耶？ 假使有
教誡，其如不遵奉何哉？ 此所以教漸弛而俗漸靡，日趨於利
欲窟中而無可奈何也。

李之才所學

李之才字挺之，師穆脩伯長，伯長師陳摶圖南，蓋數學也。
挺之嘗爲共城令。時康節居祖母服，築室蘇門山百源之上。
挺之造問何所學。曰：“爲科擧進取之學耳。”挺之曰：“科擧
之外，有義理之學。子知之乎？”曰：“未也。”“義理之外，有
物理之學。知之乎？”曰：“未也。”“物理之外，有性命之學。
知之乎？”曰：“未也。願受教。”於是始傳其學。今詳其論學
之說，分爲四等，而以義理、物理、性命，爲淺深高下之間
架階級，自孔、孟至程、朱，曾有是否？ 吾聞《小學》之道，
在於灑掃、應對、進退之節，禮、樂、射、御、書、數之
文；《大學》之道，在於格物、致知、誠意、正心、脩身、
齊家、治國、平天下，其次第、節目之有條而不紊如此。學
者能由是而俛焉，以盡其力，則此乃下學上達之大綱領也。
夫所謂義理也、物理也、性命也，皆不外於是矣。今以義理
爲一層學，又以物理爲一層學，又以性命爲一層學，有若爲
物理之學則異於義理之學，爲性命之學則異於物理之學者
然，此則非吾之所知也。 無乃挺之之所傳得於希夷者如此，
而康節之所以爲數學者，亦以此也歟。

爲賢者責備

凡人有全體皆善，而或有一二事不厭人心，則人之議之也，必倍於全體之不善者，蓋爲賢者責備而嗟惜之也。吾讀書史，多有不能無憾焉者。陶元亮清風貞節，可謂百世之師，而乞食一詩，至欲冥謝主人，與不肯折腰於五斗米，一何相反也？東坡以爲：“大類丐者口頰，哀哉！”此殊非所望於羲皇上人也。韓昌黎以學孔子、闢異端爲己任，而不但《原道》一篇，自取“無頭”之譏，觀其光範門三上書及《潮州謝表》，判若前後二人。又每向人言貧，求救乞憐，異乎君子之“固窮”。且譏人惟醉紅裙而自敗於妓，戒人服金石藥而自餌硫黃，此豈可謂之言顧行、行顧言乎？富弼賢相也，而滕宗諒守慶州，用公錢坐法。杜衍欲致重法，范仲淹欲薄其罪，弼欲重法則懼違范，欲薄罪則懼違杜，不知所決。孫甫曰：“法者，人主之操柄。富公不知有法，未嘗意在人主。守道平生，自謂正直，亦安得此言乎？”當慶曆時，上用杜、范、富、韓任政，以歐公、蔡襄及甫等爲諫官，欲致太平。此正守法贊治之時，而乃爲此小人希望風旨之態，吾竊恥之。弼又欲加上尊號，劉敞曰：“陛下自寶元不受徽號，今二十年，天下莫不知持盈好謙。今加數字，既不足盡聖德，而前美并棄，誠可惜。”弼不怡曰：“上意欲爾，不可止也。”敞曰：“吾寧得罪權門，豈可使主上受虛名而棄實美乎？”遂上疏曰：“陛下尊號，既云‘體天法道欽文聰武神聖孝德’，盡善極美。復加‘大仁’，不足增光，而曰‘至治’有若自矜，今百姓困，賢不肖混淆，獄訟·盜賊、水·旱、四夷繼起，未可謂至治。”

章四上，遂不受，於是忤時相。使敏之言非也則已，是也則初之不怡何也？終之見忤又何也？於是乎君子、小人判矣。仁宗之不受，眞是盛德，而其必欲賛成，乃王欽若、朱能輩之所爲耳。既不能事君以道，又不能從人之善，乃曰"上意欲爾"，國之有大臣，將以順上意而已耶？王朝亦賢相也，而王欽若之以天書逢君也，眞宗曰："王朝得無不可乎？"欽若言於朝，朝從之。當是時，朝不可則可以止矣，而反與欽若同歸。及其賜瓶珠也，君以貨賂臣，臣受賂不諫，卒爲汾陰大禮，使奉天書行，每有大禮，輒以首相奉行。後雖有削髮被緇以斂之遺令，何足贖其罪哉？人之比之馮道，不亦宜乎？且朝初無姬侍，眞宗爲買妾，仍賜銀三千兩，朝難逆上旨，遂聽之。初沈倫家破，其子孫鬻銀器，皆錢塘錢氏昔遺中朝將相者花籃、火箭之類，非家人所有。直省官二人，以銀易之，白於朝，朝響襞曰："吾家安用此？"後姬妾既具，乃呼二人，問："沈氏器，尚可求否？"對曰："向私以銀易之，今見在也。"朝喜用之如素有。雖曰聲色之移人，苟有素操，則豈至此乎？可知從前不畜妾、還玉帶等事皆僞飾，而血氣既衰，乃見眞情耳。寇準亦賢相也，而年十九擧進士。時太宗往往罷遣年少者，或教增年。曰："吾初進取，可欺君耶？"此似有守者，而及其三十餘，太宗欲大用，嫌其少，遽服地黃、蘆菔，鬚髮皓白。豈初進則不可欺君，而作相則可以欺君耶？又初不信天書，上疏之。後知京兆，得天書于乾祐山，都監朱能所造也。王朝曰："始不信天書者準也。今天書降準所，令準上，則百姓大服，疑者不敢不信。"上從之，使中貴人逼準。能素事宦者周懷政，而準婿王曙居中，與懷政，勸準與能合，準因此復入相。此則其罪與王朝同，而幸以丁謂之譖，貶死於雷，無乃天欲成其名耶？若夫廁溷間燭淚成堆，生日造山棚等事，特薄物細故耳。張詠之勸讀《霍光傳》，豈無以乎？噫！崑山白玉，或不無微瑕；千里長河，不能不一曲。自古偉人、傑士，望實俱隆，重於當時，名於後世者，率不免識者之嗤點，豈不可惜？況自鄶以下，無譏焉者乎？世之自好者，能愼終如始，無或爲兩截人，則庶乎其可也。

僧道與朝士

僧道與朝士，其道相殊，似有一定不可易者，而以傳記所載言之，亦有出入變幻者。天地間無所不有，有如是矣。先爲僧後入仕者，宋湯惠休、唐賈島·蔡京、宋法崧。先仕後爲僧者，漢陽城侯劉俊、南齊劉勰、梁劉之遴·張纘、魏元大興、唐圓淨、南唐姚結耳、宋饒德操·佛印、元來復見心、明李贄。先爲道士後入仕者，唐魏徵·盧程、元張雨、明陳鑑。先仕後爲道士者，唐賀知章·鄭銑·郭仙舟、宋李太尉。先爲僧，又爲道而後仕者，唐劉軻。先仕懼禍爲僧道而後又仕者，梁伏挺、唐徐安貞。由僧徑拜大位者，唐懷義、元劉秉忠、明姚廣孝。由道士徑拜大位者，唐于什方·葉靜能·鄭普思·尹愔、宋林靈素、明邵元吉·陶仲文。又有以內臣爲宰相者，秦趙高、魏王宗愛、唐李輔國、南漢龔托、宋童貫、梁師成、元李邦寧。又有以女子貴顯文武者，前有記此不贅。摠而論之，大抵皆昏亂世之大變也。其中惟魏徵爲佐治之名臣，而功不足以贖其罪，已有程子之訓，亦由於本領之不正也。後之人苟能愼於出處之大節，而不千億化身，則其餘乃可得而論也。

恥之甚於刑之

《周禮》："民有衺惡，三讓而罰。三罰而士加明刑，恥諸嘉石，後諸司空。"《晉書》曰："五帝畫象而民知禁。犯黥者皁其巾，犯劓者丹其服，臏墨體，宮雜屨。殊刑之極，布其衣裾，無領緣。"《愼子》曰："有虞之誅，以幪巾當墨，草纓當劓，菲履當剕，艾韠當宮，布衣無領當大辟。"此皆恥之也。人有恥則恥之甚於刑之，故民不犯于有司，而至治所以無能名也。三代之後漢、唐、宋之令主，亦能行恥之之術。張武受賂，文帝賜金錢以愧其心。長孫順德受人餽絹，太宗賜絹，曰："得絹之辱，甚於受刑。"宋詼性貪，太祖賜布百匹，令負而歸，重不能勝，乃至僵仆以愧之。此因其羞惡之心而激勵之也。其致刑錯也宜哉。後世則人不知恥，故不得不刑以威之。刑之而猶不勝其犯，況恥之而不犯乎？此所以世漸降而刑漸煩，屨賤踊貴，赭衣塞路，死人日成積於市而終莫能禁也。然而恥之之法，猶有存焉。封爵而以惡名加之者有之，漢頡羹侯劉信，一曰羹夏侯，不義侯子密，元魏悖義將軍佞濁子苻承祖，宋違命侯李煜是也。魏有發丘中郎將、摸金校尉，宋復設之，漢西域有僮僕校尉，此則非恥之，而受之者亦無恥矣。又有以罪改醜惡姓者，漢馬何羅改"莽氏"，南齊巴陵王子響改"蛸氏"，梁豫章世子直改"悖氏"，武陵王紀改"饕餮氏"，隋楊玄感改"梟氏"，唐越王貞、紀王慎改"虺氏"，王皇后改"蟒氏"，蕭淑妃改"梟氏"，武惟良改"蝮氏"，成王千里改"蝮氏"，竇懷貞改"毒氏"，新興王晉改"厲氏"，此亦非恥之也，疾之也。特以其類於惡名封爵，故聊附記之。噫！三代之民有恥也，故聖人因而恥之，以禁其非；後世之民，不可以恥之也，故刑以禁之。而其所以恥之也，乃至於辱之以厚賞，又甚至於爵之以惡名，亦可以觀世變矣。然斯民也，三代之民也。夫子曰："道之以德，齊之以禮，有恥且格；道之以政，齊之以刑，民免而無恥。"以此言之，民之有恥無恥，顧不在於道之齊之之如何耶？

後科說 三

科場之雜亂橫行

余於癸酉秋增廣科隨聞錄十餘條，以寓慨歎之意，意謂人心世道，到得極盡地頭，更無可以加此矣。甲戌春，又設癸酉式年科，益聞前所不聞。士習之乖悖，試官之無嚴，令人駭心而瞠眼，未知此世界將作何等景象而後已耶。監試初試時，試官之入場也，儒生充塞門路，不能入，至從後門闥入。儒生不待開門，焚棘圍以入，爭先占要地，相鬪至死傷。此火賊之事也。苟有畏法顧身之心，豈如是乎？其呈券也，疲劣孤寒者外，皆以囑札及書頭直呈于試所，曰"此某宅郎君也". 試官使下人尋覓某宅郎君於場中, 綢繆相議。
又戴儒巾者, 多在廳上, 雜亂橫行。傔卒輩各持一儒巾, 儒
生各挾一氈笠, 蓋欲隨時變服作奸也。且不但踰墻出入之,
蕩無防限, 進士輩自外憑墻呼授試文於墻內。又設場翌日
日高後, 自場外持試券直入呈之, 而內外門不敢阻搪。又於
一所呈券而見落, 則連又呈之; 至於出榜而不得參, 則又呈
於二所, 使之拔入格者而換之。此皆前所未聞之事也。如此
則何事乎棘圍? 何用乎秘封? 至若吏卒之偸出試券, 商賈
之橫行場內, 外場換封之公行不諱, 法旣蕩然, 則何足怪
乎? 以故凡試官之姻族、親知, 無不參解, 異所者皆換手。
一披榜眼, 自叛人面。又有一奇事, 方其考券也, 羅將輩以
數十試券, 言于試官曰: "請以此入格。" 試官叱使縛之。羅
將大言曰: "今科若行公道, 則我輩何敢生此意乎? 今三試
官皆以其私分排一榜, 書札之往來, 句頭之錄納, 我輩皆爲
之矣。我輩累日勞苦, 獨無所利乎? 凡科賊有律, 我輩已結
車夫楔矣。" 試官曰: "狂漢也。" 命逐出之, 而以其所請之
券, 置諸入格中。此後則下輩又當與試官分利矣。可歎亦可
笑也。

呈券時諸般作弊

監科後, 卽設庭試於春塘臺。貴勢家人, 皆預備十數張試
紙, 將呈券, 必呼某也而授之, 使納于命官。視其立落, 落
則摘取秘封而更呈一券, 期於得中而後已。其不能然而投呈
者, 皆置落軸。故榜爲二十人, 而四五人外, 無非烜赫照爛,

彼千里裹足者，眞愚之甚蔽之甚也。是時觀光者，多至四五萬，而其試券爲掖隷輩所偸出者居半。故纔收券未及考，而有負出闕門者。鄉儒適見而取看數張，怒而毆之，其人逃走，反訴鄉儒，加以偸試券之罪。此後則雖盡偸而去，誰敢執之？但帳殿咫尺，乃有此事，法紀之蕩然，令人心寒。有客來傳鄉人所爲，多可笑。有費錢無數，而卒不得一呈者；有不持試紙，不帶文筆，而只以十五文呈券者。蓋無勢而有錢者，見人之連呈而欲效之，請于一卒。卒曰：“若以十五貫與之，則當知其立落而告之矣。”其人卽與之，卒佯持試券而入，卽摘其秘封以授之，更以一張與之，則又摘而來，限輟場乃已。此則多費錢而不得一呈者也。又有一人以十五文與卒，使拔他人所呈中一張而來，卽刮其秘封而書自己之名以呈。此則不持文筆、試紙而呈券者也。世變可謂無所不有矣，豈非絶倒處乎？

試官不知出題

監試覆試時，聞疑題，曰：“問：子曰：‘假我數年，卒以學《易》，可以無大過矣。’其下章曰：‘子所雅言，《詩》、《書》、執禮。’前後之言不同，何歟？”此可謂當句內不成說也。所謂試官不知出題，只知行私，是甚模樣？眞所謂不可使聞於隣國也。

答膺孫書

吾懶作書，又不知往來之便，都闕之矣。奴來見書，知汝以
親患焦悶，遠外憂慮不已。汝家下鄉之後，以瘧爲歲課，是
何故也？謂是屢空之致，則未聞屢空者長帶此疾也。或曰
"此是水土之病，故移居者例多此症"云，其或緣此耶？吾近
以感氣頗不平，而內患則苦歇無常，方其劇也，頃刻待變，
亦復奈何？還紙事，紙漢所爲，去益痛駭。今可以納五束，
則初何以三束爲言乎？若於渠無利，則當以本色還給，何爲
而欲給三束，又加二束，有若操弄乎？且浮出之後，以其浮
出者分之乃例也。何爲而必欲以他劣紙易之乎？特以拘於
<u>稚賓</u>之顏，不欲多言於渠，而初既不能慮及於此，今則等失
耳。雖不得一張紙，更不以此爲言可也。今世所謂兩班，亦
皆如此，於渠何誅？書末所言，不勝寒心。汝之實無心而外
爲言，卽此可知。夫古人之書，所用力者，何嘗骩骳於曉時
諱，俯仰行世耶？若只欲留意於俯仰行世，則汝之今日所知
所能足矣。何必望長進乎？至於文理不足，則是汝從前懶度
之罪也。今欲一朝强知其蘊奧，驟通其難會，則不亦戛戛乎
難哉？且近來汝之所馳心，汝父之所指揮，似不出於治家救
飢之策。如此而欲尋古書之蘊奧，無異於<u>越</u>轅<u>燕</u>軾矣。此皆
汝所自取，何物鬼神，偏猜吾家之文章，欲絶之於汝身哉？
雖欲明示一路，吾既無聞知，汝亦未必信從。而大抵此事，
只是二路，入此則出彼，入彼則出此，安得別有一路乎？然
汝若勤於家事，能致仰事俯育，則貧兒之大幸也。豈不愈於

如我之一生作書中蠹，畢竟生爲破落戶，沒爲餓死鬼乎？更無以用力長進等語，作無益之談，而益勉麥隴、禾畝之勤課，則此是因其材而篤之之術也。

貧富說

客有過余道富人之不仁，曰："渠雖自謂'百事勝人健如虎'，我則視以圈中之鹿、欄中牛。"余曰："子以爲富人之富，不如子之貧乎？"曰："然。"曰："然則以子之貧，易彼之富，子亦不爲乎？"曰："不爲也。"余笑曰："此非子之實情也。所謂不能，非不爲也。吾則志趣卑下，常有羨之之心，特不能耳。夫子曰：'富而可求也，雖執鞭之事，吾亦爲之。'豈可爲而不爲乎？是故自古聖賢，未嘗必欲去富而就貧。《論語》曰'季氏富於周公'，則知周公富也。讀《鄉黨》篇，則知孔子富也。孟子後車數十乘，從者數百人，則知孟子富也。子貢中紺表素，軒車不容巷，公西華乘肥馬、衣輕裘，而未聞夫子以此爲非吾徒也。然則富何嘗爲累乎？故君子素富貴，行乎富貴；素貧賤，行乎貧賤，無入而不自得。爲士者但不可爲富而不仁，以貧而忘義也。請就子所言富人，無言其行，只言其樂可乎？人之所以爲道，無過乎仰事俯育，養生送死無憾，而至乎奉祭祀、接賓客，又及乎敦族黨、恤窮乏。人之所欲，又莫如口之於肥甘，身之於輕煖，四肢之於安佚，而惟富者爲能行人道而享人樂，無所詘於力，無所苟於人。人非常情則已, 不然則豈能之而不欲乎? 貧者天地間窮人也。
於人之道, 一無能行。生事葬祭而不得伸其誠焉, 啼飢號寒
而常自蹙其眉焉, 人皆侮辱, 世共擯棄, 甚則自喪其性而無
所不爲, 自棄其身而無所不至。是豈恒情之所樂爲也哉? 今
取其貧而如顏、原, 富而如跖、蹻者比之, 則貧固可樂, 富
固可斥。而概以世間之貧富言之, 則貧豈可去而不去, 富豈
可求而不求乎? 是知貧之訾富, 皆妒媚之也, 非厭惡之也。
子何言之易也? 且貧與富, 雖固命也, 亦其所自取也。富人
之殖貨也, 克勤克儉, 相機及時, 爲人所不能爲, 忍人所不
能忍, 規模一定而不可移易變通, 計慮緊密而不可詿誘撓
奪, 故能就其富。貧人則不然, 志意懶放, 猷爲疏妄, 無規
模、無計慮, 債貸而無必償之心, 釀戲而無自量之限。衣冠
劍履, 必欲效俗; 美酒新物, 動輒先人。與人以物則不度己
用, 隨人以遊則反忘己事。獲十日糧, 則爛用濫費, 不能支
五日; 得十緡錢, 則逐手快意, 不能當一隅。今日飽則不知
明日之飢, 夏日熱則不知冬日之寒。 此所以貧益貧、富益
富也。不自反而徒憎人, 又豈非可笑乎?"客無以應。

能瘖箴

使我而瘖, 雖欲言得乎? 人知其瘖, 又於汝何誅? 瘖而不能
言病也, 不瘖而能瘖心也。儻或以不瘖而不能瘖, 孰謂汝有
心者?

井上閑話 十九【當在上閑話條】

賤家鷄貴野鶩

鄭公晦嘗謂余曰：“吾觀人家子弟，鮮有看其父祖之文者。雖耽書者，於他人文集則好觀之，而其家之書則反不寶之。不但不寶，亦未嘗一披閱。乃知'徒讀父書'，亦自不易也。”余曰：“此古人所謂'賤家鷄貴野鶩'也。鷄日在目，故賤之；鶩則稀見，故貴之。然此喩亦不襯。人於鷄也，自卵而愛惜謹護，及雛而惟恐傷失，戒其長數，喜其漸大。散則祝之，放則求之。塒桀而棲之，以防貍鼠；樹柵而網之，以禁鴟鴉，蓋未嘗一朝而忘之也。苟於家書，而能如家鷄之勤課，以收日瀹之效，則豈不爲佳子弟乎？若夫鶩則與落霞齊飛於雲水之際而已，與人何關？其所謂貴彼而賤此者，特以其所從之遠近，如田饒鷄鵠之說也。以彼喩此，恐不倫也。有人於此，其妻德且才而不樂之，出見游女，無妍醜皆悅之。又有人耕得夜光之珠，歸置家中，光照一室，大怖棄之遠野。見人持燕石，給之以爲寶也，重價售之，藏以革匱十重、緹巾十襲。請以此二者喩之可乎？

災異

自古所謂災異者不一。凡不順其道，不以其時，驚怪於人者，皆災異也。曰雨、曰旱、曰風、曰蟲、曰霜、曰雹，皆在於目前而害於穀者也。曰日月薄蝕、曰地震、曰山崩川竭、曰彗孛·太白、曰氛祲、曰冬雷電，皆兆於幽遠而驗於世者也。而語其輕重，則驗於世者，深遠而難測；害於穀者，切近而易知。驗於世者，語其應者，或曰兵革、或曰癘疫、或曰饑饉，而未必皆然。害於穀者，絶民之天而使之顚連於溝壑，其毒尤急。今之言災者，非不以害於穀者爲憂，而每以驗於世者爲驚動，且以冬雷爲災之最。夫雷也者，八月而收聲，二月而發聲始電，則八月以後二月以前，無非災也。而今也則必以十月之雷爲異，不待轟爗，乍聞微響，則上以減膳、求言應故事，三公引策免故事而乞退，三司循陳戒故事而上章，十月前後則不論也。夫冬雷亦災也，而比諸他災則猶爲輕也。故歲以爲常，未見其應驗之孔神，而獨以此爲大變，亟行答應之擧，而他災則反視以偶然流行，茲曷故焉？噫！人以戲應天，天亦以戲應人。以乞退陳戒爲應文備例之具，此冬雷所以無歲無之也。

衰世之宜災反祥

翟雨穀三日，雨血三日。趙簡子曰：“大哉！妖足以亡國。”翟封荼曰：“非翟之妖。其君幼弱，其諸卿貨，大夫比黨，此其妖也。”紂時晝見星，非妖也。子不聽父，弟不聽兄，此大妖也。晏子曰：“國有三不祥：一有賢不知，二知而不用，三用而不任。公之上山見虎，虎之室也；下澤見蛇，蛇之穴也，曷爲不祥？”古之論災異者蓋如此。《春秋》之《宣公》“大有年”，《哀公》“獲麟”，《漢》之“河清”，皆衰世之宜災反祥者也。而其所謂祥，反有甚於災者也。後世諂媚成風，有災則諱之，不可諱則反謂之祥。甚至如公孫弘者，欲幷與前古之災而曲諱之，乃曰："堯有九年之水，未聞禹之有水也。湯有七年之旱，則桀之餘烈也。" 傅會推諉，强爲不成說之說，遂爲千古諱災媚悅之權輿。 至有蘇味道率群臣賀三月雪，蔡京表賀臘月雷之舉，弘之罪可勝誅哉？繇此觀之，世之不論其時而只言災祥者，及宜災反祥而謂之祥者，及諱災而曲爲之說者，皆災之大者也。

青臺、雲觀者，眞宂官費祿

黃帝命大撓占斗建，車區占星氣，堯命四子宅四方，是爲星官之始。《周禮》："眡祲氏掌十煇之法，以觀妖祥辨吉凶。" "保章氏掌天星、辨封域，以觀天下之妖祥。以五雲之物，辨吉凶·水旱·豐荒之祲象。以十有二風，察天地之和命乖別之妖祥，以詔救政、訪序事"，聖人之謹於應天，有如此矣。夏仲康時，辰弗集于房，羲和俶擾天紀，尸厥官罔聞知，昏迷于天象。宋景公時，熒惑守心，司星子韋欲移於相，移於民，移於歲。魯桓公時日食不書，日官失之。漢宗宣亂天文，以凶爲吉，繆言天文安善。此皆不能爲星者也。後世掌日書雲之史，惟以媚悅爲事。有吉則必告，有凶則匿之且以爲吉，惡在其置星官也？ 竊觀近來所謂觀監，只以某日雨自何時至何時，爲幾分、幾寸，聞之而已。至於雲、風、霜、雹之爲異，彗孛、氛祲之爲妖，衆所共知而一不以告。試以今年言之。始旱以枯之，終雨以蕩之，已無有秋之望，而猶冀晚稻之餘存者及大小豆之成實矣。七月而霜，遂無遺類，其爲災也孰大於是？ 而乃不以報。故事有霜氣，則雖未必爲災，亦必告，而此亦廢之。然則黃帝、帝堯之命，周公之建官設職，皆爲無用之空言。而後世之傚故事，有所謂青臺、雲觀者，眞冗官費祿矣。【今年甲戌也。下同。】

畿邑及三南大饑

今年畿邑及三南大饑，人皆騷動傳說驚駭，小民輩至相語曰：“如今年，我躬不閱，雖親兄弟，亦不可顧。”人心世道可知也。余老病蟄縮，門絶剝啄，間或有自鄉來者，問年事則皆曰“赤地”，問生理則皆曰“必餓死”。雖朱門之貴、素封之富，如出一口，“赤地”、“餓死”之說，旣慣於耳，還若尋常。一客曰：“明年無穀種、無耕者。雖歲豐亦將赤地。”又一客曰：“今年國穀必無一粒可收之望。以故人皆不以糴稅爲慮。”又一客曰：“今雖設科必不成。以無入場之人也。”又一客曰：“今年無見偸之慮。盜亦血肉之身耳，有何筋力可以爲盜哉？”又一客曰：“明春必無之市貿米之人，市價當至歇矣。”又一客曰：“行人買食於逆旅，而皆爲乞人攫奪，數次更買，終不得食。逆旅亦無以備飮食供行人，將皆撤罷。以故人雖有切急之事，飢不得行，商旅亦絶。”又一客曰：“大臣及判度支皆食粥，爲方伯、守令者，皆言飢餓。昔之收幾千百石者，今無一石之入，其餘不死而何？”又一泮儒曰：“近來每患新榜之見黜於百數之外。或至於十餘榜，皆不得參。”蓋以舊榜多就食而來也，今則百數亦不滿。此無他，以其皆將餓死，故無居齋之心也。又一泮儒曰“供士之飯，皆爲泮人所攫去。入直郎官，雖使四面鞭之，亦不能禁，至潑水逐之而無可奈何。供士之法將廢"云。余之所聞，大略如此，則此外奇怪之說，又不知幾何也。然則我國將靡子遺而空蕩蕩，更無人矣。昔顏蠋巧於居貧，今人可謂巧於騷動矣。

今人之誇言

有人自言："貧值大無，朝不食，夕不食，必不久而餓死。"俄而其友曰："子有子年長，有定親處否？"曰："否。"曰："然則某處有之。吾勸之則可成，而子甚貧，能行之乎？"曰："吾雖貧，終不使家屬飢寒。"仍盛言其不貧之狀。又有人自言："年衰，筋力精神無餘地，恐不久於世矣。"旣而其友曰："子之外任年限，不過一二年，宜急圖之。見今有窠，吾有送言銓官之路，而子若不堪，且止之乎？"曰："雖然，吾素無疾病。故外若羸弱，而聰明强健，殊不減於少時。豈有不可爲之事乎？爲我速圖，無失此機。"前一人方言餓死而忽誇其富，後一人纔云衰憊而卽示可用，無非妄也。今人之言，皆類此。

士風之不古

昔余遊頖時，已歎士風之不古、泮人之無狀矣。近聞泮儒所傳，則"凡節皆不成貌樣，殆不可居齋"云，世道之日變，推此可知。蓋當初國家待士之意甚盛，齋分東西以居之，朝夕設食堂以饗之，亦分東西，而食必八簋。一、六日大別味，三、八日小別味，皆隨所求而供之。四時名日則又設別供

大卓，春舍菜以後、秋舍菜以前則供點心，每朔有紙筆墨，
科時給試紙、筆、墨、到記科則殿庭頒紙。各房點燈供柴
炭，有疾則給藥，至許蔘劑，死則爲之治喪返柩。動駕時祇
迎則給馬，有齋直小童以伏侍，有負木以點竈火，應使喚。
國恤則給素笠、布帶，歲給塗窓壁之紙，月給鋪房舍之席。
使之守聖廟讀聖書，修身飭行，擇術游藝，以爲國之元氣，
其規畫之纖密、禮遇之隆厚，至於如此。而挽近以來，士不
以士自待，惟規小利，凡供億之物，無不以錢受之，皆有定
價。佐飯石魚二文，點心飯二文，大別味八文，小別味五文，
名曰別供三十文，其餘苟可代以錢者，靡不爲之。於是下輩
侮而疾之，展轉推托，幷與本色而不納，或權辭、或罵拒，
愈往愈甚。以故日事催索，叱喝鞭笞之聲，亂動於二十八房
之間。以今日之人心、泮漢之頑悍，豈有畏憚承奉之理乎？
且無病而求蔘，故防塞已久。到記頒紙時，爭先攫取，紛沓
雜亂，又有疊受至十張者，故年前大司成鄭尙愚陳此弊，請
使自備，頒紙之法遂廢。又到記科時，多挾幼學以入，至見
發而停擧，如此而猶不知恥。姦細之事，無所不爲。朝夕則
不入食堂而在房書到記，一人書十人。朔焚香及科時焚香
擧案，則以有朔紙、試紙，故一人書數三十人。其中或有泉
下之人，或有欒棘之人，俱收竝錄，以爲兼取之資。望焚香
則率多臥齋房而不參者，以其無所得也。以故人未滿百。而
榜淺者不得食，拙直者少得紙，彼自守僕、書吏以下，皆竊
笑鄙罵之不暇，安能服其心而惟令是從乎？然而每曰"今不
如古，世道寒心"，多見其不自反也。曾子曰："上失其道，民

散久矣。"此莫非爲士者之自取也。噫！皆欲爲我而不知反害於己，哀哉！

萬歲限年

四十而彊仕，七十而致仕，此聖人爲萬世限年，著之於經，垂之於後者也。蓋七十則杖於國，上不必以官職而糜，使下不可以貪戀而踟佇也。余嘗謂"上自卿相下至微品，年至七十，則皆宜許其休退"，以優高年，以厲廉恥。獨怪夫今之所謂年限，只施於守令，其外則不計何也？豈老而不堪爲守令者，獨可堪於內而公卿、百執事，外而監司、兵·水使耶？是未可知也。凡人未七十而衰病、昏憒者有之，七八十而聰明、强健者有之。豈當爲守令者，年近七十，則皆衰病昏憒，不能爲一邑之政，而公卿、百執事、監司、兵·水使，雖皆七八十，而偏獨聰明、强健，能擔著重任、劇務耶？是又未可知也。今若不計其年，而論其才德與精神、筋力則可，獨於守令而專以年爲限，未見其可也。英廟朝，洪相鳳漢爲守令限年之法，堂下則限六十五歲，堂上則限六十七歲，蓋以六年、三年之瓜而預防其擬議，遂成金石不易之典。是又不待七十而廢之也，豈欲守令之專歸於少年，而其外則樂與之晨夜婆娑於西夕之年乎？今人之六十六歲以上，率多聰透諳練，而强以年枳之，寧無遺才之歎乎？可謂進退無所據矣。

三司之臣

故事三司之臣，無故而順遞，則卽付軍職，謂之“實軍職”，月食其祿，所以優待侍從也。正宗朝，鄭判書民始以其數多，難於徧給，乃定四十窠，俾輪回於貧者。此法旣成之後，則主其事者，但當除却在外及初非實軍職者，而就貧者輪與之，則庶乎守職。而近來兵曹判書專執其權，多以請囑爲存拔，下人亦多從中弄奸矣。至於今年則乃以在外者充數，以給其門客及傔從、下隷，又及於所親之請得者，而在京實軍職之飢欲死者，反不與焉。又宰相輩，皆以在外者數三人書送，曰“吾欲以給別陪”云，如此則四十窠亦不足矣。借侍從之名，爲白徒、下隷之囊橐，此以廣興倉爲已私庫，而作施予之資也。其眼無國法，懷私黨，罪不容誅，而誰復有言之者？可爲長太息也已矣。

禁人之所必犯，法必不行

古人有言曰：“禁人之所必犯，法必不行。”又曰：“法出而姦生，令下而詐起，如以湯止沸，抱薪救火。”草堂詩曰：“君看燈燭張，轉使飛蛾密。”是故善爲禁者，先思其所必行，且無弊而行之，故令行而禁止。今夫酒者，人之所必犯也。且祀享之禮、燕酬之節、扶衰養疾之具、合藥作醢之用，與夫變寒爲溫，轉憂成樂，靡不在是。至謂之“天之美祿”、“百禮之會”、“百藥之長”，則決知其終不可禁也。不可禁而禁之，則姦生詐起，剛吐柔茹，適足以長欺隱之習、訐摘之風耳。夫酒之害不可勝言，不但靡穀而已。若使可禁而可絕，則聖

人必已懸之象魏矣。是故大禹明知後世之必以酒亡國，至於
疏儀狄而絕旨酒，又作訓以戒後曰"未或不亡"，而未嘗爲法
以禁之。武王作觴銘曰"樂極則悲，沈湎致非"，又作《酒誥》，
極言喪德喪邦之禍，而猶曰"祀兹酒"、"飲惟祀"、"自洗腆致
用酒"。衛武公作《抑戒詩》，備言其伐德之狀，而只曰"立監
佐史，俾出童羖"，未聞爲國之大禁。《周禮》萍氏掌幾酒、
謹酒而已，漢文帝亦以爲酒醪以靡穀者多爲慮而已。降至
後世，始有禁釀之法。曹操以歲儉禁酒，人竊飲難言，酒以
清爲聖人，濁爲賢人，而爲孔融所止。昭烈以天旱禁釀，至
搜釀具，而爲簡雍所諷。石勒以民資儲未豐，重制禁釀，郊
祀、宗廟，以醴酒行。五代時東都民犯麴，留守孔循族誅
之，唐明宗詔除麴禁。此皆禁人之所必犯而法終不行者也。
我英宗朝嘗禁酒，雖斬之而卒不能禁。先大王知其然也，朝
臣雖或請之而終不聽施，此已然之明效、大驗也。今若不爲
酒禁之名，而修明舊制，嚴立科條，凡有使酒酗亂及大釀靡
穀者，盡行刑竄，若《書》所謂群飲勿佚，盡執拘，予其殺，
及《周禮》《司虣職》所謂"以屬遊飲食于市者，不可禁則搏而
戮之"之法，雖攀援勢家者，亦不曲貸，則庶得先王之遺意。
而今世下吏之弄奸、貴勢之賂請，已成痼俗。不去此弊，則
千法萬令，無可施之地矣。且以荒政言之，《周禮》十二荒
政，備擧澤民之事，而聞舍禁、去幾，未聞設禁於酒。《禮
記》多言年穀不登、年不順成之制，穀梁氏言大侵之禮，而
無禁酒之文。朱子知南康，值不雨，講求荒政，而不擧禁釀
之目。范仲淹丁吳中之大饑，大興土木，縱民競渡，日燕湖

上。陳正仲當荒年，惟恐山僧之不爲塔。自古爲救荒之策
者，豈無所用其心哉？亦不用於禁酒耳。苟使禁酒爲荒政之
所急，則自聖人以下，必言之、必行之矣。今年四道大侵，
六月，大臣請行酒禁自八月爲始，而以徵贖之有弊勿許贖，
大釀直配，小釀刑杖。七月，又請并祭宴禁之，而更爲收贖
之法，無大小釀，徵納二千八百錢。又開告密之門，募民有
告者，輒與千錢。於是爭相告訐，至有婢告主、婿告翁、親
戚相告之變。又有怨欲報者，潛置酒瓶於其家內而捕之，如
此之弊，不可勝紀。而勢家者流，因得以乘時射利而榷之。
故高門邃屋，狼藉指點，而吏不敢問；殘民瓶罌，利偸錐刀，
而蕩析失所，囹圄充溢，鞭督贖錢，而錢何從出？皆願定配，
法官亦不知所以處之。九月，刑判洪義浩上疏盛陳其弊，請
只禁大釀。大臣以其沮法延譽，奏削其職，更請專捉班戶，
直刑配勿徵贖。旣不徵贖則告者無所利，故所捕漸稀。乃復
徵贖而錢無所歸屬，乾沒於刑曹、漢城府、左·右捕廳。彼
犯禁者，誠有罪矣，而刮菻屋龜背之毛，歸之於法官與禁吏
與告者之囊橐，是爲救荒乎？恤民乎？蓄穀乎？裕國乎？甚
無謂也。世無趙廣漢突入霍禹第，搜屠酤斬門去者。而皆是
江東之政，嫗煦豪强，法施寒劣者也。以故班戶得以恣行無
忌、狙詐冤狡、傷風敗俗之事，不一而足，非特爇張蛾密而
已。假使有所利益，所利不能藥其所傷，所益不能補其所
損，而況無毫末之利益乎？自有此禁，日月亦已久矣。市直
無龠合之加，民食無稊粒之裕，遑遑窘急之狀，日甚一日。
其於荒政，特借名塞責以文之耳。且法者信而後有罪者服，

308　無名子集

公而後私邪者縮，均而後怨謗者息。今此法初則勿徵贖，中則徵贖，末復勿徵而又復徵之，變易無常，進退難測，不可謂信也。犯者有請囑之蹊逕，則或減半、或全減，否則雖鬻屋破產，必取足而後放之，不可謂公也。有勢者大獲權利，而殘疲者偏被侵漁，且止行於五部之內，而不行於江以外之地，不可謂均也。不信、不公、不均而法能行者，未之有也。夫自古荒政之布在方冊者，班班可考，講而求之，有餘師矣。不此之行，而乃以禁酒爲第一策，行之又不得其道，徒使閭閻騷擾，道路譏議，而酒終不可禁矣。何其不思之甚也？

花亦有數

古人云："花亦有數，床亦有數。"則凡草木、禽獸，莫不各有其數，而況於人之窮達、貧富乎？況於壽夭、死生乎？況於國之禍福、存亡乎？請姑舍是深遠難知者，試以世所謂"科"、"宦"自古所傳說及耳目所睹記者觀之。或有早泰而晚否者，或有始蹇而終亨者，或齟齬而巧合，或期必而忽違，或驚人於賤侮之餘，或喪膽於想望之中，此葫蘆生所以巧發奇中，而冥摘者之所瞠若也。然官職引進，猶或可以勢力而圖取，至於科目，則糊名雜呈而以文考之，故尤難容於人力。雖以人君執造化之權，而亦無奈於此。故有詘起於卑微之流，有沈滯於閥閱之家，此似有主張是者，而乃有漸不然者。正宗朝以聰明睿知之聖，運陶鑄作成之妙，每設無時應製及殿講。應製則貫、批獎拔，使之卓然爲首；殿講則或以《關雎》章首四句爲通，輒皆賜第。官爵陞擢，亦皆因是，此則所謂造命也。式至于今，爲試官者，皆以科爲己施予之資；爲政官者，皆以官爲渠黨私之物。而或有勢家中晚未登科者，則又以蔭仕，開其腴邑雄藩之路，不識廉恥，不顧是非，如火益熾，如水益漲。以故貴勢之家，無一以幼學老者，無一在下僚死者，豈世降而天老，不復管於命數耶？抑大運所關，人能勝天耶？蓋觀今世，科則無一寒微之誤中，宦則無一貧殘之偶擬。科門出科，相門出相，將門出將，此其故何也？科雖糊名而暗標顯指，百不失一。一通朝籍，則朝除暮遷，驟躐超升。苟能上車不落，起居何如，則自內閣，倐加承宣，內而泮長，外而方伯，兩館提學，六曹判書，無不颺歷而遂至三公。至於武科，尤易用情。不發一矢，已云入格，自備邊郎、宣傳官，出爲兵、統使，入爲三軍帥。無論文武，此輩功名，如芥之拾，如掌之反。當此時也，雖賈、董、韓、蘇之文章，試官所不知者，則必無參榜之期；雖伊、傅、呂、葛之才德，政官所不識者，則必無照望之理。將見我國士大夫，不過十數家，而其餘所謂古兩班後裔，皆寒畯而已。　無乃天賦好命數於此輩之子子孫孫，而其外億萬家則偏皆奇薄於世世耶？　或者天將示之以眞正士大夫自有其人，而貴賤之淆雜者別之，名分之紊亂者正之耶？然則所謂乘除盛衰之理，又何以稱焉？

歲饑，則外方設賑，都下發賣

故事歲饑，則外方設賑，都下發賣。發賣之法，納錢小而與穀多，視市直蓋倍蓰。將賣，必出各洞之中任、別任，使與任掌抄出飢戶，然後部官躬行摘奸，或拔或添，而其不可不入者，未嘗不入，自歲後月行，至麥秋而止。然猶有冒濫、遺漏之患，以其或有所任輩之弄奸，或有官員之行私也。甲戌大饑，上特軫都下飢民，命自歲前發賣，此是曠絕之澤。而京兆官及部官奉行不誠，初無差任之事，又無摘奸之擧，而只以請囑，草草了當。以故率皆當入而不入，不當入而入，富者僥倖，飢者號冤。竟使聖上恤民之至意，反爲斂怨之端，豈不痛乎？

世道之日下

余老且窮，益知世道之日下。蓋昔之拜者，今則不拜；昔之來訪者，今則遇諸塗與他席，若不相識。逢少年則其所謂寒暄人事，不過"何如"二字而已，來或拜而去則不拜。此無他，老者人所侮，而窮者人所賤也。嘗過隣友家，有一年少武弁稱宣傳者，亦在隣相識。遇於其坐，不拜而箕坐，口橫長烟竹，向之曰："何以過？"余亦曰："何以過？"既去，傍觀者駭然曰："渠焉敢若是？"余曰："此無足怪也。吾上之無道德、聲聞，如今之贊善、祭酒；次之無名位、勢力，如今之乘軒、襲紫；下之無錢、穀、豪富，如今之以素封稱，眞所謂百無一觀。彼之如此，吾所自取，尙何尤人？"方今綱常滅絕，人不能事其父兄，又安有文武之體統，亦安有敬長老之禮哉？所謂長老，適足爲黃口輩侮弄賤踏之資耳。是故吾有恒言曰"出門則辱，出言則罪"，此吾平生所自懼也。

世人爲鬼所動者，非鬼也，乃人也

世人爲鬼所動者，非鬼也，乃人也。人心先動，故鬼得以乘之，人不動則鬼安得而侵之？嘗觀或有魍魎作亂而不安其居者，或有妖邪爲祟而不免自病者。見疑似而謂眞，聞聲響而稱神，怔營恐怯，迷惑喪失，尊奉以冀其庇，避逃以脫其禍，滔滔成俗，甚可歎也。余少時嘗僦居駱山之下，傍有麟坪大君夕陽樓，蓋長安甲第也，其外舍穹窿深廣。主人廢而不處，故夏月與諸友會於此，治功令業。至暮則衆皆散去，余以其涼爽，獨宿以過夏，而絶無怪異。後聞"其處鬼魅擾亂，人不敢獨處"云。又嘗借空舍於汾江之涯，人皆謂"鬼聲狼藉，打擊門窓，撒投沙石"，而余入處後則亦無聞焉。又嘗莅藍邑，吏輩皆言"內衙久空，夜必出驚怪之聲"，而自到任之日遂絶。邑濱海，多鬼火、鬼陣云，而亦不見焉。此皆偶然之事，而大抵人自騷動，鬼乃戲侮耳。世之人愼毋爲妖妄之說所撓奪，則人自人，鬼自鬼，豈有雜糅侵漬之理哉？

先錢官

客有過者曰："今世之所謂官，無論內外、高卑，俗稱'宣傳官'，子聞之乎？"曰："何謂也？"曰："宣傳乃先錢也。今之爲官者，其將爲之也，皆先納錢；旣爲之也，亦惟錢是先，是之謂'先錢官'也。且近例外任，有滿瓜及以故當遞者，雖已遞出代，大臣多奏達仍任。又監司欲左、右道內守令，則亦狀請相換。此皆以錢而得，故有'仍任錢'、'相換錢'之說。且凡外任，隨其豐薄，皆有定價，故銓官以此爲政。而無錢者，不敢望殘邑；多錢者，無不占腴地。既得之後，又輸錢多然後得陞遷，不然則以罪去。”曰：“是錢何從而出？皆割剝小民之膏血也。民血既竭，國將焉恃？今人但知錢，不知倫常之爲何事，廉恥之爲何物，故其弊至於此極。然則和嶠之獨以錢癖名於萬世者，豈不冤甚矣乎？

酤酒大門

自甲戌秋至乙亥夏，以歲凶大臣奏行酒禁。小民爲餅墨之利者，或至蕩產。而勢家者流，乘時射利，大開甕釀而吏不敢問。時爲之語曰“高柱大門”，是“酤酒大門”。蓋貴豪之家，其大門必高柱，故俗謂“高柱大門”，而與“酤酒”音相似故也。其爲法之不平，而大家之權利如此，小民安得無怨詛乎？

今世未有無錢無勢而得官者

今世未有無錢、無勢而得官者。故時有別將、吏胥皆備薦之說，其他可知也。故雖微品末職，勢家所不屑者，未或有坐而得之者。讀書自好者，何由而進乎？古則或有飢臥而聞下隸呼婢聲始知爲官者，今則未有不預知當爲某官者。古則或有詘起於寒微，發身於知遇者，今則將相之子爲將相，銓衡之子爲銓衡，文任之子爲文任，不然則雖才如管、葛，文如班、馬，皆老死於草萊。信斯道也，《春秋》之譏世卿，不足法於後世耶？

兩班

今世所謂名宦者，釋褐後注書、翰林、玉堂、內閣、春坊、
臺諫， 陞資後承旨、泮長、諫長、憲長、掌銓、按藩、文
任、備堂，以至入閣也。此皆非以人器而授之，乃貴勢傳家
之物也，然後方可謂眞正士大夫。其不能與於此者，實廢族
也。廢族者，非得罪於國法與名教也，乃黨論之所彼此之也。
如此之類，雖有經天緯地之才、輔世長民之德，亦潦倒泯沒
而已矣。然則士大夫之家，其數不多，宜若名分等級，截然
懸絶，人之所以接待、己之所以自處，各自以次區別，眞有
君子、小人之分。而獨怪夫今所謂兩班者，一何多也。閭巷
間操耒鋤、負薪土者，市廛中業販鬻、事牙儈者，與夫傭雇
者、乞丐者，苟非人家仰役之奴，則皆稱兩班。考其行則凡
盜騙毆辱之習，無所不爲，而自謂兩班則如出一口。動輒曰
"吾亦兩班也"，蓬頭犢鼻，與衣冠而抗禮；騃子黠伯，對老成
而吐氣，小不如意，必出惡聲。百千萬弊，莫不由是而生。豈
天之於朝鮮，欲以名宦之士大夫爲第一等兩班，而其不得與
於此者及一切世間之人，同爲泯然一色之名曰兩班耶？

天地，陰陽之分

天地，陰陽之分，而尊卑位焉；奇耦，陰陽之數，而剛柔別
焉。是乃開闢以後，對待相須，男女所始，而萬物生焉，萬
事出焉。固不能有陽而無陰，亦不能有陰而無陽。然而聖人
必扶陽而抑陰者，以其陽爲君子、陰爲小人，而內君子、外
小人也。嘗觀夏自孔甲，始以六甲爲名，至履癸而亡。商自

報丁、報乙、報丙、主壬、主癸，至天乙而王。自時厥後，太丁、外丙、仲壬、太甲、沃丁、太庚、小甲、雍己、太戊、仲丁、外壬、河亶甲、祖乙、祖辛、沃甲、祖丁、南庚、陽甲、盤庚、小辛、小乙、武丁、祖庚、祖甲、廩辛、庚丁、武乙、太丁、帝乙，至受辛而亡。凡三十六代，悉以六甲爲名，而皆用天干，未嘗有地支，是必取陽、不取陰而然也。 又自古必以正月元日、三月三日、五月五日、七月七日、九月九日，表而出之，揭爲令節。而二月二日、四月四日、六月六日、八月八日、十月十日，則無聞焉，蓋亦扶陽抑陰之義也。古人微意，雖於此等處，亦皆可以默識矣。

書庭誥、家禁、勸學、遺戒等文後

此皆吾僭妄之言也，藏之篋笥久矣。今因兒女之請諺譯，重閱之，不覺戚戚於心。 昔蘧伯玉行年五十而知四十九年之非，今吾行年七十有五而知七十四年之非，寧不愧乎？蓋吾前此，只見古人訓戒子孫，子孫遵守其言。以爲："有不言，言則安有子孫而聽我藐藐乎？" 遂乃隨事寓警，俾自體念，或爲近取之譬以感動之，或爲迫切之言以憤激之，庶幾有一分之效。 而殊不知古今之迥異，風習之漸變，訓戒之無所施，遵守之無其人，徒聒聒焉。如聾者之大聲以言，而不知他人之謂不足答；病者之語其切己，而不知傍人之以爲譫語，眞可謂固滯昏昧之甚者也。今而後如醉者之頓醒，夢者之忽悟，遂欲盡火之，而又恐人之以爲狂也，聊且隱忍而書諸後，蓋志悔也。嗟乎嗟乎！已而已而！

著者 尹愭

1741年(英祖17)∼1826年(純祖26). 18世紀에 活動한 文人으로, 本貫은 坡平, 字는 敬夫, 號는 無名子이다. 幼年期에 文才가 뛰어나 집안의 囑望을 받았다. 20歲에 星湖 李瀷의 弟子가 되어 經書와 詩文을 質正받았다. 33歲에 增廣 生員試에 合格하여 近 20年을 成均館 儒生으로 지냈고, 이때 成均館의 모습을 그린 〈泮中雜詠〉220首를 지었다. 52歲에 文科에 及第하였다. 藍浦縣監과 黃山察訪, 獻納 등을 거쳐 81歲에 正3品의 戶曹 參議에 올랐다. 纖細한 感受性으로 自身의 內面을 描寫하고 自然을 읊었으며 權力者의 橫暴와 兩班 社會의 不條理를 날카롭게 批判하였다. 또 400首의 〈詠史〉와 600首의 〈詠東史〉를 通해 歷史意識을 詩로 形象化하였다. 著書로 《無名子集》이 있다.

校勘標點 金榮植

1966年 忠北 鎭川에서 태어났다. 成均館大學校 漢文敎育學科를 卒業하고, 翰林大學校 附設 泰東古典硏究所에서 漢文을 修學했다. 成均館大學校 漢文學科에서 碩士 및 博士學位를 받았다. 現在 成均館大學校 大東文化硏究院에 在職 中이다. 博士學位論文으로 〈李圭景의 五洲衍文長箋散稿 硏究〉가 있고, 共譯書로 《無名子集》, 《金光國의 石農畵苑》, 《옛 文人들의 草書簡札》, 《朝鮮時代 簡札帖 모음》, 《完譯 李鈺全集》 等이 있다.

圈域別據點研究所協同飜譯事業 研究陣

研究責任者　辛承云(成均館大學校 文獻情報學科 敎授)
共同研究員　李熙穆(成均館大學校 漢文學科 敎授)
　　　　　　陳在敎(成均館大學校 漢文敎育科 敎授)
　　　　　　安大會(成均館大學校 漢文學科 敎授)
責任研究員　姜珉廷
　　　　　　金榮植
　　　　　　李奎泌
　　　　　　李霜芽
先任研究員　李聖敏
研究員　　　李承炫

校正　　　　金駿燮

校勘標點
無名子集 8

尹愭 著 | 金榮植 校點
初版 1刷 發行 2015年 12月 31日
編輯·發行 成均館大學校 出版部 | 登錄 1975. 5. 21. 第1975-9號
住所 (110-745) 서울市 鍾路區 成均館路 25-2
電話 760-1252～4 | 팩스 760-7452 | 홈페이지 press.skku.edu
組版 고연 | 印刷 및 製本 영신사

값 20,000원
ISBN 979-11-5550-144-3　94810
　　　979-11-5550-105-4　(세트)